1950년대 모더니즘 시의
알레고리적 미의식 연구

지은이_김창환(金昌煥, Kim, Changhwan) 연세대학교 국어국문학과 대학원에서 「1950년대 모더니즘 시의 알레고리적 미의식 연구」로 박사학위를 받았다. 『영원한 시작－정현종과 상상의 힘』(공저, 민음사, 2005), 『한국 뉴웨이브의 정치적 기억』(공저, 연세대 출판부, 2007) 등을 썼고 『해석의 영혼－폴 리쾨르』(앨피, 2009), 『라캉 정신분석의 핵심 개념들』(공역, 문학과지성사, 2013), 『에마뉘엘 레비나스』(앨피, 2014(출간예정)) 등을 번역했다. 한국 현대시의 수사학과 미학적 지향성에 관한 연구논문들을 써왔다. 지금은 미국 조지아 대학교(University of Georgia) 비교문학과에서 한국 근현대문학의 수사학, 미학, 문화, 주체를 비교문학적 관점에서 연구하고 있다.

1950년대 모더니즘 시의 알레고리적 미의식 연구
조향, 박인환, 김수영을 중심으로

초판인쇄 2014년 2월 18일 **초판발행** 2014년 2월 25일
지은이 김창환 **펴낸이** 박성모 **펴낸곳** 소명출판 **출판등록** 제13-522호
주소 서울시 서초구 서초동 1621-18 란빌딩 1층
전화 02-585-7840 **팩스** 02-585-7848 **전자우편** somyong@korea.com **홈페이지** www.somyong.co.kr

값 15,000원

ISBN 978-89-5626-966-5 93810

이 도서의 국립중앙도서관 출판시도서목록(CIP)은 서지정보유통지원시스템 홈페이지(http://seoji.nl.go.kr)와 국가자료공동목록시스템(http://www.nl.go.kr/kolisnet)에서 이용하실 수 있습니다.(CIP제어번호: CIP2014005371)

1950년대 모더니즘 시의 알레고리적 미의식 연구

조향, 박인환, 김수영을 중심으로

A study on the allegorical aesthetic sense in 1950's Korean modern poem

김창환

소명출판

일러두기 본문에 등장하는 도서 중 『발터 벤야민 선집』 4는 『보들레르의 작품에 나타난 제2제정기의 파리 보들레르의 몇 가지 모티브에 관하여 외』를, 『발터 벤야민 선집』 5는 『역사의 개념에 대하여 폭력비판을 위하여 초현실주의 외』를 나타냄을 밝힙니다.

머리말

이 연구의 목적은 1950년대 모더니즘 시의 독자적인 미의식의 특질을 고찰하는 것이다. 이 연구를 수행하기 위해 수사학을 방법론으로 선정했다. 이때 수사학은 전의(轉意, trope)에 대한 학문이 아니라 세계를 이해하고 표현하는 근원적인 방식으로 상정된다. 1950년대 모더니즘 시의 이면에는 한국전쟁이라는 역사적 체험이 놓여 있다. 전쟁은 문학장을 지배하던 규범적 형식과 문학적 주체에 충격을 주었고 이 충격이 야기한 균열에 시인들은 상징과 알레고리를 매개로 대응했다고 볼 수 있다. 상징과 알레고리는 현상-이념-개념에 대한 관계 설정을 바탕으로 전개되는 사유이자 세계를 바라보는 특정한 관점이다. 수사학적 관점에서 본 1950년대 시단은 상징의 우위에 도전하는 알레고리의 싸움이라고 요약할 수 있을 것이다. 상징은 서정주로 대변되는 전통 서정시의 흐름 속에, 알레고리는 모더니즘 시의 다양한 양태 속에 자리 잡고 있었다. 상징을 통한 시적 재현이 파멸과 폐허의 체험으로부터 허구적 총체성으로 도피하는 것이었다면 알레고리적 제시는 폐허를 적극적으로 수용하고 그 위에서 '현재'를 모색한 것이라고 할 수 있다.

'알레고리적 미의식'이 1950년대 모더니즘 시만의 전유물이 될 수는 없을 것이다. 그러나 100년을 넘어서는 한국 현대시의 역사에서 1950년대 모더니즘 시가 보여주었던 것만큼 알레고리적 지향성을 포괄적이고 강도 높게 드러낸 시기는 없었다. 1950년대 모더니즘 시는 수사학적 범주로서의 알레고리적 수법을 넘어 역사철학, 미학, 윤리학, 인식론, 멜랑콜리, 심지어 신학적 측면까지도 우리 앞에 펼쳐 보여준다. 알레고리적 사유와 주체의 멜랑콜리는 1950년대 모더니즘 시인들에게 깊이 각인되어 있는 가장 두드러진 미적 충동이었다고 규정할 수 있을 것이다. 1950년대 모더니즘 시의 '알레고리적 미의식'은 조향, 박인환, 김수영을 통해 그 구체적인 면모가 드러난다.

조향은 알레고리적 형식 자체의 의미와 위상이 무엇인지 잘 보여준다. 그는 파편화된 사물들과 대립적인 것들의 충돌이 자아내는 긴장을 통해 독특한 미의식을 드러낸다. 또한 역사를 고통의 역사로 파악하고 덧없는 존재가 불러일으키는 멜랑콜리를 효과적으로 드러낸다. 그리고 모더니티를 역설적이고 알레고리적인 방식으로 이해한다.

박인환은 센티멘탈리티와 멜랑콜리라는 두 축을 오가며 모더니티의 다양한 성층을 횡단한 시인이라고 할 수 있다. 이 연구는 우선 박인환의 센티멘탈리티를 비판적 판단의 부재로 인한 감정의 과잉, 감정이입, 느슨하고 관습적인 클리쉐의 사용으로 규정하고 이를 모더니티 비판적 특성을 지닌 멜랑콜리와 구별하였다. 그리고 모더니티와의 대결에서 그 두 축이 어떻게 작용하였는지 검토하였다. 1940년대 박인환의 시는 모더니티에 대한 열망으로 가득 차 있었다. 하지만 전쟁을 겪으며 미래에 대한 전망을 상실한다. 그의 시는 곧 멜랑콜리를 통해 '모더니티'에 대한 비판적 인식을 드러내기 시작한다. 하지만 멜랑콜리가 센티멘탈리티와 결합되면서 그 비판적 면모는 급격히 줄어든다. 박인환 시의 가장 특징적인 면모는 미국 여행의 결과를 기록한 「아메리카 시초」에 담겨있다. 박인환에게 아메리카 기행은 텔레비전을 처음 보고 칼로리 없는 맥주를 처음 마셔본 '중심부 모더니티'에 대한 첫 경험이었다. 그러나 그는 모더니티의 핵심적 현상들을 통해 중심부 모더니티의 본질에 접근하면서 충격과 비애에 잠기게 된다. 모더니티 중심부의 충격은 자신이 떠나온 곳, 다시 말해 주변부 모더니티에 대한 자각을 불러일으킨다. 그 자각은 '민족적인 것'을 통해 모더니티의 중심부에 대응할 만한 새로운 중심축을 세우려는 시도로 발전하는데 우리는 그것은 '노스텔지어'라 명명할 수 있다. 이때 노스텔지어는 비판적 멜랑콜리에서 센티멘탈리티로의 후퇴를 의미한다.

1950년대의 김수영은 이념과 현상의 분리에 대한 자각에 기인하는 근원적인 멜랑콜리를 지니고 있었다. 그의 멜랑콜리는 자연스럽게 알레고리적 세계인식으로 발전한다. 김수영의 알레고리적 모더니티는 특히 시간에 대한 이해를 통해 드러난다. 정지와 반복, 과거와 현재, 지속과 순간이 이루는 '정지의 변증법'은 그의 알레고리적 시간의 세 차원이다. 또한 김수영은 알레고리적 모더니티의 윤리학과 미의식을 명징하게 보여준다. 개별자의 단독성에 대한 절대적 지지, 복수성(複數性)의 긍정, 내재적 초월의 추구가 김수영이 보여준 알레고리적 모더니티의 윤리이다. 또한 전후의 파편으로서의 체험, 불확정성과 미완결성, 파편성, 무의미와 의미상실 등이 김수영에게 포착되어 미적 대상이 된다. 김수영이 보여주는 알레고리적 모더니티의 또 다른 정점은 도시미학이다. 그는 도시 군중의 충격체험과 알레고리로서의 도시 인식을 높은 수준에서 보여준다.

이 연구는 '알레고리적 미의식'을 중심으로 1950년대 모더니즘 시에 접근함으로써 형식실험, 주체의 분열, 사회역사적 모더니티와 미적 모더니티의 길항, 중심부 모더니티의 충격과 주변부 모더니티에 대한 자각, 도시 미학, 센티멘탈리티와 멜랑콜리의 착종, 민족적인 것에 대한 노스텔지어 등 1950년대 모더니즘 시가 보여주었던 다양한 면모를 일관되게 포착해서 설명하기 위해 노력했다. 1950년대 모더니즘 시의 고유한 미의식이 '알레고리'라면 우리는 1950년대 모더니즘 시의 위상을 미적 모더니티라는 관점에서 재고할 수 있을 것이다. 알레고리가 보들레르로 대변되는 미적 모더니티의 본질적 사유임은 잘 알려진 사실이다. 파편과 잔해를 시적 대상으로 삼아 자신이 맞닥뜨린 '현재'를 움켜쥐기 위해 노력한 1950년대 모더니즘 시는 전후의 폐허 속에서 높은 수준의 미적 모더니티를 성취했다고 평가할 수 있을 것이다.

학위 논문으로 2012년 여름에 제출했던 이 연구는 많은 분들의 가르침과 후의 속에서 가능했다. 연구자로서의 틀도 제대로 잡혀있지 않았던 대학원 초년생 시절부터 지금까지 지도해 주셨고 당신의 귀한 장서까지 마음껏 사용할 수 있도록 늘 허락해 주신 정명교 선생님을 비롯해서, 논문 심사를 맡아주신 신형기, 이경훈, 홍정선, 문혜원 선생님께 이 자리를 빌어 깊이 감사드린다. 그분들의 연구와 지도를 통해 얻은 것들을 제한된 지면에 풀어내기는 힘들 것이다. 대학원 시절 내내 가난한 머리를 조아리면서 배우고 그분들의 말씀을 곱씹어 생각하기에 급급했던 유종호 선생님과 정현종 선생님께도 머리 숙여 깊이 감사드린다. 유종호 선생님께서 종종 '스승은 반(半) 팔자'라는 말씀을 하셨는데, 시간이 지날수록 그 뜻을 실감하게 된다. 선생님들께서 건강하시기 만을 바랄 뿐이다. 함께 공부했던 선배님들, 동학들, 후배들에게도 의당 감사를 표해야 할 것이다. 나의 모든 발화는 당신들의 '자유간접화법'임을 고백한다. 또한 '미학비평' 세미나에서 아낌없이 가르쳐주셨던 조만영 선생님에게 깊이 감사드린다. 선생님의 전적인 지지와 가르침을 통해 간신히 공부의 한 고비를 넘길 수 있었다. 함께 공부했던 눈 밝고 귀 밝은 친구들, 예컨대 김동수 선배, 김유경, 최영석, 김나현, 박슬기, 김예리 등에게도 고마운 마음을 전한다. 그리고 이 책은 개인적으로 조지아 대학교(University of Georgia)에서 수업을 들으며 학위과정을 한창 밟아가던 시기에 작성되었다. 팍팍한 미국 생활과 유학생활을 잘 지탱할 수 있도록 늘 격려해 주시고 도움을 주시는 비교문학과의 이향순 선생님의 후의가 없었다면 이 작업은 불가능했을 것이다. 선생님을 통해 해

외에서 한국학을 한다는 것이 무엇을 뜻하는지 절실하게 느끼며 배우고 있다. 진심으로 감사드린다. 그리고 당시에 한국어로 쓰는 논문임에도 관심을 가져주시고 텍스트 해석에 대해 많은 대화를 나누어 주신 Dr. Mellissa Freeman에게 특히 감사드린다. 또한 Dr. Ronald Bogue와 Dr. Peter O'Neill은 논문작업을 하는 동안 많은 아이디어를 주었을 뿐 아니라 논문 작업을 할 수 있도록 실제적인 호의를 베풀어 주었다. 또한 신형기 선생님과 김영민 선생님의 격려와 추천이 없었다면 부족한 글을 출간할 마음을 먹지 못했을 것이다. 두 분 선생님께 감사드린다. 이 책의 곳곳에 스며있는 소명출판 김하얀 선생님의 꼼꼼한 손길도 기억해 두어야 할 것 같다. 선생님 덕분에 산만한 원고가 틀 잡힌 책으로 묶일 수 있었다.

마지막으로 긴 대학원 시절을 일단락 짓는 이 시점에서 가족에서 감사하지 않을 수 없다. '벌거벗은 얼굴'의 참된 의미를 알게 해 주신 어머니에게 의당 감사해야 할 것이다. 그리고 늘 한결 같이 내 옆을 지켜주는 소중한 아내 김영애와 사랑하는 아들 은우, 딸 은율에게 말로 다 표현할 수 없는 사랑과 고마움을 전한다. 그들은 지금까지 그래왔듯 앞으로도 항상 '내 마음의 컨텐츠'일 것이다. 이 책이 사랑하는 가족, 특히 아내에게 작은 선물이자 기쁨이 되길 바라 마지않는다.

2014년 1월,

김창환

차례

제1장

서론

1. 문제 제기 및 연구 목적

1950년대 모더니즘 시는 한국 현대문학의 모더니티를 가늠할 때 지나칠 수 없는 대상이다.[1] 특히 이 시기는 식민지 시기 모더니즘과 1960년대 이후의 다양한 분화를 잇는 교량으로 받아들여졌고 그 의의와 가치를 검토하기 위해 다양한 연구가 수행되었다.[2] 그러나 무엇보다도

1 "1950년대의 모더니즘은 집중적으로 시를 통해 구현되었고, 문학론도 시론을 중심으로 전개되었다"라는 한수영의 평가는 1950년대 문학연구에서 시가 차지하는 위상을 잘 설명해 준다(한수영, 『한국 현대비평의 이념과 성격』, 국학자료원, 2000, 204쪽).

2 김윤식, 「해방에서 60년대까지의 시사」, 『한국 현대시 연구』, 민음사, 1989.
김준오, 「순수 · 참여와 다극화 시대」, 『한국 현대문학사』, 현대문학사, 1989.
오세영, 『20세기 한국시 연구』, 새문사, 1989.
최동호, 「1950년대의 시적 흐름과 정신사적 의의」, 『한국 현대문학사』, 현대문학사, 1989.
권영민, 『한국 현대문학사』, 민음사, 1993.
이남호, 「1950년대와 전후 세대 시인들의 성격」, 『1950년대 시인들』, 나남출판, 1994.

1950년대 모더니즘 시의 낮은 작품성은 연구자들로 하여금 이 시기의 문학에 대한 적극적인 가치부여를 주저하게 만들고 당대 시인들에 의해 개진된 다양한 모더니즘, 모더니티 담론과 이에 기반한 시적 실천은 1950년대 모더니즘 시에 관한 포괄적인 이해와 문학사적 가치 평가를 어렵게 만들어 왔다고 볼 수 있다. 그 결과, 1950년대의 특이성에 집중하기 보다는 50년대 시작(詩作) 활동을 일부 포함시키는 작가론적 연구, 시보다는 시론(詩論)에 치중한 연구, 내면의식을 주요 프리즘으로 삼는 내용미학적 연구, 혹은 오든·스펜더 같은 모더니즘 작가나 뉴크리티시즘과 같은 서구 문학론의 수용사를 검토하는 비교문학적 연구가 한동안 지배적인 경향을 이루게 되었다. 이러한 연구 지형 속에서 오랫동안 1950년대 모더니즘 시의 문학사적 의의는 일부 '시론'에 의거해서 평가되어 왔을 뿐 충분히 다루어지지 않았다고 할 수 있다. 또한 한국 현대시의 모더니티는 김기림으로 대변되는 식민지 시기의 모더니즘 시에서 1950년대의 희미한 모더니티인식을 거쳐 1960년대에 꽃 피었다는 견해가 통념으로 자리 잡게 되었다.

그러나 그동안 축적된 연구 성과들과[3] 1950년대 모더니즘 시에 대한 연구자들의 높아진 관심 속에서 이 시기의 독자적인 특질을 밝히는 연구가 1990년대 이후 상당 수 제출되면서 기존의 통념을 새로이 해석·변경하는 시도가 꾸준히 이루어지고 있다. 무엇보다도 개별 작가들의 1950년대 활동을 집중적으로 조명하고 그 의의를 모색하는 연구가 풍성하게 이루어졌다.[4] 윤정룡과 이광수는 30년대 모더니즘과 50년대

---

3 그간의 축적된 연구 성과를 통해 1950년대 모더니즘 시의 핵심적인 의제들이 다수 드러났다. 전통시와 현대시의 차이, 서정시와 주지시의 차이, 시에서 서정적 요소의 중요성, 창작과정의 감수성과 논리성, 과학성, 30년대 모더니즘 시와의 절합 등이 그것이다. 1950년대 모더니즘론의 핵심 의제와 다양한 양상에 대한 검토는 김영민, 『한국현대문학비평사』, 소명출판, 2000, 151~194쪽; 한수영, 앞의 책, 202~281쪽 참조. 이 시기 시론에 대한 검토는 문혜원, 『한국 근현대시론사』, 역락, 2007, 163~245쪽 참조.

4 50년대 모더니즘 시인들에 대한 작가론적 연구는 상당수 축적되어 있다. 이 연구들

모더니즘의 차이를 강조함으로써 '새로이 형성된' 것으로서의 1950년대 모더니즘이 지니는 독자적 가치를 선구적으로 드러내 주었다.[5] 문혜원은 허무의식과 실존의식과 같은 내면인식을 통해 전후 모더니즘의 특질을 조명한 바 있다.[6] 송기한은 서정주로 대표되는 전통지향의 시와 박인환, 전봉건의 모더니즘 시의 시간의식을 대조적으로 분석함으로써 1950년대 시의 시간의식의 윤곽을 제시하였고 이후 시간성에 관한 연구에 영향을 미쳤다.[7] 남기혁은 모더니즘 시의 타자로서의 전통서정시의 세계를 검토하였다.[8] 박윤우는 모더니즘 시의 본질에 해당하는 부정성(否定性)이 시 속에서 어떻게 표상되었으며 어떤 의의를 지니는지 분석하였다.[9] 류순태는 1950년대 모더니즘 시의 핵심적인 의제를 모더니티의 위기에 대응하는 시적 주체의 자기인식으로 설정하고 자기인식의 시각적 표상을 분석한 바 있다.[10] 남진우는 김수영과 박재삼을 통해 근대적 시간에 대응하는 미적 '순간'의 의의를 조명하였고,[11] 이기성은 모더니즘 시의 시간의식과 시쓰기의 관련 양상을 분석함으로써 50년대와 60년대 모더니즘 시의 연속성을 구축해 주었다.[12] 오문석은 시론의 층위에서 전후의 모더니티 담론을 정치하게 분석해

은 개별 작가들을 상세히 분석함으로써 1950년대 모더니즘 시에 대한 전반적인 이해에 기여하고 있다. 작가들을 중심으로 한 대표적인 논의를 모은 편서로는 문학사와 비평연구회, 『1950년대 문학 연구』, 예하, 1991; 송하춘 · 이남호 편, 『1950년대 시인들』, 나남출판, 1994를 참조. 이 책에서 집중적으로 다루는 조향, 박인환, 김수영에 대한 작가론 차원의 주요한 선행 연구는 해당 장에서 제시하기로 한다.

5 윤정룡, 「1950년대 한국 모더니즘시 연구」, 서울대 박사논문, 1992.
이광수, 「1950년대 모더니즘시 연구」, 고려대 박사논문, 1995.

6 문혜원, 「한국 전후시의 실존의식 연구」, 서울대 박사논문, 1996.

7 송기한, 『한국 전후시의 근대성과 시간의식』, 태학사, 1996.

8 남기혁, 「1950년대 시의 전통지향성 연구」, 서울대 박사논문, 1998.

9 박윤우, 「1950년대 한국 모더니즘시 연구」, 서울대 박사논문, 1998.

10 류순태, 「1950년대 한국 모더니즘시의 표상연구」, 서울대 박사논문, 1999.

11 남진우, 『미적근대성과 순간의 시학』, 소명출판, 2001.

12 이기성, 「1950년대 모더니즘 시의 시간의식과 시쓰기」, 이화여대 박사논문, 2002.

주었다.[13] 이 같은 연구들은 1950년대 모더니즘 시의 고유성을 파악하기 위해 각기 적정한 분석틀을 설정하고 그 틀에 의거하여 시적 양상들을 검토함으로써 1950년대 모더니즘 시의 독자적 특질을 드러내 주었다는 점에서 중요한 의의를 지닌다.

그러나 주체의 자기인식, 시적 표상의 양상, 부정성, 내면의식, 시간성, 전통과 현대, 모더니티 등의 문제설정을 중심으로 1950년대 모더니즘 시의 독자적 의의와 가치를 검증하는 근래의 연구들도 이 시기의 모더니즘 시들을 두루 포괄할 수 있는 미의식에 대한 검토는 결여하고 있다. 미의식에 대한 검토는 미적 가치 평가와 긴밀히 연관된 문제이고 1950년대 모더니즘 시의 미의식에 대한 선행 연구의 부재는 이 시기에 대한 문학사적 의의를 저평가하게 만드는 요인 중 하나로 작용해 왔다고 볼 수 있다. 이런 면을 고려할 때 1950년대 모더니즘 시의 미의식에 대한 연구는 여전히 중요한 과제로 남아있다고 할 수 있다. 이 연구는 위에서 언급한 선행 연구의 성과를 최대한 수용하고 그 성과를 토대로 선행 연구가 충분히 다루지 못한 1950년대 모더니즘 시의 미의식을 집중적으로 다루려 한다.

1950년대 모더니즘 시가 보여주었던 미의식은 명석판명한 주체의 정립과 '잘 빚은 항아리'로서의 시작품을 지향하기 보다는 주체와 세계의 파열을 시에 새기는 방식을 지향했다고 볼 수 있다. 이 점을 고려할 때 1950년대 모더니즘 시가 열어놓은 시의 지평은 작품의 완성도라는 잣대로 온전히 평가하기 힘들다. 그럴 경우 1950년대 모더니즘 시는 실패 혹은 시적 완성의 포기라는 평가를 피하기 어렵다. 그러나 1950년대 모더니즘 시에는 한국전쟁이라는 당대의 역사적 상황에 대응하는 시적 주체들의 일정한 시적 윤리가 개입되어 있으며, 필자는 그것

13 오문석, 「전후 시론에서 현대성 담론 연구」, 『현대문학의 연구』 제26집, 2005.

이 '알레고리적 미의식'이라는 독특한 미적 지향을 통해 드러난다고 생각한다. 이 연구는 1950년대 모더니즘 시에 새겨져 있는 알레고리적 미의식의 구체적인 양태와 그것의 의미를 시 작품 분석을 통해 드러내고, 그것을 다시 모더니티에 대한 폭넓은 담론 장 안에서 검토함으로써 1950년대 모더니즘 시가 지닌 미의식과 모더니티의 특질을 재인식하고 이를 바탕으로 1950년대 모더니즘 시의 문학사적 위의를 재고하는 것을 목표로 삼는다.

2. 연구의 관점과 방향

1950년대 시문학은 크게 보아 서정주와 '청록파'로 대변되는 소위 전통 서정시 계열과 '후반기'[14] 동인을 주축으로 하는 모더니즘 시 계열이 대응 쌍을 이루고 있는 형세이다.[15] 1950년대에 관한 그간의 연구는 일반적으로 전통 서정시 계열의 시가 모더니즘 시보다 더 높은 문학적

14 '후반기' 동인의 구성 과정과 1950년대 모더니즘에서 차지하는 의의에 관해서는 한수영, 앞의 책, 202~242쪽; 조강석, 「비화해적 가상으로서의 김수영과 김춘수 시학 연구」, 연세대 박사논문, 2008, 30~52쪽; 김나현, 「1950년대 '후반기' 동인의 서정 변혁 운동」, 연세대 석사논문, 2009 참조.

15 1950년대 시인들 중에는 4·19 이후에 현실 참여적 성격으로 발전해간 경향을 보인 이들이 있었다. 신동엽, 박봉우, 신동문 등이 그 예이다. 그러나 시가 현실 극복의 전망을 제시할 수 있어야 한다는 이들의 의식은 60년대 들어서 뚜렷해 진 것이지 50년대의 두드러진 특성은 아니라고 할 수 있다. 50년대의 특질에 집중한 이 연구의 관점에 의거하면 그들도 전통서정시와 모더니즘 시의 대립구도 속에 수렴될 수 있다. 그리고 '후반기'에 동인으로 가담하지 않았지만 1950년대에 고석규, 송욱, 김춘수 등은 매우 중요한 위상을 지닌다. 고석규와 송욱의 시학에 관해서는 문혜원, 앞의 책, 229~245·287~307쪽 참조. 김춘수에 관한 최근의 논의로 주목할 만한 논문은 조강석, 앞의 글이 있다.

성취를 이루었다고 평가한다.[16] 전통 서정시 계열의 시를 수사학적 관점에서 고찰하면 그 핵심은 상징이다. 상징은 단순한 수사학의 하위 범주가 아니다. 그것은 하나의 사유방식이자 세계인식이다.[17] 괴테의 규정에 의하면, 현상(phenomenon)에 이념(idea)이 깃들고 그것이 이미지를 통해 드러나는 것이 상징이다.[18] 결국 상징은 '현상'에 깃든 '이념'이라는 비감각적인 것이 '이미지'를 통해 감각적으로 드러나는 것이라고 할 수 있다. 이때 현상 혹은 사물은 이념과 일체가 됨으로써 자신의 사물성을 넘어서게 된다. 상징적 사유는 현상 혹은 사물을 이념과의 연관 속에서 바라봄으로써 사물의 유한성과 한계를 극복하는 계기를 제공하는 것이다. 1950년대 시에서 이 같은 상징적 사유와 이에 기반한 시세계를 구축한 대표적인 인물은 서정주이다. 서정주의 전후 시편이라 할 수 있는 『徐廷柱 詩選』[19]과 50년대의 결실인 『新羅抄』[20]는 상징적 사유의 결과물이다. 이는 「上里果園」이나 「無等을 보며」와 같은 작품에서 표상되고 있는 자연의 상징성을 고려하면 쉽사리 이해된다. 최현식의 연구에 따르면 전후시편의 하나인 「上里果園」에는 아이러니하게도 "전쟁에 따른 자아의 불안과 공포는 어디에도 없다. 자연과의 교감을 통해 성취되는 생명의 환희와 '별'과 '종소리'로 상징되는 '타고난 것'에 대한 전폭적인 긍정만이 전경화되고 있을 따름이다".[21] 전쟁

16 "문학사적 안목에서 볼 때, 오히려 이 시기의 시문학적 성취는 전통 서정시 계열이라 할 수 있는 서정주나 유치환, 청록파의 세 시인을 비롯해, 이들의 시정신과 방법을 잇는 일군(一群)의 시인들에게서 더 빛나는 부분이 있음이 사실이다"라는 한수영의 진술은 기존의 연구자들이 이 시기를 어떻게 바라보고 있는지 잘 보여준다(한수영, 앞의 책, 203쪽).

17 전의(轉意, trope)의 차원에서 '상징'을 설명하자면 그것은 주로 은유나 제유를 통해서 표현된다.

18 상징에 관한 자세한 논의는 이 책의 2장 1절, 특히 괴테의 상징－알레고리 규정을 다루는 부분 참조.

19 서정주, 『徐廷柱 詩選』, 正音社, 1956.

20 서정주, 『新羅抄』, 正音社, 1960.

이 남긴 참혹한 현실은 시 안에서 자연의 상징성을 통해 소거되고 자아와 세계의 통합, 이상세계와 같은 이념만이 전경화된다. 「無等을 보며」도 마찬가지이다. '靑山'은 인간의 운명까지 포괄하는 자연의 이치를 상징하고, 비루한 인간의 삶도 자연의 이치를 따를 때 구제될 수 있다는 전언이 이 시를 채우고 있다. 전쟁이 야기한 인간의 존재론적 위기, 맨몸(bare life)이 처해있는 비참한 처지는 '靑山'으로 상징화된 자연의 이치에 습합되면서 무화되고 있다.[22]

『新羅抄』의 세계도 마찬가지이다. 서정주의 '신라'는 전후의 현실과 동떨어진 하나의 심미적 가상의 세계이다.[23] 이 같은 상징적 사유가 전쟁의 체험이 야기한 주체의 분열상과 사물 세계의 파괴, 낙관적 이상세계의 불가능성에 대한 자각 등을 가리는 미적 가상에 불과하다는 혐의에서 벗어나기란 쉽지 않다. 서정주 시의 핵심적 특질인 '영원성'은 상징을 통해서만 가능한 것이다.[24]

현실 세계의 파열을 상징을 통해 심미적으로 재처리하는 이러한 경향은 '한국적 서정'[25]의 특징이며 서정주를 위시한 전통 서정 시인들의

---

21 최현식, 『서정주 시의 근대와 반근대』, 소명출판, 2003, 172쪽.

22 최현식의 논의에 따르면 서정주의 전후 시편이 보여주는 "통합적 존재로서의 '자연'에 대한 상기나 상상은 전쟁에 맞서 존재론적 안전을 도모할 수 있는 가장 현실적이고 손쉬운 방편에 속"하며 결국 그것은 "자연의 속성을 내면화함으로써 자아의 동일성 유지에 필요한 안정과 평화, 질서의 감각을 부여받으려는 의지"의 표출이라고 할 수 있다(위의 책, 166·171쪽에서 인용).

23 1950년대에 '신라'에 대한 담론은 특수한 역사적 의의를 지닌다. 식민지 시기 스에마츠 야스카즈[末松保和]와 같은 일본의 동양사학자들에 의해 재현·탄생한 신라를 선택적으로 기억·망각하면서 민족 표상으로 재구축하는 작업은 당대에 중요한 역사적 과제로 여겨졌다. 이때 민족표상으로서의 신라를 심미화하는 데 있어서 가장 중요한 역할을 수행한 것이 서정주였다. 1950년대의 신라 담론이 지닌 의미와 서정주의 역할에 대해서는 장세진, 「상상된 아메리카와 1950년대 한국문학의 자기 표상」, 연세대 박사논문, 2007, 71~86 참조.

24 최현식은 앞의 글에서 '영원성'을 서정주 시의 핵심적인 미적 기제로 파악하고 논증하였다.

25 '한국적 서정'은 서정주와 청록파 시인들을 위시한 전통 서정 시인들의 특징을 지칭하

시적 특징이다. 서정주와 더불어 1950년대의 높은 문학적 성취로 평가받는 청록파 출신의 시인들에게도 이런 경향은 빈번히 발견된다. 청록파 시의 주요한 특징 중 하나인 자연과 주체 사이의 균열 없는 동일성 구조는 소위 '동양적 자연'이라는 관념에 근거한다. 주지하는 바와 같이 '동양적 자연'은 유기적 통일체이며 주객분리가 없는 전체로 이해되는 것이다.[26]

이러한 상징적 사유와 이에 기반한 시적 태도를 배격하며 시의 모더니티를 문제 삼은 것이 바로 '후반기' 동인을 비롯한 일군의 모더니즘 시인들이었다. 그리고 이 책은 모더니즘 시인들의 다양한 시적 경향[27]을 포괄하며 통어하는 미의식이 알레고리라고 판단한다. 그렇다면 1950년대 한국시의 형세는, 이 연구가 지향하는 내포를 심화하고 외연을 넓힌 수사학적 관점으로 볼 때, 상징의 우위에 도전하는 알레고리의 싸움이라고 볼 수 있다. 알레고리적 충동을 의식적, 무의식적 지향성으로 지니고 있던 1950년대 모더니즘 시인들의 눈에 서정주 류의 상징적 사유와 시짓기는 허위적 총체성의 생산에 불과한 것으로 보였다. 김수영이 "'신라'에의 도피, '순수'에의 도피"라고 서정주를 비아냥거릴 때,[28] 그 비판의 핵심적 대상은 상징적 사유를 통해 만들어 내는 미적 가상과 모더니티와의 대결이라는 시대적 과제로부터의 퇴각이라고 할 수 있다.

는 용어이다. 정과리는 '한국적 서정'의 알고리즘을 상세하게 분석하여 제시한 바 있다. 이 알고리즘은 어떻게 마음의 상처를 처리하는가를 드러내 주는데 이때 자연은 보편자로서 주체가 합일해야 하는 대상이며 슬픔과 기쁨의 대립을 순수한 기쁨으로 지양시키는 핵심적인 역할을 한다. 이 책의 맥락에서 보자면 이 알고리즘은 상징적 사유의 전형이다(정과리, 「한국적 서정의 정신적 작업」, 『시와정신』, 2003 봄).

26 조지훈, 「자연과 문학」, 『조지훈 전집』 3, 나남출판, 1997 참조.

27 '후반기' 동인들이 하나의 이념을 공유한 것은 아니었다. "그들 중에는 마르크스주의자, 실존주의자, 초현실주의자 등 다양한 경향의 사람들이 포함되어 있었다."(오문석, 앞의 글, 9쪽)

28 김수영, 「'현대성'에의 도피 ― 1964년 6월 시평」, 『김수영 전집』 2(산문), 민음사, 2003(개정판), 530~531쪽.

1950년대 모더니스트들은 은유와 제유를 앞세운 상징적 사유를 통해 허위적 총체성 혹은 허위적 가상을 추구하고, 그것에 기대어 역사적 체험으로부터 도피하거나 노스텔지어[29]의 정서에 젖어드는 것과는 분명한 거리를 두고 있었다. 그들은 전후의 현실 세계를 채우고 있는 잔해와 폐허 — 이때 시체, 훼손된 신체도 이 잔해에 포함된다 — 를 직시하고 있었고, 상징적 사유와 상징적 재현이 그들의 '현재'를 드러낼 수 없다는 것을 자각하고 있었다. 그들이 봉착했던 시인으로서의 궁지, 즉 기존의 상징적 재현으로는 자신의 시대를 드러낼 수 없다는 문제 상황을 돌파하기 위해 그들은 인간 조건의 모든 것을 의문에 붙여야 했고 이 상황을 돌파해 나갈 새로운 재현의 방식, 새로운 시간 인식, 새로운 이미지, 새로운 예술 형식을 추구할 수밖에 없었다.[30]

그들의 새로운 모색을 단지 신고전주의, 데카르트, 루이 14세 이후에 확정된 '모더니티' 만으로 설명하는 것에는 한계가 있다. 김수영을 예로 들어보자. 그의 첨단을 달리는 모더니티 인식은 '거대한 뿌리'로 표상되는 전통과 나란히 놓인다. 모더니티의 주체가 지니는 '명랑'은 쉽사리 '비애'로 돌변한다. 끊임없이 다른 것을 지시하는 기호인 '풀'의 시적 매커니즘을 푸는 것도 난제 중 하나이다. 모더니티의 시인 김수

---

29 이때 노스텔지어는 주로 현상과 이념의 통합, 총체성에 대한 열망, 진리의 현현 가능성 등에 대한 희구를 뜻한다.

30 그렇다고 이 연구가 1950년대의 모더니즘 시가 전적으로 전쟁이라는 체험에서 비롯된 것이라고 주장하는 것은 아니다. 전대(前代)로부터 물려받은 모더니즘의 전통과 서구에서 새로이 수입되는 모더니즘 문학론 역시 그들에게 있어서는 역사적 사건이었고 이러한 역사적 요소들의 영향 하에서 그들의 모더니즘 시가 한국 현대시의 지평에 등장한 것이다. 그러나 전쟁이라는 절멸의 체험은 모더니즘 시인들이 잠시성(transience), 잔해, 유한성, 미래에 상정한 유토피아의 상실 등을 지식의 차원이 아닌 일종의 '내적 체험'으로서 가지게 된 결정적인 계기가 되었다고 생각할 수 있다. 그리고 이러한 내적 체험의 시적 표상으로서의 모더니즘 시 이해는 1950년대 모더니즘 시에 드리워진 일종의 스티그마인 '모더니즘의 포즈만을 드러냄으로써 서구적 모더니즘을 표피적으로 수용하는데 그쳤다'는 평가를 재고하는 계기가 될 수 있다.

영의 작품 속에서 대중없이 튀어 나오는 신에 대한 인식과 초월 앞에서 망설이는 과도한 긴장은, 모더니티가 '신의 죽음'을 전제로 시작된 것임을 고려할 때 해명하기 어렵기는 매한가지이다. 이러한 복합적인 면모를 역사철학적 모더니티를 통해 고찰할 경우 김수영의 시는 때로는 전근대적으로, 때로는 반근대적으로, 심지어는 탈근대적으로까지 보이기 십상이다. 이런 문제가 비단 김수영에게만 해당되는 것이 아니다. 1950년대의 모더니즘 시를 일별할 때 우리는 빈번히 이러한 상황에 맞닥뜨리게 된다.

1950년대 모더니즘 시들의 이러한 양상을 분석하기 위해 우리는 역사 속에서 헤게모니를 장악한 모더니티가 아닌 '다른 모더니티'를 동원해야 할 필요를 느끼게 된다. 중세의 몰락과 신생 근대가 겹치는 시기이자 알레고리적 사유가 전면화되는 시기인 17세기 바로크는 역사적으로 확정된 '모더니티'의 전사(前史)이다.[31] 이 시기에는 지금 우리의 역사 속에서 현재화된 모더니티와는 '다른', 예를 들어 파스칼이나 코르네이유가 기획했던 근대가 하나의 가능성으로서 보존되었던 시기이다. 만약 역사적으로 확정된 모더니티를 비판하고 '다른 모더니티'를 모색한다면 우리는 '다른 모더니티'들이 생존해 있던 이 시기를 재검토하는 것이 필요하다. 이때 알레고리는 다른 모더니티의 하나로서 유력한 후보이다. 알레고리는 인식론, 역사철학, 수사학, 내러티브, 이미지, 공간표상, 주관의 형식 등에 있어 고유한 특질을 지니는 하나의 거대한 사유방식이자 세계관이다. 기존의 모더니티를 판별기준으로 삼는다면 알레고리는 때로 전근대적으로, 때로 탈근대적으로 보이기

31 17세기 바로크의 현대적 양상에 대해서는 Gregg Lambert, *The return of the Baroque in modern culture*, New York : Continuum, 2004(First edition)을 참조할 수 있다. 특히 이 책의 2장에서 바로크와 모더니티라는 주제로 검토하고 있는 옥타비오 파즈, 폴 드 만, 발터 벤야민에 대한 기술은 바로크의 '다른 모더니티'로서의 가능성을 고찰하는데 도움이 된다.

도 한다. 그러나 이러한 알레고리의 복합성은 앞서 김수영을 예로 들어 간단히 살펴본 바 있는 1950년대 모더니즘 시의 혼란상을 포착하기에 유용하다. 알레고리를 방법론으로 본격적으로 수용할 때 우리는 1950년대 속에서 '다른 모더니티'의 면모를 발견할지도 모른다.

이 연구는 입체적으로 재구성한 '알레고리'를 분석틀로 사용하려고 한다. 알레고리가 전쟁이라는 절멸의 체험 이후, 모든 것이 잔해와 폐허로 눈앞에 쌓여있는 '지금 시간'을 시(詩) 속에 각인시키려고 노력한 1950년대 모더니즘 시인들을 분석하는데 유용하다고 판단했기 때문이다. 이 연구 전체를 떠받치는 전제는 다음과 같다. ① 한국전쟁이라는 절멸의 체험이 문학에 남긴 흔적은 실존주의나 허무주의로 충분히 설명될 수 없으며, 그 흔적은 근본적으로 제유를 지배적 전의(轉意)로 삼는 '상징적 사유'나 비유를 지배적 전의로 사용하는 '동일성의 사유'를 비판적으로 바라보는 계기가 되었다. ② 이러한 역사적 체험은 1950년대 모더니즘 시에 '알레고리적 미의식'[32]이라는 미적 특질로 각인되어 있다. ③ 이 '알레고리'는 보들레르로 대변되는 미적 모더니티의 본질이다. ④ 결론적으로 1950년대 모더니즘 시는 이질적 경향의 공존상태로 보이지만 일관된 미의식을 지니고 있으며, 한국전쟁이라는 절멸의 체험을 심미화하는 과정에서 식민지 모더니즘 시와는 변별되는 역사적 특수성을 지닌 미적 모더니티 인식에 도달했고, 전쟁 체험을 "절대 조건"으로 삼을 수밖에 없는 1950년대 시문학의 상황[33]을 고려할 때 심미적 가상을 통해 허위적 총체성을 추구했던 전통서정시

32 현대 예술의 알레고리적 미의식에 대한 일반적 논의는 Craig Owens, "The Allegorical Impulse : Toward a Theory of Recognition", *Beyond Recognition : Representation, Power, and Culture*, Los Angeles : University of California Press, 1992, pp.52~69와 Lynette Hunter, "Allegory happens : allegory and the arts post-1960 in Rita Copeland & Peter T", ed. Struck, *The Cambridge Companion to Allegory*, Cambridge : Cambridge University Press, 2010, pp.266~280 참조.

33 이남호, 앞의 글, 13쪽.

에 비해 당대의 '현재'를 더 잘 드러냈다고 평가할 수 있다.

구체적으로 이 연구는 1950년대 모더니즘 시의 미의식을 검토하기 위해 조향, 박인환, 김수영을 선정했다. 1940년대 후반에 활동했던 '신시론' 동인의 연장선상에 있는 '후반기' 동인은 활동은 1950년대 모더니즘 시를 고찰하기 위해 거쳐야 할 중요한 관문이다.[34] 그중에서도 조향, 박인환, 김수영은 공통분모를 찾기 어려운, 상대적 길항 관계에 놓여있는 시인들이라고 할 수 있다. 시력(詩歷)의 대부분을 초현실주의의 소개와 실험에 바친 조향은 여타 모더니즘 시인들과 거리를 유지하며 어느 정도 고립되어 있었다. "최근의 모더니스트의 일부 시인은 아직도 기림 씨나 이상 씨, 트리스탕 차라, 앙드레 브르통의 기교와 수법이 현대 시의 새로운 형태인 줄 알고 자기들이 가지고 있는 훌륭한 사상과 언어를 도리어 그들과 교환하는 어리석인 일을 하고 있습니다"[35]라는 박인환의 진술은 1950년대 모더니즘의 지형에서 조향이 어떻게 받아들여지고 있는지를 추측케 해준다. 또한 김수영이 박인환을 일컬어 "나는 인환을 가장 경멸한 사람의 한 사람이었다. 그처럼 시인으로서의 소양이 없고 그처럼 경박하고 그처럼 값 싼 유행의 숭배자는 없었다"[36]고 논평한 것을 통해 잘 알 수 있듯이 그 둘의 시적 인식과 태도는

34 1950년대 비평담론을 분석하는 연구에서 한수영은 "50년대의 모더니즘론을 고찰하기 위해서는 '후반기' 동인들에 대해 먼저 주목하지 않을 수 없다. 이들은 50년대 모더니즘 운동의 선편을 쥐면서 모더니즘의 영향력을 확대하는 데에 중요한 역할을 할 뿐 아니라, 우리 근대문학사에서의 모더니즘 운동의 맥락을 30년대에서 40년대를 거쳐 50년대로 이월시키는 교량 구실을 하고 있기 때문이다 (…중략…) '후반기' 동인들의 모더니즘을 살펴보기 위해서는 40년대 '신시론' 동인들의 면모를 살피지 않을 수 없으며, 또한 이들의 사화집이었던 「새로운 도시와 시민들의 합창」을 언급하지 않을 수 없다. 왜냐하면 '신시론' 동인의 면모가 그대로 '후반기' 동인으로 이어지는 까닭이다"라고 평한다. 이러한 진술은 1950년대 모더니즘과 시단의 연관성에 대한 보고이지만 50년대 모더니즘론이 전개된 구체적인 맥락을 이해하는데 도움이 된다(한수영, 앞의 책, 218쪽).

35 박인환, 「현대시의 변모」, 『신태양』, 1955.2. 여기에서는 맹문재 편, 『박인환 전집』, 실천문학사, 2008, 293쪽에 재수록된 것을 인용했다.

36 김수영, 「박인환」, 앞의 책, 98쪽.

상이한 것이었다. 이처럼 1950년대 모더니즘 시의 지형에서도 여러 층위에서 서로 길항하며 먼 거리를 유지하고 있는 이 세 시인들을 연관지어 분석함으로써 넓은 가두리 안에서 1950년대 모더니즘 시의 보편적인 미의식을 파악할 수 있을 것이라는 기대가 이 세 시인을 선정한 첫 번째 이유이다. 세 시인을 선정한 두 번째 이유는 이 연구가 1950년대 모더니즘 시의 특질이라고 가정한 '알레고리적 미의식'의 양상이 이들을 통해 다각적으로 드러날 수 있다고 판단했기 때문이다. 조향은 알레고리 형식 자체의 내용성과 멜랑콜리의 위의를, 박인환은 멜랑콜리의 넓은 스펙트럼을, 김수영은 알레고리적 모더니티의 본질과 도시미학을 잘 보여주고 있다.

이 연구는 알레고리적 미의식이 1950년대 모더니즘 시의 미적 특질이라고 판단하고 조향, 박인환, 김수영의 시를 분석함으로써 구체적인 양상을 드러내는 것을 목적으로 한다. 이를 위해 우선 2장에서 알레고리 개념의 중층적이고 풍부한 특질을 공시적, 통시적 관점에서 이론적으로 검토한다. 알레고리와 수사학의 관계, 알레고리와 모더니티, 알레고리적 미의식의 세목 등이 고찰될 것이다.

3장에서는 많은 경우 일본을 경유한 서구 추수적 초현실주의라 비난 받아온 조향의 작품들을 '알레고리적 형식실험'으로 수렴하고 그것의 의미를 설명한다. 또한 조향의 일관된 시적 태도라 할 수 있는 상호텍스트성과 혼성장르에 대한 애착, 파괴된 것과 불완전한 것에 대한 선호, 유기체에 대한 혐오가 어떤 의미를 지니는지 알레고리적 미의식의 관점에서 검토한다. 그리고 그의 특정한 시간인식과 세계인식이 내포하고 있는 멜랑콜리와 모더니티의 특징을 분석한다.

4장에서는 1950년대의 모더니즘 시 전반에서 발견할 수 있는 멜랑콜리의 다양한 스펙트럼을 한 몸에 구현하고 있는 박인환의 작품을 분석한다. 사회역사적 모더니티에 대한 환멸과 좌절에서 촉발된 멜랑콜리가 현대성 비판의 멜랑콜리로 발전해 가는 과정을 설명하고, 그의 비판적 멜랑콜리가 미국 기행을 기점으로 민족적인 것에 대한 노스텔지어와 센티멘탈리즘으로 퇴각해 가는 과정을 분석한다.

5장에서는 김수영의 1950년대 시를 '알레고리적 모더니티'라는 관점에서 분석한다. 먼저 김수영 시의 멜랑콜리의 원천을 설명하고, 그의 알레고리적 모더니티의 방법론, 윤리학, 미의식을 분석한다. 그리고 김수영 특유의 모더니티가 잘 드러나는 계기라고 판단되는 알레고리적 시간의 세 가지 층위를 분석한다. 마지막으로 도시를 알레고리적인 공간으로 파악하는 김수영의 미의식을 설명한다. 이를 통해 그의 50년대 시가 시간적으로는 4·19 이후, 작품의 역사로는 두 번째 「눈」 이후의 시세계와는 확연히 다른 미적 특질을 지니고 있음을 설명한다.

6장 결론에서는 이 세 시인을 통해 분석한 알레고리적 미의식의 다양한 양태를 재정리하고 이 작업을 통해 끌어낼 수 있는 1950년대 모더니즘 시의 미의식이 지니는 의미를 설명한다. 끝으로 1950년대 모더니즘 시의 알레고리적 미의식이 미적 모더니티의 본질을 함축하고 있음을 제시하고 그것의 문학사적 의의를 설명한다.

제2장

알레고리적 미의식과 모더니티

이 글이 목표로 삼고 있는 1950년대 모더니즘 시의 미의식을 고찰하기 위해서는 이론적 층위에서 몇 가지 선결되어야 하는 과제가 있다. 첫 번째는 '알레고리' 개념을 엄밀하게 재구성해서 작품 해석에 적합한 비평개념으로 확립하는 작업이 필요하다. 두 번째로 거시적 관점에서 알레고리가 모더니티와 어떤 관계에 놓이는지 검토하는 작업이 요구된다. 그래야만 알레고리라는 관점으로 파악한 1950년대 모더니즘 시의 미의식을 모더니티 담론 장 안에 자리매김할 수 있기 때문이다. 마지막으로 알레고리적 미의식의 구체적인 특질이 무엇인지 검토할 필요가 있다. 일반적으로 알레고리는 전의(trope)의 하나로 협소하게 이해되고 있다. 따라서 알레고리가 미의식이라는 층위에서 어떤 내포를 지닐 수 있는 이론적으로 재구성할 필요가 대두된다. 이 같은 작업은 알레고리라는 비평개념에 대한 공시적, 통시적 천착을 통해 가능하다. 이 장의 1절에서는 알레고리 개념의 역사적 변천을 은유, 상징, 알레고리와의 관계 속에서 검토하고 이를 통해 알레고리의 수사학적 특질이 무엇인지 살펴보기로 한다. 2절에서는 알레고리의 특질이 사회역사적 모더니티를 떠받치는 전제들과 어떻게 충돌하는지 살펴보고 이를 바탕으로 알레고리와 사회역사적 모더니티, 알레고리와 미적 모더니티의 관련 양상을 검토하기로 한다. 3절에서는 발터 벤야민의 알레고리론을 매개로 알레고리적 미의식의 세부적인 특질들을 다양한 층위에서 분석 제시하고 이를 1950년대 모더니즘 시를 분석하는 방법론으로 어떻게 사용할 것인지 밝히기로 한다.

1. 알레고리와 수사학 – 은유, 상징, 아이러니와의 관계 규정

알레고리[1]의 역사는 그것의 본질에 관해 많은 것을 말해준다. 우선

---

1 개념사를 검토하기에 앞서 알레고리의 어원적 의미를 고찰하는 것도 유익하다. allegoria는 '다른'을 뜻하는 그리스 단어 'allos'와 '아고라(agora)에서 회중에게 말하다'를 뜻하는 동사 'agoreuein'의 합성어이다. 이때 아고라는 입법부의 모임이라는 뜻도 있지만 동시에 시장(open market)이라는 뜻도 있다. 따라서 agoreuein은 정치적, 법적 맥락에서의 말하기와 일상생활 속의 평범한 말하기라는 이중적 의미를 지니고 있었다. 그런데 여기에 반전을 만들어내는 단어 allos가 붙으면서 알레고리의 함축이 보다 명확해진다. allos가 전자, 즉 공적인 집회에서 말하기와 결합하면 '비밀스럽고 신중한 언어'라는 뜻을 지니게 된다. 그리고 allos가 시장과 결합하면 평범한 일상의 말이 아닌 것이 되므로 '엘리트적이고 우월한 언어'라는 뜻을 지니게 된다. 이는 종교적 철학적 맥락을 가지게 되는 것이다.
allos와 agoreuein의 합성은 크게 보아 '다르게 말하기(saying otherwise)'와 '다른 것을 말하기(saying other things)' 로 구분할 수 있는데 전자는 말(verbum)의 차원이므로 수사학적, 작법적 전통으로 나아가고 후자는 의미(intentio)의 차원이므로 철학적 해석학적 전통으로 나아가는 것이다. 전자는 알레고리적 텍스트의 창조와 연관되며(어떻게 달리 말할 것인가) 후자는 이미 쓰여진 텍스트의 해석과 연관된다(이 텍스트는 달리 말해진 것인데 이면의 의미는 무엇인가). 알레고리는 지금도 수사학적 용어로도 해석학적 용어로도 쓰인다(Jon Whitman, *Allegory : The Dynamics of an Ancient and Medieval Technique*, Replica Books, 2000, pp.263~265 참조).

이 자리에서는 통시적으로 알레고리의 의미변천을 따라가면서 그 역사 속에서 알레고리의 대응 쌍으로 설정되었던 은유, 상징, 아이러니 등과 비교하는 과정을 밟으려 한다. 이를 통해 알레고리가 수사학의 핵심적 요소들과 어떤 관계를 맺는지 검토하고 이를 통해 알레고리의 특질을 고찰할 것이다.

알레고리가 본격적으로 다루어진 것은 키케로의 수사학을 체계적으로 계승하여 수사학이라는 학문의 기틀을 잡는데 결정적으로 기여한 퀸틸리아누스에 의해서이다.[2] 퀸틸리아누스의 알레고리 논의를 따라가려면 우선 전의(轉意, trope)와 문채(文彩, figure)를 검토할 필요가 있다. 퀸틸리아누스의 규정의 따르면 전의(trope)는 자연스럽고 적절한 의미에서 꾸밈을 위해 다른 것으로 이동한 언어 혹은 "적절한 맥락에서 그렇지 않은 맥락으로 이동한 표현"이다.[3] 전의(trope)에 해당하는 라틴어 'inversio'는 대체, 대리를 뜻한다.[4] 원래의 언어를 다른 언어로 바꾸어 꾸미는 것이다. 퀸틸리아누스의 영역자들은 전의의 특질을 설명하기 위해 turn, transfer, move 등의 단어를 사용하고 있다. 퀸틸리아누스의 체제에 따르면 은유, 환유, 제유, 알레고리, 아이러니 등은 모두 전의에 해당한다.[5]

figure는 문채(文彩)이다. 쉽게 말하면 즉각적이고 명백한 '형식'과는 구분되는 '언어의 형상화(configuration of language)'이다. 이는 어떤 인위적 수단에 의해 고안된 표현형식이라고 볼 수 있다. 퀸틸리아누스는 '문채(文彩)'를 두 가지로 정의하고 있는데, 첫째는 사유가 그 속에서 표현된

2 Quintilian, Trans. Donald Russell, *The Orator's education*, vols.1～12, Cambridge : Harvard University Press, 2002(revised translation); Heinrich Lausberg, *Handbook of Literary Rhetorics : A Foundation of Literary Study*, Brill, 1998 참조.

3 Quintilian, ibid., vol.9.1, pp.11～23.

4 Heinrich Lausberg, op.cit., p.248.

5 이 지점에서 본 연구와 관련해서 주목할 점은 퀸틸리아누스가 아이러니를 알레고리의 하위범주로 설정하고 있다는 점이다. 이것의 의미는 차후에 더 자세하게 다룰 것이다.

어떤 형태(shape)이며 둘째는 의미 혹은 언어가 일상적인 단순한 형식(form)에서 의도적으로(목적을 가지고) 일탈하는 것이다. 문채(文彩)에는 두 종류가 있다. 하나는 사유의 문채(figure of thought)이고 다른 하나는 말의 문채(figure of speech)이다.[6] 사유의 문채(文彩)는 여러 가지가 있을 수 있다. 이를 평범한 말로 바꾼다면 아직 적확한 표현을 얻지 못한 개념 혹은 이미지 상태의 사유라고 할 수 있을 것이다. 그리고 이 이미지 상태의 사유 혹은 언어적 전환을 거치기 이전의 사유 속 개념은 여러 형태의 말의 문채(文彩)에 담길 때 비로소 현재화된다. 달리 말하면, 사유의 양식은 그것 특유의 말을 배열하는 방법이 개발될 때에만 비로소 존재할 수 있는 것이다. 퀸틸리아누스는, 사유의 문채(文彩)는 개념에 깃들며 말의 문채(文彩)는 그 개념의 제시(presentation)라고 설명한다.

그러면 퀸틸리아누스는 알레고리를 전의의 층위와 문채(文彩)의 층위에서 각기 어떻게 설명하고 있을까? 이 대목은 알레고리에 관한 고전적 정의이자, 지금까지 이어지는 은유-아이러니-알레고리 간의 위상에 관한 담론투쟁을 선취하고 있기 때문에 주목할 가치가 있다. 우선, 전의(trope)로서의 알레고리를 설명하는 대목에서 퀸틸리아누스는 알레고리를 다음과 같이 설명한다. "알레고리는 어떤 사물을 그 사물의 단어로 제시한다. 그리고 ① 다르거나 ② 가끔은 심지어 정반대의 사물을 의미한다. 첫 번째 유형은 일반적으로 '연속된 은유(succession of metaphor)'로 이루어진다."[7] 이 진술은 알레고리가 어떤 사물을 지칭할

6 하인리히 라우스베르크는 전자를 conceptual figure, 후자를 verbal figure라고 바꿔서 말하고 있다.

7 퀸틸리아누스의 정전으로 쓰이는 하버드대 출판부 Belknap의 라틴-영어 대역본에서 이 부분은 continuatis tralationibus로 식자되어있는데 이는 translationibus의 탈문인 것으로 보인다. 그리스어 metaphora는 라틴에서 translatio로 번역되었다. 여기서 용어상의 문제를 정리하기 위해 몇 가지 첨언하자면, 아리스토텔레스의 『수사학』에서 언급되는 은유(metaphora)는 전의(trope)의 일종인 은유를 말하는 것이 아니다. 아리스토텔레스가 metaphora라고 할 때 그것은 전의(trope) 일반을 말하는 것이다. 그래

때 그 사물에 관해 약호화된(codified) 기호를 사용하지만 그것은 다른 의미 혹은 정반대의 의미를 지칭한다는 뜻이다. 현대 기호학의 용어로 치환하면 기표와 기의의 불일치 혹은 기표와 기의의 대립이라고 할 수 있다. 퀸틸리아누스의 이러한 정의는 알레고리의 핵심을 파악하기 위해 섬세하게 분석할 필요가 있다. 분석을 위해 알레고리와 은유의 관계 규정, 알레고리와 아이러니의 관계 규정을 검토하지 않을 수 없다.

먼저, 알레고리와 은유의 관계를 살펴보자. 원래 '은유'는 한 단어로 등장하거나(명사 바꿔치기) 문장 전체에서 은유적인 완곡어법으로 등장할 수 있다.[8] 후자의 경우는 자연스럽게 알레고리의 유형에 속한다. 설령 전자처럼 은유가 한 단어로 등장하더라도 그것은 문장이라는 컨텍스트 안에서 발생하는 것이므로, 그 은유는 문장 전체에 은유적 색조를 덧입힐 수 있다. 그렇기 때문에 은유는 한 단어를 다른 단어로 대체하는 것을 넘어 문장 전체의 층위에서 알레고리를 불러일으킬 수 있는 힘을 지니고 있는 것이다. 퀸틸리아누스의 규정에 따르면 알레고리와 은유의 관계는 양적인 것이라고 볼 수 있다. 은유의 연속이 알레고리인 것이다. 알레고리를 은유를 중심으로 재규정하자면 '알레고리는 전체 문장 길이 혹은 그 문장을 넘어서까지 지속되는 은유'라고 할 수 있을 것이다.[9] 그렇다면 figure인 알레고리는 trope 층위의 은유가 확대되면서 발생하는 것이 된다. 이런 분석틀에서는 은유가 '수사학의 여왕'이라는 자리를 굳

서 metaphora가 라틴어로 번역될 때 '자리를 바꾸다'라는 뜻인 'translatio'로 번역된 것이다. 은유에 관한 이러한 용어상의 혼란이 은유 연구에 약간의 혼란을 야기하기에 지적하고 지나간다. 라틴-영어 대역본의 탈문으로 보이는 대목은 Lausberg의 퀸틸리아누스의 인용을 참조해서 고쳤다. 그리고 영역자들은 이 대목을 succession of Metaphors라고 번역했다. 퀸틸리아누스는 다른 곳에서 '계속되는 은유의 연쇄는 알레고리를 산출한다'고 기술하고 있다(Quintilian, op.cit. vol.9.2, p.61). 아리스토텔레스의 metaphora에 대한 라우스베르크(Lausberg)의 주석은 앞의 책, p.249・554 참조.

8 Heinrich Lausberg, ibid., p.256・563.

9 ibid., p.399・895.

건히 지킨다.[10] 그러나 퀸틸리아누스는 알레고리에서 '연속되는 은유'들 사이의 간극, 심연을 설명하지 않고 있다. 엄밀히 말해 알레고리는 continuatis metaphora가 아니라 dis | continuatis metaphora이다.

알레고리-아이러니 규정은 비교적 명료한 편이다. 퀸틸리아누스는 알레고리의 정의에서 '② 심지어 때로는 정반대의 사물을 의미' 하는 것을 아이러니라고 규정하고 있다.[11] 주지하는 바와 같이 '아이러니'는 반대를 지칭하는 단어로 어떤 것을 표현한다. 그것은 '다른 것을 말하기'의 극단에 해당한다. 최소한, 퀸틸리아누스의 규정에 따르면 아이러니는 알레고리의 하위영역이다. 퀸틸리아누스의 저작을 면밀히 살펴보면 알레고리의 스펙트럼의 양 끝은 수수께끼(enigma)와 아이러니이다. 알레고리가 지시하는 것이 너무 모호해지면 수수께끼가 되는 것이고 정반대가 되면 아이러니가 된다.[12]

---

10 그렇기 때문에 라우스베르크의 체계에서는 trope안에 allegory가 없다. metaphor 설명에 알레고리를 불러일으킬 가능성이 있다는 언급만 나오고 figure 항목에서 immutatio에 의한 figure항에 알레고리를 집중적으로 다룬다. 이에 반해 퀸틸리아누스는 trope 항목에 알레고리를 배치하고 그 하위에 아이러니를 배치한다. 메타포, 알레고리, 아이러니의 관련양상이 까다롭기 때문이다. 사실 퀸틸리아누스도 알레고리 설명을 메타포로 하기 때문에 결국 메타포를 전면화한 것이라고 볼 수 있다.

11 Quintilian, op.cit., vol.8.6, pp.457~459.

12 그리고 수수께끼라고 번역한 enigma는 계속 추궁해서 풀어나가면 정답을 찾을 수 있는 riddle이 아니다. 정답을 알 수 없는 enigma이다. 알레고리는 의미가 확정되지 않는다. 기표와 기의의 행복한 합일은 없다. 끊임없이 의미작용을 해 나가지만 그 의미가 한 곳에 정박하지 않는 것이다. 현대의 알레고리는 그래서 아이러니 쪽보다는 enigma 쪽으로의 정향성을 지닌다. 이 대목에서 미리 강조하자면, 발터 벤야민에서 정점에 이른 알레고리는 '수수께끼'와 깊이 연관된다. 의미를 상실한 채 잔해로서 나뒹구는 사물들에 끊임없이 침잠하는 멜랑콜리적 주체는 집요하게 이 사물들의 수수께끼에 천착한다. 사물들은 뭔가를 말해주는 듯하지만 그 의미가 확정되지 않고 끊임없이 다른 것을 가리킴으로서 지향성의 개입이 원천적으로 배제된 채 계속적인 의미작용을 해 나간다. 물론 이렇게 말할 때 이것은 이 시대의 유행어인 '차연(differance)'과 구분할 필요가 있다. 차연과 달리 알레고리는 진리의 순간적 자기 제시와 연관된다. 벤야민은 이를 '성좌'라는 사유이미지를 통해 설명한다. 성좌를 수사학적 층위에서 설명하면 상징의 계기를 품고 있는 알레고리라고 할 수 있을 것이다. 이런 면이 알레고리가 해체론적 사유와 닮아있으나 차연과 결정적으로 갈라지는 지점이다.

알레고리의 이론을 구축하면서 중세의 성서해석, 주석 전통을 간과하는 것은 불가능하다. 알레고리는 기독교적 중세로 들어가면서 해석의 일반이론으로까지 확대된다.[13] 기독교적 중세에서 성경을 확장 해석하고 싶은 욕망은 그것의 의미를 다층적으로 구성하도록 추동했다. 알레고리적 해석은 성경 텍스트가 축어적 의미를 넘어서 다른 것을 가리키는 것을 상정하고 접근하는 방식이었다. 이 같은 관점은 성서주석에 관한 토마스 아퀴나스의 논의에서 정교한 형식을 얻는다. 아퀴나스는 성서주석의 네 가지 층위를 언급하는데, 우선 '역사적 · 축어적' 의미가 있다. 그런데 텍스트의 표면이라 할 수 있는 이것은 성서의 정신적 의미를 주석하기 위한 토대에 불과하다. 성서의 정신적 의미는 '알레고리적 의미'와 '도덕적 의미', '유추적 의미'의 결합을 통해 이루어진다.[14] 텍스트를 바라보는 이 같은 관점은 중세미학을 대표하는 단테의 『신곡』에서도 유사하게 반복된다. 그는 『신곡』이 다의적이며 중층적이라고 말한다. 『신곡』은 네 겹의 층위로 이루어져 있는데 축어적(literal), 알레고리적(allegorical), 도덕적 혹은 교훈적(moral or tropological), 영적(anagogical)인 층위라는 것이다.[15] 단테의 이러한 진술은 이제 알레고리적 해석방식이 성서주석을 넘어 일반텍스트의 영역으로 확대, 세속화되었음을 말해준다. 이처럼 중세로 넘어오면서 성경텍스트를 확대해석하고자 하는 욕망은 텍스트의 문자적 층위를 넘어서 알레고리적 해석의 길을 열었고, 알레고리가 모든 텍스트를 담당하는 주요한 해석의 방식으로 자리 잡는 계기가 되었다.

---

13 움베르토 에코, 손효주 역, 『중세의 미와 예술』, 열린책들, 1998, 107~130쪽.

14 토마스 아퀴나스의 성서해석의 의미층위를 도식적으로 표현하면 다음과 같다.

$$\frac{\text{알레고리적 의미 + 도덕적 의미 + 유추적 의미 (→ 정신적 의미)}}{\text{역사적, 축어적 의미 (→ '정신적 의미'의 토대)}}$$

15 Jeremy Tambling, *Allegory*, London : Routledge, 2010, pp.25~28 참조.

어떤 미학적 태도를 견지하느냐에 따라 알레고리에 대한 가치평가는 달라지기 마련이다. 일정한 미학적 태도를 견지했던 의고전주의, 낭만주의 같은 사조 속에서 알레고리는 상징이나 아이러니와 대응 쌍을 이루며 그 위상의 부침을 겪는다. 이 시기의 상징과 알레고리는 괴테에 의해 정식화되었다. 그리고 이 괴테의 정식은 상징과 알레고리에 대한 전통적 이해의 기저를 이룬다. 괴테는 "상징은, 현상(phenomenon)을 하나의 이념(Idee)으로 변화시키고 이 이념을 하나의 상 bild로 변화시킨다. (…중략…) 이와 달리 알레고리는 현상을 개념으로 변화시키고 또 이 개념을 상(bild)으로 변화시킨다"[16]라고 정식화한다. 괴테에 의하면 상징과 알레고리는 모두 비감각적인 것(개념과 이념이다)을 감각적인 것으로, 즉 상(bild, image)으로 제시하는 것이다. 그런데 알레고리에는 개념이 담기며 알레고리에 담긴 개념은 이미지와 합치하며 이미지 표상의 한계를 넘어서지 못한다. 이때 알레고리는 가다머의 표현을 빌자면 '로고스의 영역'에 속하며 수사학적 혹은 해석학적 전통에 의거해 관습적으로 해석된다.[17] 알레고리의 이미지는 관습적 해석의 전통에 의거해 특정 개념으로 치환되며 알레고리의 의미작용은 여기에서 그친다.[18] 반면 상징에 담긴 이념은 그것이 담긴 상(image)을 넘어서는

16 Goethe : Maximen und Reflexionen, Wk, a.a.O., Band XXXVIII, s.261. 여기서는 게오르그 루카치, 반성완 역, 『루카치 미학』 제4권, 미술문화, 2004, 148쪽에서 재인용. 괴테의 상징과 알레고리에 대한 정의와 그러한 구분이 괴테의 Lyric ballad에 어떻게 실체화되었는지에 대한 구체적이고 유용한 설명은 Simon Brittan, *Poetry, Symbol, and Allegory*, Charlottesville : University of Virginia Press, 2003, pp.170~182 참조. 사이먼(Simon)은 아쉽게도 괴테의 '현상'을 경험(experience)이라는 평이한 단어로 치환해 놓았다.

17 한스 게오르크 가다머, 이길우 외역, 『진리와 방법』 1, 문학동네, 2000, 142쪽.

18 가다머는 이에 대해 다음과 같이 말한다. "알레고리 개념의 의미발전에서는 수사학과의 관계가 중요하다. 왜냐하면 알레고리가 원래, 상징이 요구하는 것처럼 형이상학적인 근원적 근친성을 전제하는 것이 아니라, 관습과 교의적 고착에 의해 형성되고, 상이 없는 것을 구상적으로 묘사할 수 있게 해주는 부가된 의미를 전제하기 때문이다. (…중략…) 알레고리는 비감각적인 것에 대한 감각적인 것의 의미있는 연관이다."(위의 책, 145쪽 참조) 이때 '의미있는 연관'은 코드(언중들 간에 합의된 약호)를

것이며 상이 지닌 표상력의 한계를 넘어 자유롭게 작동한다. 괴테는 "이념은 상(image) 속에서 언제나 무한하게 작용하고 또 도저히 도달될 수 없는 그 어떤 것으로 머문다. 따라서 이념은 모든 언어로 다 표현해도 그래도 말할 수 없는 그 어떤 것이 남아 있도록 한다"[19]고 설명한다. 상징에 대한 이러한 해석(상(image)을 넘치는 이념의 무한한 작용이라는)에는 수사학적 전통을 넘어서는 형이상학적 배경이 깔려있다. 이는 신플라톤주의의 강력한 자장아래 형성된 사유라고 할 수 있는데, 플로티누스로 대변되는 신플라톤주의는 감각적인 것은 단순한 무(無)나 암흑이 아니라 참된 것의 유출이며 반영이라는 것이 핵심 테제일 것이다. 감각적인 것은 일자, 혹은 이념(Idee)과 닿아 있다는 것이다. 괴테가 정의한 상징은 그노시스적 기능[20]과 이 기능의 형이상학적 배경이 전제되어야 이해할 수 있다.[21]

'인간자신의 잘못에 의한 미성숙으로부터의 인간의 탈출'을 기치로 내건 계몽주의의 미학적 판본인 신고전주의에서는 괴테의 규정에 의해 알레고리가 숭앙받고 상징은 폄하된다. 초월적 계기, 무한, 이념과 같은 중세의 특질을 강하게 가지고 있는 상징이 주체를 전면화하고 미성숙에서 벗어나려는 계몽주의자들에 눈에 탐탁지 않아 보였던 것은 자연스러운 일이다. 상징 대신 개념과 빈틈없이 아귀가 들어맞는, 가다머의 말처럼 로고스의 영역에 속하는 알레고리는 높이 평가된다. 복잡하지만 천재가 아니더라도 관습에 기댄 오성적 해석을 통해 그 의미

따라서 이루어진다는 것을 염두에 두어야 한다.

19 게오르그 루카치, 앞의 책, 148쪽에서 재인용.

20 통상 '신비주의'라고 해석되는 그노시스의 중세적 맥락은 '신에 대한 지식'이다. 신지학(神智學)이라고 할 수 있다. 이는 초월적인 것(그게 진리로 불리든, 이념 혹은 이데아로 불리든)에 대한 지식이라고 할 수 있다. 일반적으로 말해서 알레고리는 지식, 특히 신을 상실한 시대의 지식과 깊은 연관성이 있다. 알레고리의 신학적 측면은 그 개념의 역사를 돌아볼 때 상당히 중요하다.

21 한스 게오르크 가다머, 앞의 책, 143~144쪽.

를 남김없이 드러낼 수 있다고 생각한 알레고리에 신고전주의는 친연성을 느꼈던 것이다. 결국 계몽주의 영향 하의 합리주의 미학은 알레고리(allos + agorauein, 다른 것을 말하다)의 핵심인 '다른 것(allos)'이 지닌 무한한 가능성을 축소시키고 그것을 확고한 전통과 관습을 통해 오성적으로 파악, 해석할 수 있는 것으로 만들었다고 볼 수 있다. 이는 알레고리가 가진 의미작용의 가능성을 축소시킨 것이다. 이런 맥락에서 보자면 계몽주의의 합리주의 미학에 와서 알레고리의 풍부한 함의와 위상이 전면적으로 축소, 하락되었다고 볼 수 있다.

반면 반(反)계몽으로 혹은 계몽에 대한 계몽으로 등장한 낭만주의는 입장이 다르다. 천재미학 혹은 주관성의 미학으로 지칭할 수 있는 낭만주의는, 개념 해석으로 그 의미가 다 소진되지 않고 여전히 상(像) 속에 남아 무한히 활동하는 '이념'에 친연성을 느꼈다. 계몽시대의 합리주의 미학이 천재미학에 굴복했을 때 '상징적인 것'이라는 말과 개념의 지위를 성공적으로 상승시킨 것은 바로 상징이 지닌 '의미의 미규정성'이었다.[22] 그들은 계몽주의가 오성적 해석의 대상으로, 모든 상을 등가를 이루는 개념으로 치환할 수 있는 도식적 해석의 대상으로 협소하게 전락해버린 '알레고리'를 배격했다. 그런데 낭만주의가 공식적으로는 상징을 내세웠지만 알레고리적 지향이 있었다고 해석할 수 있다. 그들의 '아이러니'를 고려할 때 이런 문제제기가 가능해진다. 앞서 기술한 바와 같이 수사학의 고전적 규정에 따르면 아이러니는 알레고리의 하위 전의(trope)이다. 또한 화자의 말과 실제 의미가 상반되더라도 그 말의 토대가 절대적 진리에 기초해 있기 때문에 규칙만 따르면 의도된 의미에 도달할 수 있었던 '수사적 아이러니'와 달리 초기 낭만주의의 '낭만적 아이러니'는 자기창조와 자기파괴 사이를 오가면서,[23] 헤겔이 격렬하게

---

22 위의 책, 146쪽.

23 에른스트 벨러, 이강훈 · 신주철 역, 『아이러니와 모더니티 담론』, 동문선, 2005, 98～

비판했던 주관성의 미학에서 벗어나[24] 자신의 불완전함에 대한 인식을 텍스트에 새김으로써 가장 높은 완전성을 추구했다.[25] 이 또한 의미의 미확정성에 대한 충동이라고 할 수 있다. 이렇게 볼 때 낭만주의자들이 배격했던 알레고리는, 계몽주의자들에 의해 도식적으로 의미결정이 가능한 '알레고리', 다시 말해 'other'의 끊임없는 의미 생산력을 거세당한 전락한 알레고리이며, 그들이 상징이나 '낭만적 아이러니'를 통해 추구했던 의미의 미결정성, 상을 넘어서는 이념의 무한한 움직임 등은 오히려 진정한 알레고리적 충동이라고 할 수 있다.[26] 그렇다면 계몽주의

99쪽에서 재인용.

24 게오르크 빌헬름 프리드리히 헤겔, 두행숙 역, 『헤겔미학』 1, 나남출판, 1996, 112~121쪽.

25 에른스트 벨러, 앞의 책, 95~100쪽.

26 물론 이 부분은 정교한 논의가 필요할 것이다. 가장 긴박한 요청은 '아이러니'의 의미 미결정성과 '알레고리'의 의미 미결정성의 차이를 밝히는 문제이다. 거칠게 개관하면, 아이러니는 계속해서 반대를 가리키는 '아이러니의 아이러니(irony of irony)'이다. 계속 뒤집어지는 것이다. 그런데 그때마다 반대는 정확히 무엇인지 알 수 없는 것이다. 만약 그 반대가 무엇인지 알 수 있다면 그것은 아이러니가 아니라 선명한 대조법이 될 것이다. 이와 달리 알레고리는 의미가 불확정적이지만, 벤야민의 「인식비판서설」의 '성좌형세(Konsallation)'에 대한 트락타투스를 꼼꼼하게 살펴보면 파편들의 운동인 성좌의 움직임이 순간 정지하며 의미가 튀어나온다. 벤야민의 알레고리는 상징의 계기를 품고 있는 알레고리라고 볼 수 있다. 서설에서 벤야민이 기술하고 있는 '원천(Ursprung)'같은 경우에도 성립의 사건을 포함해서 이념이 역사적으로 전개되고 있다고 말하는데, 이는 여하튼 한 순간이라 하더라도 역사 속에서 일순간이라도 '의미'가 튀어나온다(ent-springen)는 것을 뜻한다. 아이러니가 포스트모더니즘의 담론 장안에서 의미의 끊임없는 지연인 '차연'과 유사하다면, 벤야민의 알레고리는 해체, 탈구축의 특성이 명확함에도 불구하고 순간적으로 의미 혹은 이념 혹은 진리가 튀어나온다는 점에서 양자는 뚜렷이 구분된다고 볼 수 있다. 한 가지만 더 지적하면, 벤야민의 「인식비판서설」에서 '진리' 혹은 '이념'은 주체의 지향성으로는 절대도 포착하지 못하는 것이다. '진리는 의도의 죽음이다', 주체의 기획이, 지향성이 불가능한 상태에 비로소 진리가 '자기 스스로를 제시한다'는 것이 벤야민의 강조점이다. 그런데 「역사의 개념에 대하여」로 가면 미묘한 입장의 변화를 보여준다. 「역사의 개념에 대하여」에서 벤야민은 '인식가능성의 지금'이라는 개념을 강조한다. '지금'에 대한 인식을 계기로 특정한 '과거의 지금'을 움켜쥘 수 있다는 것이다. 역사철학에서 '진리'에 해당하는 것은 지금과 과거의 지금을 변증법적으로 인식함으로써 연속적 진보적 시간관을 파괴하고, 과거를 기억(구제)하고, 다른 시간의 가능성을 마련하는 것이다. 「인식비

자들에 의해 축소된 알레고리는 낭만주의자들이 추구한 상징과 아이러니 속에서 생존했다, 혹은 다시 복구되었다고도 말할 수 있다.[27]

2. 알레고리와 모더니티

알레고리와 모더니티의 관계는 자세히 검토할 필요가 있다. 이는 1950년대 모더니즘 시의 미의식을 모더니티라는 보다 넓은 담론 장 안에서 정위하기 위한 기초 작업이기 때문이다. 일반적으로 말해서 알레고리는 근대 세계에서 끊임없이 축출당할 위기에 처해 있었다고 말할 수 있다. 이는 사회역사적 모더니티를 떠받치는 기본적 원리들과 불화하는 알레고리의 특성이 야기한 자연스러운 결과였다. 우선 알레고리가 근대에 들어와 축출 위기에 처하게 된 문화사적 맥락은, 물론 영국의 상황에 국한되지만, 테레사 켈리(Theresa M. Kelly)의 연구에서 잘 설명되고 있다. 그녀에 따르면 알레고리의 몰락이라는 문화적 사건을 불러일으킨 이유는 ① 플라톤의 '실재론'이 "진리"와 "정의"는 이름에 불

판 서설」과 「역사의 개념에 대하여」를 나란히 놓고 양자의 긴장 속에서 벤야민의 구도를 파악하는 게 좋은 것 같은데, 이 양자를 연관 짓는다면, '진리'라고 말하는 것은 스스로 자기를 드러내는 것으로 주체의 의도의 죽음이지만, 역사적 주체에게 '약한 메시아적 힘'이 주어져있고 쉽지 않고 그 가능성이 희박하겠지만 (역사적) 진리를 인식할 수 있는 역능이 있다고 볼 수 있다.

27 낭만주의의 공식미학은 상징론이지만 '의미의 미확정성'이라는 측면에서 볼 때 그것은 실제로 알레고리론이라고 할 수 있을 것이다. 낭만주의가 알레고리를 전적으로 배격하고 상징만을 높인 것은 아니다. Kelly는, 비록 영미문학의 전통에 국한된 논의이지만 블레이크와 코울리지를 분석하면서 낭만주의가 알레고리에 대해 양가적 태도를 지니고 있었다는 것을 정교하게 논증했다(Theresa M. Kelly, *Reinventing allegory*, Cambridge : Cambridge University Press, 1997, pp.93~134 참조).

과한 것이지 이상적인 보편자들이 아니라는 유명론자들의 확신으로 대체, ② 신화와 예형론(typology)에 대한 문학적 인유의 급격한 몰락, ③ 비의적인 알레고리와 엠블럼들을 읽어내는 법을 아는 박식한 독자층을 공급했던 귀족 후원자들의 소멸, ④ 복잡하고 학문적인 엠블럼들과 알레고리적인 성경해석에 적대적인 개신교도들, 청교도들의 반감, ⑤ 사실적이고 평범한 문체에 호의적인 당대의 논의들이 그 이유이다. 이런 문화적 변동의 집단적 압력 속에서 알레고리는 모더니티의 표준적인 담지자들이라고 할 수 있는 경험주의, 역사주의, 근대적 의미의 리얼리즘, 평이하고 합리적인 발화에 의해 쫓겨난 것이다.[28]

근대에 들어서며 알레고리가 처한 궁지를 인식론적 층위에서 살펴보면, 명석판명한 이성에 기반해서 지시(reference)와 지시대상(referent)의 합일을 지향했던 근대에서 늘상 '다른 것(allos)' 가리키는 알레고리는 배격받을 수밖에 없다. 근대적 의미의 '개념'은 지시대상의 잔여를 남기지 않고 알뜰하게 언어로 치환한 것이다. 그런데 개념이 함축하고 있는 지시어와 지시대상의 동일성을 근본적으로 부정하는 알레고리의 인식론적 특성은 근대의 사유방식을 넘어서는 일종의 비동일성의 사유이다.[29] 알레고리가 근대에 들어와 배격당하는 것은 당연한 일이다.

역사철학적 관점에서 볼 때 '근대'의 시간은 고전적 고대에 설정해 놓은 '완전성'을 답습하는 것이 아니라 미래에 완전성을 투사하여 '완전가능성'으로서의 미래를 지향하는 진보의 시간이다. 그러나 알레고리의 시간은 예형론(豫型論, typology)[30]에 기반하고 있는 구성적 시간이다. 예

---

28 ibid., pp.1~3 참조.

29 이런 점에서 알레고리는 탈근대성과 깊이 연관된다.

30 typology는 문학연구 영역에서 '유형론'으로 번역되어 왔다. 원래 이 용어는 신학에서 구약과 신약의 관계를 설명하기 위해 고안된 것이다. 문학 비평용어로는 노스럽 프라이가 『비평의 해부』에서 적극적으로 사용한 바 있다. 이 연구에서는 typology를 '예형론'으로 옮겼다. 예형론이 typology의 시간적 속성을 더 잘 드러낸다고 판단되기 때문이다. 『비평의 해부』를 번역한 임철규도 typology를 예형론으로 옮겼다(노스럽 프

형론은 알레고리적 시간의 특질 뿐 아니라 문채(文彩, figure)로서의 알레고리[31]를 이해하는데 있어서도 핵심적인 사안이다. 성경해석의 전통에서 예형론은 구약에서 일어난 모든 일들을 신약에서 일어나는 일들의 예형(typos)[32] 혹은 예시로 보는 것이다. 물론 이는 알레고리적 해석의 전형적인 유형이다.[33] 예형론을 통해 무질서해 보이는 현실은 과거와의 유사성을 통해 구조화된다. 이 유사성은 양극으로 나누어진다. 하나는 원래 이미지(original image)이고 또 하나는 거울 이미지(mirror image)이다. 원래 기술적 용어였던 예형(typos)은 동전을 찍어내는 주조틀에 새겨진 이미지를 말한다. 그것을 부드러운 물질에 찍었을 때 그 물질의 표면에 재생산되는 이미지도 원래 예형(豫型, typos)으로 불렀으나 둘을 구분하기 위해 후자를 본형(本型, antitypos)으로 불렀다. 이 용어가 후일 역사개념에 대한 사유방식에 적용되었다는 점이 중요하다. 역사적 사유로 전화된 예형론(typology)에 의하면 모든 시대는 연속되며 이전 시대는

라이, 임철규 역, 『비평의 해부』, 한길사, 2000, 66・279쪽 참조).

31 왜냐하면 그리스어 typos에 대한 라틴어 번역어가 문채(文彩, figura)이기 때문이다.

32 바울이 고린도전서 10장 6절과 10절에 사용한 그리스어 τυποι를 제롬이 라틴어로 옮길때 figura를 사용했다. 이를 통해 figura라는 말이 typos에 해당하는 표준 라틴어가 되었음을 알 수 있다. 이 figura는 현대어로 figure, 즉 문채(文彩)가 되었다. 문헌학적으로 따질 경우 figure의 원 뜻은 typos, 즉 예형(혹은 예시, 본보기)인 것이다. 알레고리의 특성을 설명할 때 이 예형론은 중요한 위상을 지닌다. 조르지오 아감벤(Giorgio Agamben)은 발터 벤야민의 역사철학테제 해석을 겨냥한 자신의 문헌학적 연구서 *The time that remains : A commentary on the Letter to the Romans*에서 이 대목을 뛰어나게 설명하고 있다(Giorgio Agamben, Trans. Patricia Dailey, *The time that remains : A commentary on the Letter to the Romans*, Stanford : Stanford University Press, 2005). 특히 이 책의 73~75쪽 참조. typos와 figura의 역사적 쓰임새와 단어의 함축에 대해서는 Erich Auerbach, *Scenes from the drama of European literature : Six essays*, New York : Meridian Books, 1959, pp.11~17 참조. 전형적인 기독교 신학의 typology에 대해서는 Lausberg, op.cit., § 901, p.402 참조.

33 에리히 아우에르바흐는 앞의 책에서 '예형론적 혹은 문채(文彩)적인 것'을 '알레고리적인 것'과 구분한다. 그리고 전자를 더 선호한다. 알레고리적인 것은 영적인 의미를 지니는 것과 달리 문채(文彩)적인 것은 역사적 사건을 보존하고 있기 때문이다. 실제를 다룬다는 면에서 문채(文彩)적인 것을 알레고리적인 것보다 선호하는 것이다(Erich Auerbach, ibid., p.68 참조).

동전 주조틀의 이미지가 부드러운 물질에 자기 이미지를 복제하듯이 다음 시대에 자신의 흔적을 새긴다. 그리고 모든 시대는 미래가 과거보다 더 완전하고 선명하다. 이런 방식으로 역사는 가장 완전한 인장(印章)인 '종말'을 향해 간다고 생각하는 것이다.[34] 이러한 논의는 중세를 지배한 알레고리적 해석의 전형이다.

문학 연구를 위해서 시간적 층위의 예형론을 수사학적 층위인 문채(文彩, figure)로 전치시킬 필요가 있다. 예형론은 시간에 따라 움직이는 문채(文彩)이다. 예형(typos)은 '과거'에 존재하고 그것이 실현된 형식인 본형(antitypos)은 '현재'에 존재한다. 혹은 예형은 '현재'에 존재하고 본형은 '미래'에 존재한다. 과거와 현재를 혹은 현재와 미래를 관련짓는 '사유의 문채(figure of thought)'로서의 예형론(typology)은 이런 면에서 볼 때 하나의 역사이론, 더 정확히 말하면 역사의 과정에 관한 이론이 된다.[35] 이러한 문채(文彩)를 통해 무질서해 보이고 아무 연관없어 보이는 과거와 현재의 무수한 사건들은 유사성을 매개로 구조화된다. 이것이 말하기나 글쓰기에 담기면, 다시 말해 말의 문채(文彩, figure of speech)를 통해 현실화되면 '시간성의 수사학'이 되는 것이다.[36] 현재와 과거가 유사성을 통해 구조화되는 알레고리의 시간은 미래를 강조하는 모더니티의 진보적 시간과 질적으로 다르다.[37]

---

34 이는 알레고리적 시간에 있어서 중요한 대목이다. 이러한 예형론의 논의에서 '과거의 사건'은 지나간 것이기에 종결되고 완성된 것이 아니다. 그것은 미래의 사건을 통해 의미가 선명해지고 확정되는 미완의 것이 된다. 이런 면에서 이는 과거의 활력성(actuality)을 유지하는 약한 방식이기도 하다. 이후에 진술하겠지만 이러한 typology는 아감벤의 주석에 따르면 벤야민의 typos와 다르다. 아감벤은 앞의 책에서 예형론(typology)을 전혀 다르게 해석하면서 그것으로 벤야민의 '메시아적 시간'을 설명한다.

35 노드롭 프라이, 김영철 역, 『성서와 문학』, 숭실대 출판부, 1993, 131쪽.

36 앞으로 알레고리와 예형론의 맥락에서 시작된 이러한 시간성의 수사학은, 벤야민을 거치면서 파괴적으로 재구성되고 이는 이 연구의 핵심적인 방법론으로 사용될 것이다.

37 벤야민의 「역사의 개념에 대하여」에서 명확한 개념이 드러나는 알레고리의 시간은 기존의 예형론을 변형시킨다. 테제에 이르면, 알레고리의 시간은 결국 예형론마저

이런 사정을 고려할 때 알레고리는 모더니티 속에서(그리고 근대문학 속에서) 전면화되기 힘들었다. 야우스가 "C.S. 루이스와 벤야민과 가다머 이래 알레고리의 복권이 시작되었지만, 그렇다고 해서 르네상스와 종교개혁 이후 실제로 진행된 알레고리의 몰락이 바뀔 수는 없다"고 비관적으로 판결하는 데에는,[38] 그리고 크레이그 오웬스가 "현대미술에 알레고리적 동기를 부여하는 행위는 금단의 영역을 향한 모험과 같은 일이다. 알레고리는 거의 두 세기 동안 미학적 일탈이자 반 예술로 비난받아왔기 때문이다"[39]라고 알레고리를 들고 나오면서 자기 연구의 혁신성을 과시하는 데에는 저간의 사정이 깔려있는 것이다. 그렇기 때문에 알레고리를 복권시킨 보들레르를 두고 야우스가 "미적 경험의 역사에서 하나의 전환점으로 파악될 수 있는 바"라고 높게 평가한 것이다.[40]

지금까지 살펴본 바와 같이 알레고리는 여러 층위에서 사회역사적 모더니티와 길항관계를 이룬다. 양자의 긴장을 고려할 때 인류의 역사가 모더니티에 진입하면서 알레고리가 축출되었다는 사실은 자연스럽게 이해된다. 그런데 흥미로운 점은 역사적 모더니티가 한계를 드러내고 다양한 비판에 직면하면서 알레고리가 복권된다는 사실이다. 사회역사적 모더니티에 대한 날카로운 비판은 특히 예술 영역에서 제기되었다. 예술의 모더니티 비판적 특성을 가리켜 '미적 모더니티'라고 부르는 것은 주지하는 바이다. 이 지점에서 보들레르로 대변되는 미적 모더니티

도 수렴되고마는 '진보'의 시간을 폭파시키고 '다른 시간'을 요청한다. 알레고리의 시간은 2절에서 집중적으로 분석될 것이다. 이 연구에서 알레고리의 시간은 '다른 모더니티의 시간'으로 제시될 것이며 박인환, 김수영의 시간의식을 분석하는 도구가 된다. 1950년대 모더니즘시의 시간의식에 관한 선행 연구는 이기성, 「1950년대 모더니즘 시의 시간의식과 시 쓰기」, 이화여대 박사논문, 2002 참조.

38 한스 로베르트 야우스, 김경식 역, 『미적 현대와 그 이후』, 문학동네, 1999, 206쪽.

39 Craig Owens, *Beyond Recognition : Representation, Power, and Culture*, Los Angeles : University of California Press, 1992, p.52.

40 한스 로베르트 야우스, 앞의 책, 206쪽 참조.

의 지배적 특징이 바로 '알레고리'였음을 상기하는 것은 중요하다.[41] 모더니티와 관련하여 알레고리의 의의를 간략히 정리하면 다음과 같다. ① 알레고리는 역사적으로 현재화된 모더니티에게 배척당한 '다른' 모더니티 중 하나이다. ② 알레고리는 모더니티에 대한 강력한 비판의 기능을 수행할 수 있는 특질을 지니고 있다. ③ 알레고리는 예술의 영역에서 소환됨으로써 미적 모더니티의 중요한 특질 중 하나가 되었다.

3. 알레고리적 미의식

알레고리는 벤야민의 독일 바로크 비애극 연구[42]를 정점으로 해서 단순한 수사학의 층위를 넘어 역사철학, 세계인식, 초월과 내재, 사물과 주체의 문제, 의미와 진리, 맨몸과 주권의 문제, 이미지와 글쓰기 등에 대한 특정한 사유를 내포하는 이 시대의 핵심적인 키워드 중 하나가 되었다. 알레고리는 현재 모더니즘과 포스트모더니즘의 관계를 규

---

41 보들레르 연구 전문가인 크리스틴느 부쉬 글뤽스만(Christine Buci-Glucksmann)의 *Baroque Reason* 영역판 서문에서 브라이언 터너(Bryan S. Turner)는 "모더니티의 역사적 파열은 세 번 일어나는데 그것은 바로 17세기 바로크, 파리를 무대로 하는 보들레르의 세계, 20세기의 아방가르드 예술운동"이라고 말한다. 이 논의를 따른다면, 모더니티의 역사적 전개에서 파열을 일으킨 것은 모두 '알레고리적 미의식'이라고 볼 수 있는 것이다. 주지하는 바와 같이 바로크-보들레르-아방가르드는 '알레고리'를 미학적 특질로 전면화하는 것이다. 약간 도식적인 면이 없지 않지만 페터 뷔르거(Peter Bürger)는 *Theory of the Avant-Garde*에서 역사적 아방가르드의 특질을 벤야민의 알레고리 개념으로 설명한다. 이러한 논의들은 알레고리가 현대예술과 미적 모더니티의 본령임을 시사해준다(Christine Buci-Glucksman, Trans. Patrick Camiller, *Baroque Reason*, London : SAGE, 1994. pp.3~9; Peter Bürger, Trans. Michael Shaw, *Theory of the Avant-Garde*, Minneapolis : University of Minnesota Press, 1984, pp.68~73 참조).

42 발터 벤야민, 조만영 역, 『독일비애극의 원천』, 새물결, 2008a.

정하는 데 있어 지배적 전의(master trope)의 자리를 놓고 아이러니와 대결하고 있다. 여기서는 기존의 알레고리론을 파괴적으로 재구성한 발터 벤야민의 사유[43]를 매개로 알레고리적 미의식의 특질을 공시적으로 분석하기로 한다.

이를 위해 벤야민의 알레고리 개념을 편의상 다음과 같은 다섯 가지 양태 mode를 지닌 것으로 임의로 나누어 이해의 편이를 도모하고자 한다. ① 인식론적 측면, ② 역사철학적 측면, ③ 알레고리스트의 주관성의 형식인 멜랑콜리, ④ 수사법과 내러티브, ⑤ 이미지.[44]

알레고리의 인식론적 측면을 검토하기 위해서는 『독일비애극의 원천』의 「인식비판서설」을 집중적으로 분석할 필요가 있다.[45] 이 연구와 관련해서 「인식비판 서설」을 분석할 때 가장 먼저 주목해야 하는 것은 벤야민이 기존의 '상징적 사유'를 파괴, 재구성하고 있다는 점이다. 우리는 앞서 괴테가 상징을 '현상-이념-상'으로 규정했다는 것을 확인하였다. 괴테의 규정에 의하면 상징은 결국 이미지인데, 그 이미지는 진리를 담지하고 있다. 괴테의 상징론을 그대로 수용한 코울리지의 번역

---

43 1절에서 역사적으로 검토한 알레고리론의 다양한 특질과 2절에서 검토한 '다른 모더니티'로서의 알레고리의 의미는 벤야민의 논의 안에서 파괴되고 재구성되면서 정점에 이른다. 벤야민의 알레고리 프로그램은 신학과 유물론 사이에서 분열되어 있다고 생각되는 그의 사유를 처음부터 끝까지 관통하는 개념이다. 벤야민의 교수자격 청구논문이었던 『독일비애극의 원천』에서 시작된 '알레고리 프로그램'은 보들레르 연구, 파사쥬 프로젝트를 거쳐, 그의 마지막 저작인 「역사의 개념에 대하여」에 이르는 그의 지적 여정 전체에서 기율로 작용하는 사유방식이다. 벤야민의 사유에서 알레고리가 지니는 연속성에 관해서는 Bainard Cowan, "Walter Benjamin's Theory of Allegory", *New German Critique* No.22, Winter 1981, pp.109~110 참조.

44 이에 대한 약술은 이 연구 전체에 적용하는 방법론적 개념으로 사용될 것이며, 벤야민의 알레고리 개념의 원상을 크게 훼손하거나 전유하지 않는 수준에서 약간의 수정을 가할 생각이다.

45 '인식비판서설'은 사실 '독일비애극'에 대한 연구서의 서론이 아니라 발터 벤야민이 가지고 있는 철학적 프로그램 전체를 떠받치는 인식론을 제시한다고 보아야 할 것이다. 그러나 여기서는 논의의 수렴을 위해 '알레고리' 개념을 위한 서설로 상정하고 분석하기로 한다.

에 따르면 상징은 물질적인 것 안에 비물질적인 것을, 형식 속에 비형식을 드러낸다.[46] 현상과 이념을 연속선상에 놓고 현상 안에 이념이 대표적으로 구현될 수 있다고 보는 것이 괴테의 상징론인 것이다. 괴테의 규정에 따르면 진리와 연관된 상징에 비해 알레고리는 기껏해야 개념과 연관되며, 이때 개념은 진리에 도달하기에는 무력한 오성적 도구에 불과하다. 간략히 정리하면 이러한 상징적 사유는 ① 현상과 이념이 연관되어 있으며, ② 개별 현상이 이념을 대표적으로 구현할 수 있고, ③ 진리가 이미지로 구현되는 과정에서 개념은 무기력한 도구에 불과하다는 것이다.

그런데 벤야민은 이러한 상징적 사유를 파괴하고 재구성한다. 벤야민에 따르면 '이념'은 '현상'들의 세계에 주어져 있지 않다.[47] 그에게 있어 이 두 영역의 구분은 핵심적이다. 현상의 영역이 이념의 영역(진리)을 드러낼 수는 없다.[48] 여기서 우리는 '상징'이 현상 속에 이념을 지니고 있다는 고전적인 괴테의 규정과 그것의 영국 판본인 코울리지의 정의를 떠올려야 한다. 그리고 가다머가 '상징'은 신플라톤주의적 배경이 깔려있다고 서술한 것을 상기해야 한다. 이런 맥락을 고려할 때 결국 벤야민의 진리관은, 우리의 맥락으로 가져오면 '상징적 사유'에 대한 반박이라고 할 수 있는 것이다.

또한 벤야민은 괴테의 상징규정에서 진리와 무관하며 로고스의 영역에 제한된 것이라고 폄하된 '개념'을 진리에 복무할 수 있는 것으로 격상시킨다. 벤야민은 현상의 유기적 총체성을 허구로 본다. 그것은

46 Jeremy Tambling, op.cit., pp.77~84 참조.
47 발터 벤야민, 앞의 책, 2008a, 23쪽.
48 벤야민이 '이념'을 인정하지만(이런 면에서 그는 플라톤주의자이다. 하지만 이념을 '언어'로 본다는 면에서 플라톤주의자가 아니다) 그 이념이 신플라톤주의자들의 논조처럼 현상계로 이어지는 것은 아니라고 말하는 것이다(이런 면에서 그는 신플라톤주의자가 아니다).

허위적 단일성(false unity)이다.[49] 진리가 드러나기 위해서는 우선 그 거짓 총체성을 파괴해서 개별 요소들을 풀어내야 한다. 이때 현상(혹은 사물)의 거짓 총체성을 분할해서 각 개별 요소로 분산시키는 작업을 하는 것이 '개념'이다. 괴테의 규정에서는 '이념'(진리)과 무관한 것이었던 '개념'이 이제 벤야민의 맥락에서는 진리에 도달하기 위한 기초 작업인 거짓 총체성의 분할과 분산을 수행하는 필수적인 요인이 된 것이다. 지금 벤야민이 '진리'와 연관 지어 중요한 역할을 부여한 '개념'은 괴테의 규정에 의하면 알레고리에 할당된 것이었다. 이 지점에 이르면 벤야민의 알레고리가 괴테의 상징 대(對) 알레고리의 대립적 규정을 파괴해서 재구성한 것이라는 진술의 구체적인 면모가 드러난다. 그렇다고 벤야민이 '개념'을 통해 참된 인식에 도달할 수 있다고 말하는 것은 절대로 아니다. 그렇다면 그것은 근대적인 동일성의 사유에 불과할 것이다. 벤야민이 '개념'에 할당한 역할은 니체의 어법을 빌리자면 '망치'이다. 참된 인식을 위해서는 개별 요소들 하나하나가 어떤 의도나 지향성에 주박되지 않은 채 자기 고유의 개별성을 가질 수 있도록 만드는 것이 우선이다.[50] 이때 컨텍스트, 의도, 지향성 등에서 벗어난 개별 요소들은 그것들에 강제적 질서를 부여하는 체계가 없기 때문에 마치 '잔해'나 '파편'들처럼 보이게 된다. "사유영역에서 우의는 사물 영역에서 잔해이다."[51] 벤야민에게 '이념'은 성좌형세이다. 별들이 우주에서 흐르다가 상호공속성 속에서 순간 어떤 형세를 떠올리게 하는 것처럼 개별자들의 상호공속성 속에서 진리는 스스로를 제시한다.[52] "진리는 의

---

49 발터 벤야민, 앞의 책, 2008a, 20쪽.

50 이 대목은 『저주의 몫』에서 사물화로부터 개별 대상들을 뜯어내기 위해 파괴를 주장했던 바따이유의 극단적인 처방을 상기시킨다. 벤야민의 사유는 초현실주의와 마르크시즘에 걸쳐있는데, 이때 벤야민을 해석하는 매개체로 바타이유를 상정할 수도 있을 것이다(조르주 바타이유, 조한경 역, 『저주의 몫』, 문학동네, 2000).

51 발터 벤야민, 앞의 책, 2008a, 233쪽.

52 위의 책, 21~23쪽.

도의 죽음이다"라는 구절은[53] 진리가 주체의 지향성이나 의도와는 무관하며 그것의 충족이 아니라—그러면 동일성의 사유가 된다—스스로 자기를 드러내야 한다는 것이다. 결국 '성좌 형세'라는 사유이미지를 통해 끌어낼 수 있는 알레고리의 인식론을 정리하면 ① 현상계는 이념과 분리되어 있다. ② 주체의 죽음 혹은 의도의 죽음(성좌를 그리는 것 까지는 주체의 역할이지만), ③ 요소 혹은 객체의 우선성, ④ 의미의 확정이 아니라 끊임없는 의미작용, ⑤ 맥락과 체계를 위한 개별자들의 희생 거부, ⑥ 비동일적 사유, ⑦ 이념의 자기제시성, ⑧ 이념은 성좌로 제시되는 데 그것은 '읽어내야' 읽히는 형식으로 드러난다는 것, 결국 진리는 끊임없는 읽기의 과정 혹은 서술되어야 하는 것 등으로 정리할 수 있을 것이다.[54]

알레고리의 역사철학은 벤야민의 「인식비판서설」과 「역사의 개념에 대하여」를 팽팽한 긴장 속에서 동시에 사유해야 그 면모가 드러난다. 그리고 알레고리의 개념사 가운데 예형론(typology)을 고려해야 한다. 크게 보아 알레고리의 역사철학은 두 가지 주제로 수렴된다. 하나는 진보적인 역사관을 배격하고 인류의 역사를 수난사로 파악하는 것이고 다른 하나는 '현재'를 파악하기 위한 사유를 전개하는 것이다. 이 자리에서는 두 번째 주제에 집중하기로 한다. 벤야민은 전통적인 예형론을 파괴적으로 재구성한다. 주지하는 바와 같이 벤야민은 역사철학 테제에서 결연하게 진보적 시간의 파괴를 추구한다. 사민주의가 추구하는 진보의 시간이나 미래로 완전성을 투사하는 역사주의나 벤야민이 보기에는 매한가지이다. 벤야민이 테제에서 제시하는 시간은 과거-현재

53 위의 책, 24쪽.

54 "인격적인 것보다는 사물적인 것이 우선하고, 총체적인 것보다는 단편적인 것이 우선한다는 점에서 우의는 상징과 대극을 이루며, 또한 바로 그렇기 때문에 상징과 대등한 위력을 지닌 것으로서 상징과 맞설 수 있다"는 진술은 알레고리의 인식론적 특질을 잘 보여준다(위의 책, 246쪽).

-미래로 이어지는 선조적 시간이 아니다. 그것은 현재의 '지금'과 과거의 '지금'이 성좌형세로 구성되는 시간이다.[55] '지금'에 대한 인식은 특정한 역사적 지표를 지닌 과거의 특정 순간에 대한 인식을 가능케 하고 현재의 지금과 과거의 지금이 성좌형세로 고정되면서 거기에서 역사적 이미지가 떠오른다. 벤야민은 「역사의 개념에 대하여」의 부기(附記)에서 "그는 그 자신의 시대가 과거의 특정한 시대와 함께 등장하는 성좌구조(Konstellation)를 포착한다. 그는 그렇게 해서 메시아적 시간의 파편들이 박혀 있는 '지금시간'으로서의 현재의 개념을 정립한다"고 말한다.[56] 과거와 지금이 동시에 성좌로 드러나고 그 속에서 역사적 이미지가 떠오른다는 맥락은 기존의 예형론(typology)을 통해 이해할 수 있다. 앞서 살펴보았듯이 예형론(typology)은 과거와 지금이 관계 맺는 시간성의 수사학이다. 과거는 전형상(prefiguration)이며 현재의 본형(antitypos)을 통해 그 의미가 선명해진다. 그런데 이런 방식의 과거-현재 연관성은 진보의 시간과 크게 다르지 않다. 예형론은 본질적으로 종말을 향해 갈수록 그 의미가 선명해지는 시간의 구조를 가지고 있기 때문이다. '역사의 연속체를 폭파'하고 '다른 시간'을 구상하는 벤야민으로서는 기존의 예형론을 그대로 수용할 수 없다. 기존의 예형론과 다른 벤야민의 예형론은 아감벤에 의해 정치하게 해석되었다.

벤야민의 예형론에 대한 아감벤의 설명은 다음과 같다. ① 예형론의 핵심은 예형(typos)이 본형(antitypos)을 통해 성취 혹은 완성된다는 것이 아니라[57] 양자의 '긴장관계' 그 자체이다. 그것은 과거와 현재의 긴장 관계일 텐데 이러한 논의는 "그 자신의 시대가 과거의 특정한 시대와 함

55 발터 벤야민, 최성만 역, 「역사의 개념에 대하여」 테제 14, 『발터 벤야민 선집』 5, 길, 2008b, 345쪽.
56 위의 책, 349쪽.
57 이러한 시간은 벤야민이 배격하는 진보의 시간이다.

께 등장하는 성좌구조를 포착한다"는 벤야민의 진술을 이해하는데 도움이 된다. 「인식비판서설」에서 벤야민의 주요한 사유이미지로 등장하는 '성좌형세'를 역사철학과 관련해서 보자면, 그 성좌는 '지금'에 대한 인식을 통해 비로소 인식가능해진 과거를 움켜쥔, 달리 말해 현재와 과거가 연속적 계기 혹은 선조적 시간에서 벗어나 각자 활력을 지닌 채 생생한 긴장관계를 이루고 있는 것을 동시에 파악한 것이라고 할 수 있다. 아감벤의 논의는 벤야민이 「역사의 개념에 대하여」의 테제 곳곳에서 강조하는 '역사는 구성의 대상이다'라는 명제를 이해하는 데 도움이 된다.[58] 이때 구성은 '과거'와 '현재'의 성좌형세인 것이다. 벤야민에게 구성(construction)은 체계적인 사유의 건축술로서의 구축이 아니라 성좌(constellation)이다. ② 아감벤의 논의는 예형(typos)과 본형(antitypos)의 긴장관계를 더 발전시켜 이 긴장관계가 시간의 변형(transformation of time)을 암시하고 있다고 주장하는 데까지 나아간다. '시간의 변형'은 과거가 현재 속으로 자리를 옮기고 현재가 과거 속으로 확장되는 것을 뜻한다. 아감벤의 이러한 설명을 다시 성좌형세로 가져와서 보면, 성좌는 과거와 지금이 동시에 파악되는 것을 넘어서 그 과거와 지금이 긴장관계 속에서 서로의 속으로 침투해 들어가는 것이 된다. 연대기적 시간 위에서는 상상조차 할 수 없는 과거와 현재의 공존이, 이제는 서로의 속으로 파고 들어가 서로의 질적 성격을 변화시킨다는 것이다. 이때 과거와 현재는 둘 다 생생하게 살아있는 활력성을 지닌 것이 된다. 그것은, 과거는 종결되어 더 이상 의미작용을 할 수 없는 것이 아니라는 뜻이며, 현재는 미확정적이고 불완전해서 사후작용을 통해 의미확정을 기다려야 하는 수동적 상황이 아니라는 뜻이다. 과거는 활력성을, 현재는 완전성을 지님으로써 이 둘은 긴장관계를 이루고 이 긴장관계 속에

58 테제 14와 테제 17이 대표적이다.

서 '역사적 이미지'가 떠오른다.[59] 다시 말해 과거와 현재의 긴장 속에서 진정한 역사의 상이 떠오른다. 아니, 진정한 역사적 이미지가 자기 자신을 제시한다. 이제 '역사적 구성', 다시 말해 역사적 성좌형세 속에서의 과거와 현재는 서로에게 확장되어 새로운 자기 이해를 얻는다.[60] 과거와 현재의 상호침투로 인한 시간의 변형은 불확정성의 영역을 낳는다. 이것이 아감벤이 말하는 '남겨진 시간'이다. 이것이 알레고리의 시간이다. 벤야민이 신학적 함의를 제거하고 이름만 빌려온 '메시아적 시간'이 곧 '알레고리의 시간'이라고 할 수 있다. 그것은 역사철학 테제와의 연관 속에서 생각할 때 ① 스러져 간 것들, 약한 자들, 억압받는 자들에 대한 기억, ② 진보의 시간, 연대기적 시간의 정지, ③ '지금'에 대한 인식을 계기로 특정한 과거의 지금을 유일무이한 방식으로 재인식하는 시간, ④ 과거와 현재의 성좌형세 속에서 역사적 이미지를 떠올리는 시간, ⑤ 구원의 가능성을 지닌 '다른' 시간의 추구이다.

알레고리스트의 주관성의 형식은 '멜랑콜리'이다. 알레고리는 결국 상징이 불가능한 시대, 현상계와 이념권역이 분리된 시대, 확정적 의미나 진리가 사라진 시대의 서술방식(Darstellung)이다. 이러한 세계인식은 주체에게 멜랑콜리를 불러일으킨다. 이때 벤야민이 제시하는 멜랑콜리는 프로이트가 「애도와 멜랑콜리」에서 말하는 정신병리적인 것과는 범주가 다르다. 벤야민의 멜랑콜리는 철학적 · 미학적 범주에 속한다. 알레고리는 이념의 세계와 분리된 현상의 세계, 사물에 의미를 부여할 어떠한 기반도 찾을 수 없는 세계에 대한 갑작스런 통찰의 표현이며 그러한 세계에 대한 내적 체험 그 자체이다. 이때 이러한 '내적체험'을 우리는 '멜랑콜리'라고 부를 수 있다.[61] 알레고리의 인식론을 언

59 '역사적 이미지'는 「인식비판서설」에서 벤야민이 제기한 '성좌형세를 통한 이념의 자기 제시'와 상동적이다.

60 Giorgio Agamben, op.cit., pp.73~78 참조.

급하는 자리에서 지적했듯이 진리는 이제 성좌형세로, 다시 말해 읽어야 하는 이미지로 드러난다. "진리는 끊임없이 읽어야 하는 것"이라는 테제를 뒤집으면 '실체론적 진리는 상실되었으며, 언어나 개념으로는 진리에 결코 도달할 수 없다'는 인식이 된다. 벤야민의 맥락에서 보자면 개별자들의 의미를 보장해주던 중세적 상징질서의 붕괴 이후 사물들은 무언가를 지칭하지만 그 의미를 알 수 없는 것들이 되었다.[62]

알레고리의 수사적 기법은 반명제(antithesis)적 대조이다. 벤야민에게 알레고리는 기본적으로 상징의 허위적 총체성을 거부하고 세계를 서술(Darstellung)하는 방식이다. 당연히 그것은 총체성의 계기가 되는 인과성이나 계기성을 거부한다. 그렇기 때문에 양립할 수 없는 것들의 모순 병치(콘트라포스트) 혹은 반명제적 대조가 알레고리의 수사적 기법이 된다. 벤야민이 분석한 독일 바로크 비애극에서 사례를 찾자면, 폭군이 곧 순교자이기도 한데 이러한 반명제의 대조는 비애극의 고유한 특질을 이루고 있다.[63] 이와 더불어 알레고리에 관한 최초의 정의 '연속된 은유(metaphora continua)'를 기억해야 한다. 서로 연관성 없는 은유들의 끊임없는 병치는 알레고리의 중요한 수사적 기법이 된다.

알레고리의 수사법적 특징을 내러티브의 차원으로 확대하면 가장 두드러진 특징은 계기(motivation)가 없다는 점이다. 다시 말해 앞의 사건은 뒷 사건과 무관하다. 세계의 비계기성(immotivation), 즉 내 삶에서 펼쳐지는 수많은 사건들을 설명할 수 없다는 통찰이 비애극에 편만한 멜랑콜리를 야기하며, 세계를 알레고리로 보는 방식을 야기하는 것이

---

61 Bainard Cowan, op.cit., p.110 참조

62 뒤러의 동판화 〈멜렌콜리아 1〉에 제시된 것처럼, 바닥에 뒹구는 사물들의 수수께끼 같은 의미에 끊임없이 천착하는 명상가는 멜랑콜리의 특성이 무엇인가를 잘 말해준다. 크게 보면 진리를 실체화하는 것이 중세적 특징이므로 그것의 불가능성 앞에서 느끼는 주체의 주관성의 형식인 멜랑콜리는 근대인의 특징이라고 할 수 있다.

63 발터 벤야민, 앞의 책, 2008a, 75~76쪽.

다.[64] 이는 혼란스러운 사건들에 플롯을 부여해서(emplotment) 이야기로 만들어 인과적 계기 속에 의미를 고정시키는 일반 서사론과 정 반대가 된다. 벤야민은 이러한 알레고리적 서사를 반(反)플롯이라고 지칭하며 이것이 비애극의 특질이라고 말한다.[65] 기존의 서사화는 벤야민의 관점에서 보자면 허위적 총체성이다. 왜냐하면 상징이 불가능한 세계, 다시 말해 삶을 통어하는 초월적 혹은 우주적 원리나 초월적 기표가 부재하는 세계에는 파편과 잔해만이 존재하기 때문이다. 서사는 잔해들을 그러모아 인위적으로, 주체의 의도 속에서 의미를 만들어내는 허위에 불과한 것이 된다. 알레고리는 그 점을 부정하는 자리에 서 있다.

알레고리적 이미지는 모순적인 것이 동시에 제시되는 '변증법적 이미지'이다.[66] 이때 '변증법적'이라는 말은 조금 더 설명이 필요하다. 헤겔의 변증법은 테제와 안티테제의 대립이 이루는 모순이 항상 높은 차원으로 지양(aufhebung)된다. 이때 현상은 테제와 안티테제로 양분된다는 것을 전제한다. 아감벤의 어법을 빌리자면 '남은 것'을 상정하지 않는다. 그런데 벤야민의 알레고리는 앞서도 기술한 바와 같이 테제와 안티테제로는 알뜰하게 모든 현상이 다 포괄되지 않는다는 것을 전제로 하는 개념이다. 알레고리는 지시와 지시대상 사이의 심연을 보는 것이다. 언어학적 용어로 전환하면 기표와 기의 사이에 심연이 존재하고 그 심연과 차이를 더 벌리는 것이 알레고리이다. 그렇기 때문에 벤야민이 변증법을 말한다면, 그때 테제와 안티테제는 지양될 수 없는 것들이다. 모순은 지양되지 않고 팽팽하게 긴장한 채 공존한다. 그것이

---

64 Bainard Cowan, op.cit., p.118.
65 발터 벤야민, 앞의 책, 2008a, 82쪽.
66 비근한 예를 들자면 그로테스크한 도상에서 쉽게 볼 수 있는 '임신한 노파'의 이미지를 연상할 수도 있을 것이다. 헤겔의 규정에 의하면 알레고리와 그로테스크, 숭고는 모두 형상과 이념의 불일치인 '상징 단계'에 수렴되는 것들이다. 이러한 사유는 1950년대 미의식을 탐구하는데 유용한 이론틀이 된다.

벤야민이 말하는 '정지의 변증법(dialectic at a stand still)'이다.[67]

이 책의 분석 대상인 1950년대 모더니즘 시의 '미의식'은, 시인들이 심미적으로 세계를 바라볼 때 동원되는 인식론, 역사철학, 주관성의 형식, 수사학, 이미지, 공간 표상 등을 동시에 분석해야 파악될 수 있다. 이 연구는 앞서 고찰한 '알레고리'의 다층적 면모를 이론적 기반으로 삼아 1950년대 모더니즘 시를 분석하고 그 결과를 토대로 1950년대 모더니즘 시가 어떤 미적 특질을 지니는지 살펴보려 한다.

---

67 벤야민의 변증법적 이미지에 대한 좋은 현대적 사례는 '복제양 돌리'이다. 양은 전통적으로 예수 그리스도를 뜻하는 신학적 상징이다. 그러나 복제양 돌리는 생명의 창조자인 신에 대한 인간의 도전을 상징하기도 한다. 우리는 복제양 돌리 안에서 '신학적 상징'과 '반(反)신학적 상징'을 동시에 읽는다. 이 같은 양극적 대립의 이미지가 벤야민이 말하는 변증법적 이미지이다. 복제양 돌리에 관한 이미지 사유는 W.J.T. 미첼, 김전유경 역, 『그림은 무엇을 원하는가』(그린비, 2010)의 제1장 「바이탈 사인」 참조.

제3장

알레고리 형식의 내용과 멜랑콜리의 위의(威儀)*

조향

한국문학사에서 조향이 차지하는 위치는 독특하다. 그는 시인으로서의 삶의 대부분을 초현실주의[1] 이론의 소개와 그 논의에 기반한 시 창작에 바친 인물이다. 어떤 의미에서 그는 외래 사조로서의 '초현실주의'가 한국의 문학사에 도입된 이후,[2] 한국의 초현실주의가 성취한

* 이 장에서 인용된 조향의 시는 모두 『조향전집』 1(시), 열음사, 1994에서 인용되었음을 밝힌다.

1 초현실주의는 그 자체 많은 논쟁점을 지니고 있다. '마주침(encounter)'으로 대변되는 초현실주의 문학론, 아방가르드와의 관계 설정, 모더니즘과의 관계 설정, 낭만주의와의 관계 설정, 정신분석이론과 초현실주의의 영향관계, 다다와의 변별점, 전쟁 체험과 초현실주의 미학의 관련성, 초현실주의 회화의 테크닉이 지니는 철학적 함축, 초현실주의와 사진의 도입이 지니는 문화적 의미, 초현실주의를 둘러싼 발터 벤야민과 아도르노의 논쟁, 조르쥬 바타이유의 formless 담론 등 수많은 문학적 미학적 문화적 이슈들이 서로 얽혀 있다. 여기서는 초현실주의가 알레고리적 특성의 현대적 판본이라는 전제 하에 조향의 시를 다루고자 한다. 초현실주의와 본 연구의 방법론으로 사용하는 알레고리의 연관성은 본문에서 차후에 상세히 다룰 것이다. 발터 벤야민이 초현실주의에 대한 최초의 옹호자 중 한 사람이었음을 기억하는 것은 중요하다. 그는 바로크 알레고리 연구 이후, 보들레르와 초현실주의를 통해 자신의 모티프를 계속 진행하고 있다.

성과와, 한계와 특성을 체화하고 있는 인물이라고 할 수 있다. 따라서 그에 대한 평가는 한국의 초현실주의 자체에 대한 평가와 상당 부분 겹친다고 해도 과언이 아니다. 조향은 한국의 초현실주의를 평가할 수 있는 하나의 '리트머스지'이다.

조향에 대한 평가는 논자들의 입장에 따라 상당한 낙차를 보이고 있다. 그러나 전체를 일별할 때 그에 대한 평가는 크게 네 가지로 나뉠 수 있다. 첫째는 1920년대 프랑스 초현실주의에 대한 연구를 바탕으로 그것을 원본으로 설정하고 조향의 시에 접근하는 흐름이 있다. 이 경우 초현실주의 미학과 작가, 화가들의 초현실주의 담론이 조향의 시와 시론을 평가하는 잣대가 된다.[3] 이러한 접근은, 조향의 초현실주의를 평가하기 손쉬운 길이라고 할 수 있다. 그러나 이러한 접근이 지닌 가장 큰 문제점은, 원본과 번역의 위계를 설정한다는 점이다. 이 경우, 조향의 초현실주의는 언제나 결핍된 것으로서 파악된다. 미학적 성취를 판별하는 완전한 기준이 불완전한 번역으로 상정되어 있는 연구 텍스트의 외부에 존재하기 때문이다. 이럴 경우 조향의 초현실주의가 한국문학사에서 차지하는 의의와 가치를 판별하는 것은 쉽지 않다.

다음으로, 위와 같은 전제적 접근을 피하기 위해 문화간 위계질서의 설정을 거부하고 수평적 문화번역의 관점에서 조향의 초현실주의에 접근하는 흐름이 있다.[4] 이런 경우, 조향의 시는 위계질서의 체계에서

---

2 1920년대부터 1950년대까지의 한국의 초현실주의 역사에 대한 통시적 연구는 장인수, 「한국 초현실주의 시 연구」, 성균관대 박사논문, 2007 참조. 고명수의 연구는 오래되었지만 초현실주의의 한국적 수용과 조향의 초현실주의에 관한 한 여전히 유익한 정보를 제공한다(고명수, 「한 아방가르디스트의 모험과 실패」, 『한국문학연구』 14집, 1992, 311~321쪽).

3 황현산, 「조향의 초현실주의」, 『현대시학』, 2000.9, 229~235쪽이 대표적인 논의이다. 박근영, 「한국 초현실주의 시의 비교문학적 연구」, 단국대 박사논문, 1988도 참조할 수 있다.

4 조윤경, 「한국의 초현실주의와 문화번역 - 조향의 시를 중심으로」(『비교문학』 48집, 2009)가 대표적이다.

항상 열위를 차지하는 상황에서 구제받을 수 있다. 그리고 조향의 초현실주의가 원본을 어떻게 번역하여 자신의 고유한 시세계를 만들어 가는지 확인할 수 있는 장점이 있다.

세 번째, 조향의 초현실주의 시에 대한 주제론적 접근이 있다. 에로티시즘[5]이나 상호텍스트성[6]과 같은 다양하고 중요한 토픽을 선정하고 조향의 초현실주의 시의 내용미학을 탐구한 연구들이다. 이는 초현실주의 시가 전면화하고 있는 형식적 특이성에 가려 잘 보이지 않던 조향 시의 내용적 측면을 상세히 드러내는 역할을 해 주었다. 그러나 이러한 연구는 조향의 '형식 미학'이 지니는 의미를 간과하기 쉽다.

네 번째로 문학사적 연구가 있다. 사적 연구는 크게 양분될 수 있는데, 하나는 한국 시사에 있어서 초현실주의의 흐름을 추적하면서 조향의 의의를 모색하는 것이고, 다른 하나는 초현실주의를 모더니즘의 하위 분야로 설정하고 모더니즘 문학의 사적 흐름을 검토할 때 조향의 시를 배치하는 것이다.[7]

마지막으로, 조향 시의 형식과 형태에 집중하는 접근이 있다. 여러 논자들은 조향 시의 '형식'이 그의 시를 이해하는 핵심 기제라고 여기는 듯하다. 조향의 초현실주의가 보여주는 실험적 형식이 단연 두드러지기 때문이다. 특히 수사학적 접근은 크게 '은유론적 접근'[8]과 '환유론적 접근'[9]으로 이루어진다. 이 같은 연구들은 조향 시의 지배적 전의(master

5 문광영, 「한국 초현실주의시의 Eroticism 고찰」, 『논문집』 26권 2호, 인천교육대학교, 1992, 75~121쪽.

6 문혜원, 「조향 시의 상호텍스트성 연구」, 『국어국문학』 제132권, 2002. 문혜원의 이 연구는 1930년대 모더니즘 시와 조향 시의 상호텍스트성에 관한 실증적 연구로서 주목할 가치가 있다.

7 장인수, 앞의 글; 이경훈, 「모더놀로지의 시인 조향―조향시 소고」, 『비평문학』 제9호, 1995, 268~287쪽; 류순태, 「1950년대 한국 모더니즘시의 표상 연구」, 서울대 박사논문, 1999.

8 엄성원, 「조향 시 연구―초현실주의 시에 대한 은유론적 접근」, 『서강어문』 제15호, 1999.12; 엄성원, 「한국 모더니즘 시의 근대성과 비유연구」, 서강대 박사논문, 2002.

trope)를 각기 '은유'와 '환유'로 설정하고 일관되게 수사학적 특징을 분석함으로써 조향 시의 형식을 진단하고 있다.

본 연구는 서론에서 입장을 개진한 바와 같이, 1950년대 한국시의 지형을 상징과 알레고리의 첨예한 대립으로 파악하고 1950년대 모더니즘 시의 주요한 특성을 '알레고리적 미의식'으로 상정하였다. 그리고 조향을 알레고리적 사유의 '형식'이 지닌 이념[10]을 가장 잘 드러내는 작가로 파악한다. 조향의 시에 대한 분석 작업을 통해 조향의 초현실주의라는 미적 형식에 담겨있는 알레고리의 이념을 드러내는 것이 본 장의 목적이다.

이론적 층위에서 일단 이 연구의 방법론으로서의 '알레고리'와 '초현실주의' 일반의 관련 양상에 대한 검토가 필요하다. 발터 벤야민은 근본적인 초현실주의적 순간인 '해방(unchaining)'에 관심이 있었다. 앙드레 브르통의 용어를 빌리자면 그 해방의 순간은 '마주침(encounter)'이다. 해방의 순간을 통해 초현실주의의 활동은 지배적 질서의 이데올로기와 정치적 · 미학적 · 인식론적 규범을 해체했다. 이러한 파괴와 붕괴의

9 이미순, 「조향 시의 수사학적 읽기」, 『국어국문학』 제125권, 1999.10.

10 여기서 사용하는 '이념'을 간략히 규정하고 지나가기로 하자. 발터 벤야민은 『독일비애극의 원천』의 「인식비판서설」에서 '이념'과 '개념', '진리의 자기 제시성'을 기술한다. 벤야민에 의하면 '현상'의 가상적, 허위적 단일성은 '개념'에 의해 분할되서 '거짓 통일성'이 깨어진 요소들이 된다. '개념'에 의해 가상의 요소가 지워진 '현상'의 요소들은 '진리'의 단일성에 참여한다. 다시 말해 '현상'은 '개념'에 의해 분할됨으로써 비로소 '이념'에 다가갈 수 있다. 소위 말하는 '현상의 구출'은 개념을 통해 이루어지는 것이다. 그러나 '이념'은 개념의 분할과 분산을 통해 포착할 수 있는 것이 아니다. 이념은 스스로를 제시한다. 만약 인식주체의 입장에서 이념에 접근할 수 있다면, 그것의 최대치는 개념에 의해 분산된 요소들의 극단으로 성좌를 구성하는 것까지이다. 구성된 성좌를 통해 이념은 스스로를 드러낼 수 있을지도 모른다. 이 책의 가장 중요한 목적인 알레고리 기술은, 결국 1950년대의 모더니즘 시라는 현상을 방법론으로 구성한 여러 가지 개념을 통해 분할하는데 그치고 말 것이다. 그리고 분할된 현상 속에 스며있던 1950년대 모더니즘 시의 '이념'중 하나라고 상정한 '알레고리'가 적정한 수준에게 기술될 수 있기를 바란다. 발터 벤야민의 '개념'의 분할과 분산에 관해서는 발터 벤야민, 조만영 역, 『독일비애극의 원천』, 새물결, 2008a, 19~22쪽 참조.

순간, 즉 초현실적인 순간을 벤야민은 '범속한 각성(profane illumination)'이라고 불렀다.[11] 벤야민은 실제로 자신이 '범속한 각성'이라고 부른 초현실주의의 '해방'을 다양한 방식으로 사용했다. 가장 대표적인 것이 겉으로 보기에는 양립할 수 없는 용어들의 우연한 병치에서 생겨나는 '이미지의 빛', 브르통이 섬광[12]이라고 부른 시적인 '마주침'이다. 벤야민은 '마주침'의 수사학적 효과를 집요하게 탐색했다. 거대한 메모의 집적인 『아케이드 프로젝트』는 수많은 '인용부호 없는 인용'과 벤야민 자신의 단상으로 이루어져있다.[13] 우리는 자본주의 초기의 모습을 기술하는 그의 글쓰기 방식에서 초현실주의가 말하는 '마주침'의 원리를 발견할 수 있다. 『아케이드 프로젝트』안에서 수많은 단속적 메모들과 아이디어들은 서로 마주치며 모더니티 초기의 방대한 스펙타클을 독자에게 제시하고 있다. 발터 벤야민은 『아케이드 프로젝트』의 서문에서 "이 작업은 초현실주의의 철학적인 적용을 보여준다"라는 기록을 남기고 있는데, 이 문장의 요지가 바로 '마주침'일 것이다. 초현실주의에 대한 벤야민의 관심은 단지 수사학적 실천(가령 아케이드 기술)에만 그치는 것이 아니다. 초현실주의의 마주침은 그의 사유에도 깊이 뿌리내리고 있었다. 다른 유럽의 아방가르드들, 예를 들어 독일의 바우하우스, 소비에

11 발터 벤야민, 최성만 역, 「초현실주의 – 유럽 지식인들이 최근 스냅 사진」, 『발터 벤야민 선집』 5, 길, 2008b, 147쪽. 일반적으로 말해서 벤야민에게 초현실주의는 자신의 방법론을 정교하게 구성할 수 있는 하나의 모델이었다. 벤야민을 매혹시켰던 것은 다름 아니라 초현실주의의 예술적 기법이었고 벤야민은 몽타쥬로 대변되는 그 기법을 자신의 파사쥬 연구에 정교하게 적용했다. 벤야민에게 있어서 모델로서의 초현실주의가 지니는 의미에 대한 명쾌한 설명은 Susan Buck-Morss, *The Origin of Negative Dialectics,* Hassocks : The Harvester Press, 1977, pp.124~127 참조.

12 조향, 『조향 전집』 2(시론), 열음사, 1994, 108~109 · 139 · 140~141 · 143쪽 등. 조향은 '이메지의 단층'이라는 말로 브르통의 '섬광'을 번역하였다.

13 "이 작업은 인용부호 없는 인용의 기술을 가장 높은 수준까지 전개해야 한다. 이 이론은 몽타쥬의 이론과 밀접하게 연관되어 있다.[N1, 10]"(Walter Benjamin, Trans. Howard Eiland & Kevin McLaughlin, *The Arcade Project*, Cambridge : Belknap Harvard University Press, 2004(5th edition), p.458)

트 구성주의, 네덜란드 De Stijl, 프랑스의 L'Esprit Nouveau 등이 사회적 모더니티의 힘과 아름다움에 매혹되어 있을 때 초현실주의는 정크, 키치, 문화적 파편들, 옛것에 끌리고 있었다. 벤야민은 문화적 파편들에 대한 초현실주의의 매혹이 몹시 중요하다는 사실을 이해하고 있었다. 그는 고도 자본주의 모더니티의 재료들 중에서 사소한 것, 쓰레기 들을 수집해서 그의 거대한 '아케이드 프로젝트'를 수행해 나갔고 그것을 통해 '혁신'과 '옛것'이 '새로움'이라는 모더니티 이데올로기의 두 얼굴이라는 사실을 우리에게 잘 보여주었다.[14]

더욱 흥미로운 사실은 파편, 폐허, 대조, 마주침, 섬광을 속성으로 하는 초현실주의의 양태가 발터 벤야민이 학문적으로 구제한 17세기 독일 바로크 비애극과 그 특징을 상당 부분 공유하고 있다는 점이다. 많은 연구자들이 발터 벤야민의 사상적 발전을 전기 — 유대교 신비주의와 후기 — 마르크시즘으로 양분되어 있다고 평가하지만, 바로크 비애극 연구에서 시작된 알레고리적 사유에 대한 벤야민의 깊은 관심은 초현실주의를 지나며 현대적 옷을 입게 되고 아케이드 프로젝트에까지 이어지고 있다. 알레고리적 사유는 사상적으로 양분되어 있다고도 평가할 수 있는 벤야민의 사유를 일관되게 관통하는 커다란 흐름이다.[15] 이 점이 그의 비애극 연구와 초현실주의, 아케이드 연구의 핵심적 이론들을 동원해 조향의 초현실주의 시를 분석할 수 있는 근거가 된다. 어떤 면에서 볼 때 17세기 바로크 비애극 연구를 통해 도달한 '알레고리적 사유'에 대한 통찰이 벤야민을 초현실주의에 대한 최초의 지지자

---

14 벤야민은 부르주아 세계의 '잔해'에 매혹되어 있었다. 그는 이 잔해를 통해 모더니티의 두 얼굴을 통찰한다. 부르주아의 잔해, 초현실주의, 벤야민의 역사이해에 관해서는 Richard Wolin, *Walter Benjamin : An Aesthetic of Redemption*, New York : Columbia University Press, 1982, pp.126～137 참조.

15 벤야민의 '알레고리적 사유'의 연속성에 관한 논의는 Bainard Cowan, "Walter Benjamin's theory of Allegory", *New German Critique* No.22, winter 1981, pp.109～110; Graeme Gilloch, *Walter Benjamin : Critical Constellations*, Cambridge : Polity Press, 2002, pp.57～87 참조.

중 한 사람으로 만들었을지도 모른다. 그리고 알레고리적 사유와 초현실주의에 대한 심도있는 이해는 모더니티 초기의 풍경을 분석하는 거대한 작업의 핵심 동력으로 사용되었다고 할 수 있다.

또한 벤야민은 유럽 마르크시즘에 스며든 정설인 부르주아 역사의 선조적, 진보적 역사과정에 대한 모델의 대안을 찾을 때 초현실주의를 참조했다. 특히 벤야민은 초현실주의의 정신분석적 '현재(the present)' 이해에 주목했다. 벤야민은 역사의 폭력이 역사를 여러 층의 억압을 그 특징으로 하는 과정으로 만들어 버렸다고 성찰한다. 물론 여기에서 우리는 벤야민의 초현실주의 개념이 메시아주의적 유대주의와 마르크스주의 변증법을 결합하고 있음을 간취할 수 있다. 과거의 잃어버린 조각은 현재의 유사 경험에 의해 섬광을 일으키고 우리의 의식에 떠오르게 된다. 그리고 역사가는 이 순간을 '구제'하기 위해 붙잡아야 한다. 그렇지 않으면 그 억압된 과거의 조각은 영원히 지나간다.[16] 벤야민은 잠재적 구제의 순간을 '인식가능성으로서의 지금(now of recognizability)'이라고 불렀다. 이때 사물은 그들의 참된 얼굴, 초현실주의적인 얼굴을 띤다.[17] 그 순간에 구제된 사물, 인식 가능한 지금 속에서 참된 얼굴을 찾은 사물은 '변증법적 이미지'의 특징을 지닌다. 이처럼 우리는 '빛'과 '꿈'이라는 초현실주의의 수사학이 발터 벤야민의 성숙한 사유 속에 생생하게 살아 움직이고 있음을 확인할 수 있다. 벤야민은 초현실주의를 단순한 문학적 실험을 넘어서 모더니티의 기원과 역사철학에까지 영향을 미친 거대한 실험으로 변모시켰다.

초현실주의를 알레고리와 연관지어 바라보는 벤야민의 이러한 관점은 조향의 초현실주의 시를 '알레고리'라는 보다 넓은 범주 안에서

---

16 발터 벤야민, 최성만 역, 「역사의 개념에 대하여」 테제 5, 앞의 책, 2008b; Walter Benjamin, op.cit., 2004, pp.456~488 참조.

17 Walter Benjamin, ibid., pp.463~464[N3a, 3].

바라볼 수 있게 해 준다. 실제로 '알레고리'라는 관점으로 조향의 초현실주의 시를 바라볼 때 인용부호 없는 부호, 데뻬이즈망, 몽타쥬, 형태시 등 다양한 초현실주의적 형식실험은 모두 앞서 살펴본 바 있는 '알레고리적 미의식'의 표현으로 수렴될 수 있다.

1. 대립과 파괴를 통해 추구하는 아름다움

조향만큼 전후 모더니즘 시인들 중에서 형식 실험을 지속적으로 추구한 경우는 드물다. 그의 형식 실험은 많은 연구자들의 관심을 끌기에 충분하다. 조향 시의 형식이 지닌 특성과 구조는 그간 많은 연구자들을 통해 축적된 연구 성과에 힘입어 상당 부분 밝혀져 있다. 그런데 조향 시의 형식에 대한 수많은 논의들은 그 '형식' 자체가 어떠한 의미를 지니는가에 대해서는 깊이 천착하지 못했다. 이 절에서는 우선 조향 시가 지닌 형식의 인식론적, 미학적 특질을 검토하고 그것을 알레고리로 수렴할 것이다.

> 열 오른 눈초리, 하잔한 입모습으로 소년은 가만히 총을 겨누었다.
> 소녀의 손바닥이 나비처럼 총끝에 와서 사뿐 앉는다.
> 이윽고 총끝에선 파아란 연기가 몰씬 올랐다.
> 뚫린 손바닥의 구멍으로 소녀는 바다를 내다보았다.
>
> —아이! 어쩜 바다가 이렇게 똥구랗니?

놀란 갈매기들은 황토 산태바기에다 연달아 머릴 처박곤 하얗게 화석이
되어갔다.

—「EPISODE」 전문

1952년에 쓰인 이 시는 조향 시세계의 기본적인 윤곽과 특성을 제시해준다.[18] 이 시의 기본적인 구도는 상반되는 명제들 간의 충돌이다. 전통 수사학의 용어를 빌자면 대조법이라고 할 수 있다. 상반되는 것들의 충돌과 긴장 속에서 시적 효과가 발생하는 것이 이 시의 기본적인 매커니즘이다. "열오른 눈초리"와 "하잔한 입모습"의 병치로 이 시는 시작된다. "열오른 눈초리"는 소년의 내부에서 들끓는 욕망을 드러낸다. 그러나 바로 뒤에 이어지는 "하잔한 입모습"은 소년의 비등하는 욕망과는 상반된다. 욕망과 욕망의 억압 혹은 정념과 무감동(아파테이아)이 대치하며 긴장감을 조성하고 있다. 소년이 겨눈 '총'과 '나비처럼' 날렵하고 사뿐하게 가 닿은 소녀의 손도 대조를 이루며 묘한 긴장감을 만들어내고 있다. 소녀의 육체성[19]이 지닌 연약함과 쉽게 손상되기 쉬운 속성은 '나비'라는 비유를 통해 선명하게 드러나고 그것은 금속성이자 파괴와 죽음의 알레고리인 '총'과 날카롭게 대조를 이룬다. 총성에 놀라 굳어버린 자연(갈매기로 표상되는)과 총성과 파괴된 육체에서 미적 감각을 경험하는 소녀도 극명한 대조를 이루고 있다. 욕망과 아파테이아, 파괴와 훼손되기 쉬운 연약한 육체성, 미적 감각과 공포감, 인간과 자연, 유기체와 금속이 어떠한 종합에도 이르지 못한 채 팽팽한 대조를 이루며 그대로 드러나 있는 것이 이 시의 구성이다. 이러한 대조를 우리는 조향이 브르통의 논의를 빌려 그의 시론 곳곳에서 강조한 '이메지

18 황현산이 이 시에 대한 자세한 분석을 제시한 바 있다(황현산, 앞의 글, 229~231쪽 참조).
19 육체성은 '피조물성'이라고 표현할 수도 있다. 앞으로는 육체성과 피조물성을 신학적, 비신학적 맥락에 따라 적절히 선택해서 사용하기로 한다.

의 섬광'이 드러나는 순간이라고 손쉽게 처리하고 지나갈 수도 있다. 어찌 보면 이러한 대조법은 이미 많은 시인들이 거쳐 간 초현실주의 시작법의 대로(大路)이며 새로울 것도 없는 것이 사실이다. 그러나 여기서 중요한 것은 그 반명제적 대조의 인식론적 의미를 파악하는 것이다.

이 시를 구성하는 대립적 명제들은 어떠한 종합에도 이르지 못한다. 그것들은 그저 서로의 대조 속에서 자신의 색깔을 더욱 분명하게 획득하고, 긴장감을 지닌 채로 그대로 존재한다. 개별 시어들이나 이미지들은 어떠한 종합을 위해, 혹은 어떠한 메시지나 정서의 전달을 위해 단순 매개로 복무한 후 사라지는 것이 아니라 팽팽한 긴장을 이루는 요소의 하나가 됨으로써 자신의 존재가치를 그대로 보유하고 있다. 개별 시어들이 이 긴장의 구도 속에서 존속의 가능성을 확보하고 있는 것이다.[20] 또한 그 반(反) 명제들이 만들어내는 긴장은 새로운 해석의 가능성을 열어 놓는다. 그 긴장이 명확히 어떤 지향점을 지시하지 않지만, 그 긴장이 만들어내는 의미의 장 속에서 개별 시어들과 이미지들은 서로 힘을 겨루며 새로운 해석 가능성의 여지를 만들기 때문이다. 이 시에서 특징적으로 드러나는 반명제적 대조는, 조향이 전후라는 궁지, 다시 말해 감상적 서정시[21]나 상징적 표상을 전면화하는 시단의 주류적 접근법으로는 표현할 수 없는 전후의 상황에 대한 조향의 인식론적 태도가 낳은 방법론이라고 할 수 있다. 잠정적 결론에 조차 도달할 수 없는 전후의 혼란, 전쟁이라는 절멸의 체험이 상기하기 마련인 개별자들의 가치에 대한 옹호,[22] 지양될 수 없는 모순적 사유와

20 그것은 '합'으로 지양되지 않는 '정'과 '반'의 대립, 그럼으로써 지양(aufhebung)되는 과정에서 '정'과 '반'이 스러져 그 개별자로서의 가치를 상실하는 헤겔 식 변증법이 아니라 벤야민 특유의 '정지의 변증법(dialectic at a stand still)'에 가까운 것이다.

21 감상적 서정시는 1940년대 조향 시의 특징이기도 하다.

22 개별자에 대한 옹호라는 인식론적 태도는 조향 시 속애서 개별 시어들에 대한 옹호를 통해 간접적으로 드러난다. 그에게 개별 시어들은 어떤 총체성을 위해 복무하며 사라지지 않는다. 이 점은 아무리 강조해도 지나치지 않는다.

정서 등이 이러한 반명제적 대조의 이면에 존재하는 조향의 인식론적 태도라고 볼 수 있다.

이 시를 통해 드러나는 조향의 미적 태도에도 주목할 필요가 있다. '뚫린 손바닥의 구멍'으로 소녀는 바다를 내다보았다. "아이! 어쩜 바다가 이렇게 똥구랗니?"를 통해 우리는 소녀가 파괴와 훼손이라는 프리즘을 통해 세계를 바라보고 있다는 점을 알 수 있다. 바다는 수 없이 많은 것들로 이루어져 있으며 끊임없이 유동하는 다양체이다. 그것은 쉽사리 표상될 수 없는 것이다. '똥구랗'다는 것은 비례와 조화, 균형을 통해 완전성을 추구했던 인류의 가장 오래된 미적 태도를 상기시킨다. 동그라미는 고전적 미의식의 상징이라고 할 수 있다.[23] 조향은 여기서 파괴적 행위(총)와 훼손된, 혹은 불완전한 육체(구멍뚫린 손)를 통해 '미'를 추구하고자 하는 충동을 표상하고 있다고 할 수 있다. 훼손, 파괴, 잔해 등을 통해 미를 추구하고자 하는 조향의 미의식을 알레고리적이라고 부를 수 있다.[24] 하지만 문제는 그가 파괴된 것, 훼손된 것을 통해 '완전성의 미'를 추구한다는 데 있다. 이는 실패할 수밖에 없는 기획이다. 이 시를 통해 조향 시의 인식론적 태도와 그가 추구하는 미(美), 그러한 지향이 주체에게 불러일으킬 '멜랑콜리'를 예견할 수 있다. 그런 면에서 이 시는 조향의 50년대 시로 들어가는 서시(序詩)에 해당한다.

---

23 현상은 이데아의 모사에 불과하다고 파악했던 고대 미학은 그 중심이 '이상(idea)' 하나라고 할 수 있다. 그와 같은 관념을 기하학적으로 표현하자면 그것은 하나의 중심을 지닌 원(圓)이다. 이에 반해 바로크는 현상과 이데아의 긴장을 강조한다. 긴장을 이루는 두 개의 중심을 지닌 타원이 바로크적 사유인 것이다. 바로크 건축의 대명사 중 하나인 성 페드로 광장이 타원을 이루고 있다는 것을 우리는 잘 알고 있다. 바로크 예술, 특히 건축과 회화와 타원의 의미에 관한 것은 토마스 R. 호프만, 이주영 역, 『바로크』, 미술문화, 2007, 12~51쪽 참조.

24 알레고리적 미의식의 구체적인 면모에 대해서는 이 책의 2장 3절 '알레고리적 미의식' 참조.

「어느날의 MENU」를 통해 조향 시의 형식적 특성을 더 구체적으로 살펴볼 수 있다.

> 시집을 안고. 「빠아」〈지중해〉의 辭表. 거만한 高架線. 과부구락부. 「메가폰」. 걸어가는 헌병 Mr. Lewis. Poker. 검문소의 〈몽코코 · 크림〉. 聖敎堂에서 街娼婦人과 卒業證明書. I'd like some air. 노오란 웃음의. 소녀소녀소녀소녀소녀. die blue blume.
>
> 防風林 넘에. 누워 있는 파아랗지 않은. 바다. 검은 변. darkness at noon. 제2국민병제2국민병제2국민병제2국민병. 무말랭이. 글쎄요. 소년 matroos의. 「아달린」과. 기차를 타고 온 민의대표들의 밀짚모자와. 助淫文學家 「무슈」〈김〉. 買辦階級의 疾走.
>
> 西北航空路에서. 無面渡江東. 곤봉정치가의 연설에 관하여. 검은 안경. 화랑부대 ○○ 고지 탈환. vol dew nuit. 〈을지문덕〉의 미소.
>
> —「어느 날의 MENU」 부분

앞서 살펴본 시와 마찬가지로 이 시에도 반명제적 대조가 두드러진다. 모던한 도시의 위용을 표상하는 '高架線'과 사물화의 위협에 노출되어 있는 근대 도시의 어두운 이면을 표상하는 '과부 구락부'는 나란히 병치되어 근대 도시의 양 극단을 동시에 제시하고 있다. '聖敎堂에서 街娼婦人과 卒業證明書'도 마찬가지이다. 기본적으로 이 부분은 聖敎堂과 性交堂, 街娼婦人과 歌唱婦人의 말놀이(pun)이다. 그러나 이 시어들에는 단순한 말놀이를 넘어 성(聖)과 속(俗)의 대립적 긴장이 담겨 있다. 성스러운 장소가 성적 욕망의 장소로 변하고, 성적 욕망의 장소가 절대자를 찬양하는 성스러운 장소로 변한다. 말놀이 속에서 성과 속이 서로 자리를 바꿔가면서 긴장감을 만들어내고 있는 것이다.

이질적 이미지들의 병치는 반명제적 대조와 더불어 이 시의 구조적 특질을 이룬다. 각각의 시어들을 통어하는 서사적 맥락이 없기 때문에 시어들은 어떠한 의미로도 해석 가능한 하나의 이미지-기호가 된다.[25] 각각의 이미지는 언어기호로 표현되어 있음에도 불구하고 수용자(독자)는 언어기호(시어의 문자적 의미 그 자체)와 그것이 실제로 가리키는 대상 사이에 존재하는 심연을 간취하게 된다.[26] 기호학적 용어로 치환하면 기표와 기의가 서로 어긋나 있는 것이다. 더욱 흥미로운 점은 그 기호들이 의미의 완결을 지향하지 않은 채 계속 이어지고 있다는 사실이다.

대표적인 두 편의 시를 통해 검토해본 조향 시의 형식적 특성을 정리하면 다음과 같다. 반명제적 시어들의 대립, 기표와 기의 사이의 분열, 이미지-기호의 불연속적 연속, 반(反) 서사성. 이러한 형식적 특성은 대부분 앞서 살펴본 바 있는 '알레고리'의 특징으로 수렴된다. 특히 이미지-기호의 불연속적 연속은 알레고리에 관한 가장 고전적인 정의인 '연속되는 은유(metaphora continua)'에 딱 들어맞는 것이라 할 수 있다.[27] 그런데 중요한 점은 알레고리로 수렴할 수 있는 조향 시의 형식

25 이 대목은 발터 벤야민의 "알레고리의 최우선 관심은 언어적이지 않고 시각적(optical)이다. 이미지-나의 거대한, 원시적 열정"이라는 파사쥬에 대한 언급을 환기시킨다(Walter Benjamin, op.cit., 2004, p.334[J59, 4]).

26 독자수용의 측면에서 수용자가 '언어기호'와 그것의 '의미영역' 사이에 어떤 의미론적 차이를 느끼면 알레고리라고 정의할 수 있을 것이다. 이에 대하여 교육적 차원에서 쓰여진 친절한 설명은 G. 발트만, 채연숙 역, 『독일 서정시 입문』, 담론사, 1997, 333~358쪽 참조.

27 조향 시의 두드러진 특징인 '불연속의 연속'(조향, 「현대시론(초)」, 앞의 책, 139쪽)을 수사학적 관점에서 조명한 대표적인 연구로는 엄성원, 앞의 글(1999)과 이미순, 「조향 시의 수사학적 읽기」(『국어국문학』 제125권, 1999)가 있다. 엄성원은 미셸 르파테르의 이론을 참조점으로 삼아 조향 시의 수사학적 특징이 '확장 은유'라고 규정하고 그 양상을 꼼꼼하게 소개하고 있다. 엄성원의 연구는 '연속된 은유'로서의 알레고리를 '확장 은유'라는 은유 중심적 개념으로 재정의 했다고 볼 수 있다. 그러나 엄성원의 이러한 논의는 조향의 초현실주의 시를 언어 자체의 논리로만 구조적으로 분석하는데 그치고 있어 조향 시가 지닌 미의식, 인식론, 역사철학, 시간의식 등 다층적 맥락을 드러내지는 못하고 있다. 이미순은 엄성원과 달리 조향 시의 수사학적 특징은 '환유'라고 규정한다. 조향은 스스로 초현실주의의 기법이 은유적임을 밝히고 있지만 그의 시적 실천은 야콥슨의 틀 안에서 살펴볼 때 '인접성의 원리'를 따르기 때문에 환유적이라는

적 실험, 소위 그의 형식 미학을 어떻게 이해할 것인가이다. 이를 조향이 누차 강조했던 자신의 시 작법, 소위 말해 '이메지의 단층'을 만드는 시적 기교의 실천에 불과한 것이라고 혹은 초현실주의 시에 대한 서구 추수적 모방에 불과한 것이라고 규정할 수도 있을 것이다. 그러나 이러한 규정은 1950년대 모더니즘의 자장 속에서 조향이 추구했던 형식 실험의 의의를 구제하는 데 하등 도움이 되지 않는다.

조향의 형식 미학이 지닌 의미를 숙고하기 위해서 알레고리를 문화적, 존재론적 용어로 이해하는 것이 필요하다.[28] 알레고리는 특수한 문학 양식 혹은 전의(trope)로 협소하게 이해될 수도 있으나 그것은 세

것이 이미순의 주장이다.
조향 시의 본질을 은유로 규정하든 환유로 규정하든 이 논의는 모두 로만 야콥슨에 의해 명확해진 구조주의 시학에 바탕을 두고 있다. 야콥슨의 틀에 기대는 한 은유나 환유를 중심으로 수사학적 특질을 기술할 수밖에 없다. 그런데 이 연구의 관점에서 볼 때 몹시 흥미로운 점은 로만 야콥슨이 도출한 "지시적 기능에 대한 시적 기능의 우위는 지시(reference)를 없애버리는 것이 아니라 모호하게 만든다"는 아포리즘이다. 이 아포리즘에 관한 조엘 파인만(Joel Fineman)의 해석은 탁월하다. 파인만에 의하면 이 완고한 아포리즘이 의미하는 바는, 구조주의적 시에서 모든 기표는 은유이자 동시에 환유가 된다는 것이다. 야콥슨은 버드나무 아래를 지나가는 소녀가 버드나무로 상징화되는 러시아 민담을 사례로 제시한다. 이 시 속에서 소녀와 버드나무는 환유적으로 교차함으로써 서로에게 은유가 된다. 고전적 수사학에서 이는 '제유'라고 불린다. 즉 소녀는 나무를 통해 표상되고 나무 또한 소녀에 의해 표상되는데, 이는 서로가 초자연적으로 서로를 소유하기 때문이다. 그러나 이를 야콥슨의 용어를 사용해 기술하면 이는 은유적 환유이자 환유적 은유이며, 그 결과는 두말할 나위 없이, 알레고리이다. 파인만은 이처럼 가장 근본적인 대립쌍인 은유와 환유가 처음부터 서로를 함축하고 있다면, 이항대립을 둘러싼 차이에서 시작되는 구별의 학문으로서의 구조주의의 과학적 지위는 어떻게 되는 것인가를 묻는다. 야콥슨을 해체적으로 읽으며 은유, 환유의 상호함축성을 제시하는 파인만의 논의는 기본적으로 야콥슨의 논의에 기댄 연구자들의 은유, 환유 중심의 접근을 무화시키고 알레고리적 접근의 타당성을 높이는데 기여한다. 파인만의 야콥슨 독해는 Joel Fineman, "The Structure of Allegorical Desire", ed. Stephen J. Greenblatt, *Allegory and Representation*, Baltimore : The Johns Hopkins University Press, 1981, pp.35~36 참조. 로만 야콥슨(Roman Jacobson)의 아포리즘의 출처는 "Linguistics and Poetics", ed. R. and F. DeGeorge, *The Structuralists : From Marx to Levi-Strauss*, New York : Anchor, 1972, p.111 여기서는 Fineman의 논문에서 재인용.

28 이러한 관점은 바이나드 코원(Bainard Cowan)의 알레고리 논의의 입각점이기도 하다(Bainard Cowan, op.cit., pp.109~110 참조).

계는 더 이상 영속하지 않으며 모든 존재는 덧없이 스러져 간다는 특정한 세계 인식이 야기하는 일종의 '내적 체험'이다. 덧없음과 필멸성에 대한 갑작스런 통찰의 표현인 것이다. 이러한 내적 체험 속에서 세계는 순수하게 물리적이길 그치고 기호들의 집합이 된다. 이것이 보들레르가 잠시적인 존재인 파리를 보면서 "사물이 기호가 되는 것이 알레고리가 하는 일이고 알레고리에 대한 것이다. (…중략…) 나에게 모든 것은 알레고리가 된다"[29]고 말할 때의 의미이다. 조향은 전쟁이라는 절멸의 체험을 통과했다.[30] 그 체험은 특정한 세계인식으로 그를 이끌었고 그 인식을 표현하기에 적합한 문학적 형식을 추구했다. 그에게 있어 알레고리적 시 형식은 전쟁에 대한 '내적 체험'의 결과물이라고 해도 지나친 말이 아닐 것이다. 그의 40년대 시를 지배하던 감상적 서정성을 고려할 때 전쟁 직후부터 창작된 초현실주의적, 알레고리적 시들은 전향적이다. 그리고 그 전향적 변화 사이에 전쟁 체험이 개입되

29 보들레르, 여기서는 ibid., p.110에서 재인용.

30 전기적 사항을 참조하면, 조향은 부산에 거주했으며 상대적으로 전쟁의 직접적 체험에서 살짝 빗겨 서 있었다고 할 수 있다. 그러나 1950년대의 시인으로서 조향도 전쟁의 직간접적 여파에서 벗어나기는 힘들었을 것이다. 이 책에서 알레고리적 층위에서 재검토되고 있는 그의 초현실주의 시는 물론 일본을 경유한 서구 문학론의 수입이라는 일종의 역사적 사실과 결부되어 있다. 그가 주장하는 소위 현대시의 '혁명' (「데뻬이즈망의 시학」, 백철 외편, 『한국 전후문제시집』, 신구문화사, 1961, 420쪽)은 '후반기'라는 모더니즘 '운동'의 차원에서 시작되었다는 사실을 부인할 수 없다. 그러나 전쟁에 대한 그의 '내적 체험'의 결과라는 점이 고려되어야 한다. 진순애는 이 문제에 대해 "'시의 혁명'의 필요성은 예술의 내적 논리에서 출발했으나 외적 조건인 6·25가 보다 심화시킨 것으로 보인다. 심화된 '시의 혁명'의 필요성은 전쟁이 야기한 폭력적 현실에 참여하기 위한 필요성이었던 것이다"라고 말한다(진순애, 「1950년대 두 개의 모더니즘 비교 연구-조향과 송욱을 중심으로」, 『한국문예비평연구』 21집, 2006, 210쪽). 내적 체험으로서의 전쟁이 조향의 시세계에 미친 영향력의 정도는 그의 시에서 파악되는 '멜랑콜리'를 통해 설명될 수 있다. 주지하는 바와 같이 조향의 시세계는 1950년 전쟁 발발을 기점으로 40년대의 감상적 서정시로부터 날카롭게 분기한다. 이 연구는 그의 멜랑콜리에 주목함으로써 서구문학론의 수입과 실험의 차원과는 다른 조향의 면모를 부각하고 그것이 전쟁 체험이 야기한 멜랑콜리와 알레고리적 미의식의 발로임을 주장하고자 한다.

어 있음을 어렵지 않게 추론할 수 있다. 서구 모더니즘의 수입이라는 표층 아래에 전쟁에 대한 내적 체험으로서의 알레고리, 세계를 이해하는 방식으로서의 알레고리가 존재하고 있다고 볼 수 있는 것이다. 이런 면을 간과하고 그의 시를 서구문학이론의 맹목적 추수라고 단순히 폄하하긴 힘들다. 시를 통해 분석할 수 있는 조향의 내적체험과 세계인식은 그가 서구문학론의 수입과 더불어 '체험'으로서의 알레고리를 자신의 문학적 기원으로 삼고 있음을 말해준다.

2. 해골을 낳는 시간과 '맨몸'의 멜랑콜리

일종의 내적 체험으로서의 알레고리는 조향 시에 멜랑콜리의 색채를 짙게 드리운다. 앞서 살펴본 바와 같이 훼손된 육체와 잔해를 통해, 일견 불가능해 보이는 원형(圓形)적 미에 대한 의욕을 드러냈던 조향의 미의식은 머지않아 '물구나무선 세모꼴의 서정(抒情)'으로 옮겨간다. 여러 논자들에 의해 조향의 대표적인 형태실험으로 평가받아온 이 시는 형태실험의 범례적 가치를 넘어 조향의 시가 지닌 주된 정서인 멜랑콜리를 드러내는 작품이라고 볼 수 있다. 이 시를 통해 내적 체험으로서의 알레고리가 조향의 형식실험과 얼마나 밀접하게 연관되어 있는지, 조향 시의 형식 자체가 내용성을 어떻게 담보할 수 있는지, 원형에서 뒤집어진 세모꼴의 서정으로의 변화가 무엇을 의미하는지 확인할 수 있다.

이름성르은와다 그러마입소울다 돌아아녀와그다 구두에자이덕서 식물집하죄이자
도도는소잤 지세술녀었 앉서냄서린 끝밤갈는에 채을자나짓
모눈녀 요좀는 소샐쪼 이처언 랑하많
이 줘 구 럼 아
맑 요 역 차 얀
질
하
니
까
까
만
죽
음
이

—「물구나무선 세모꼴의 抒情」 전문

형식적 측면에서 볼 때 이 시는 기본적으로 다섯 개의 뒤집어진 세모가 결합되어 더 큰 세모꼴을 만들고 있다. 이는 '아폴리네르의 상형시들을 연상시키는 글자 형태의 시각적 이미지들로 보이'[31]기도 한다. 그러나 이 시는 형태 실험에 그치지 않는다. 이 시를 분석하기 위해 우선 '세모꼴'에서 시작해야 하고 세모꼴의 의미를 추정하기 위해 앞서 살펴본 '동그라미'를 다시 소환해야 한다. 비례와 균형, 조화를 미의 요소로 꼽는 원형의 미학(고전주의 미학)은 파괴와 폐허, 훼손된 육체가 횡횡하는 전쟁 이후의 시대에 불가능한 이상임은 자명한 사실이다. 역사적 경험에 반하는 미의 추구는 결국 불가능한 기획이다. 조향은 이제

31 문혜원, 앞의 글, 313쪽.

이 시에서 '세모꼴'을 들고 나온다. 그것도 '물구나무 선' 세모꼴이다. 세모꼴은 주지하는 바와 같이 무게중심이 바닥에 있는 가장 안정적인 형태이다. 세 변은 서로를 지지하며 안정적으로 형태를 유지한다. 그러나 이 삼각형이 뒤집어진다면 사정은 급변한다. 그것은 졸지에 몹시 불안정하고 위태로운 도형이 된다. 이 시는 다섯 개의 '물구나무선 세모꼴'이 이루는 커다란 '물구나무선 세모꼴'이다. 큰 삼각형 안에 작은 삼각형들이 자리잡고 있는 형태이다. 형태 자체가 어느 방향으로도 몰락할 수 있다는 긴장감과 위태로움을 자아낸다. 모든 것을 안정적으로 떠받치는 토대가 없어졌기 때문이다. 단지 한 점만이 그 모든 것을 간신히 지탱하고 있다. 조향은 언어실험의 일환으로, 다시 말해 그가 추구하는 현대적인 미의 일환으로 이와 같은 형태시를 시도한 것이다. 그리고 그 형태를 통해 현대적인 미의 근본기분(Grundstimmung)이 무엇인지를 효과적으로 전달하고 있다.

오른쪽 세모꼴에서 우리는 앞 절에서 살펴본 반명제적 대조를 다시 한 번 만나게 된다. 시적 주체는 "이름도 성도 모르는 눈이 맑은 소녀와 잤다". 소녀와의 섹슈얼리티를 직접적으로 표명한 것이다. 특이한 점은 소녀에 대한 묘사이다. "눈이 맑은 소녀"이다. 섹슈얼리티의 대상으로는 아직 석연치 않은 소녀, 게다가 순수한 심성과 순결한 영혼의 소유자에 대한 클리쉐인 '눈이 맑은' 소녀이다. 단순한 묘사로만 볼 때 그 소녀는 욕망의 대상 혹은 욕망의 담지자로서는 적절치 않다. 그러나 놀랍게도 두 번째 세모꼴에서 우리는 그 소녀의 욕망을 읽을 수 있다. "그러지 마세요 입술 좀 줘요 소녀는 울었다." 여기서 욕망의 주체는 시적화자가 아니라 소녀이다.[32] 일견 욕망과 멀어 보이는 '눈이 맑은' '소녀'에 대한 기술은 욕망의 주체가 그녀라는 진술과 대조를 이룬다. 소

32 '그러지 마세요'라는 소녀의 욕망의 강도와 소녀의 욕망을 거부한 시적 주체를 추론할 수 있다.

녀는 한 몸에 순결과 욕망을 동시에 지니고 있으며, 그 양극이 팽팽한 긴장을 이루는 '변증법적 이미지'이다.

욕망의 주체인 소녀와 달리 소녀의 냄새만으로도 구역질해대는 시적 주체는 '까만 죽음'을 만난다. 성적 욕망의 곁에서 시적 화자가 죽음과 대면한다는 사실을 주목할 필요가 있다. 섹슈얼리티에 대한 다양한 심층적 분석이 존재하지만 누구도 에로스와 출산성의 밀접한 관련을 부정할 수는 없을 것이다. 레비나스가 제공해준 현상학적 관점에 의하면, 우리는 과거에 통과한 시간을 아이를 통해 재경험하게 된다. 그리고 우리의 제한된 시간은 아이를 통해 이어지고, 아이를 통해 '초월'이 가능해진다.[33] 이런 점에서 볼 때 섹슈얼리티는 욕망의 충족이자 초월과 시간의 충만한 재경험을 위한 전제조건이 된다. 그런데 조향은 섹슈얼리티와 죽음을 병치시킨다. 이는 섹슈얼리티로 대변되는 욕망과 초월에의 지향에도 불구하고 결국 죽을 수밖에 없는 피조물의 유한성을 표상하는 것이라고 할 수 있다. 결국 가장 긴 세모꼴은 누구도 부정할 수 없는 인간조건에 대한 간략한 소묘라고 해석할 수 있다. 그렇다면, 이 위태로운 '뒤집어진 삼각형'을 지지하고 있는 가장 긴 삼각형의 꼭지점, 그 한 점은 '죽음'이라는 결론에 도달하게 된다. 이것은 욕망의 충족을 비롯한 모든 인간적 성취가 무의미하며 모든 것이 덧없이 사라진다는 '멜랑콜리'의 핵심 정신을 정확히 표상하고 있다. 이 시는 조향 시 '형식'의 내용성이 무엇인지 보여주는 좋은 사례가 된다. 또한 그 형식은 내용미학적 층위에서 드러나는 멜랑콜리와 어우러지며 시적 주제를 강화하는데 기여하고 있다.

「물구나무선 세모꼴의 서정」을 통해 분석한 조향의 멜랑콜리는 「죄」와 「밤」을 통해 그 면모가 더 구체적으로 드러난다.[34] 두 달 사이에 연

33 엠마누엘 레비나스, 강영안 역, 『시간과 타자』, 문예출판사, 1996; 강영안, 『타인의 얼굴』, 문학과지성사, 2005, 156～159쪽 참조.

달이 발표된 이 세 편의 시는 주제적 측면에서 볼 때 연작시에 가깝다고 해도 지나친 말이 아니다.

① 깔깔
거
리
는
웃음이
피어
나
더
니.

까만 타올이 한 장 내어 걸린다.

거리
모
롱
이
밤은
깜장
스
커

34 실제로 「물구나무선 세모꼴의 서정」은 1959년 『자유문학』 10월호에 상재되었으며 「죄」와 「밤」은 같은 잡지의 11월호에 상재되었다. 주제적 측면에서 보았을 때 이 세 편의 시는 연작이라고 보아도 크게 틀리지 않다. 우리는 이 세 편의 시를 통해 조향 시의 멜랑콜리를 드러낼 수 있을 것이다.

트

밑으로 자꾸 해골만 삼가르고 있고.

—「죄」 전문

② 그
옆구리쯤
시커먼
구멍에서
콸콸콸
검붉은
피가
쏟아진다.
하수도
에서는
문드러진
내장에
파란
불이
켜지고.

—「밤」 전문

①의 시에서는 「물구나무선 세모꼴의 서정」에서 언급된 섹슈얼리티가 본격적으로 개진되고 있다. 1~2연은 섹슈얼리티에 대한 정황 기술이다. 심지어 이 시에서는 '밤'이라는 시간마저도 '깜장 스커트'라는 기술을 통해 여성화되어 섹슈얼리티를 심화시킨다. 이 시의 반전은 마

지막 연에서 일어난다. '밑으로 자꾸 해골만 삼가르고 있고'[35]는 1~3연을 통해 조성한 섹슈얼리티의 종착지가 어디인지 확연히 제시하고 있기 때문이다. 1연에서의 쾌활한 웃음과 욕망 충족에 대한 기대감, 2연에서의 욕망충족에 대한 암시는 3연에서 여성화된 시간을 통해 강조되는 죽음의 반복 재생산과 살아있는 피조물들이 지닌 욕망의 허망한 종결과 날카롭게 대조를 이룬다. 정확히 '해골만' 낳고 그 탯줄을 자르는 행위의 주체는 여성화된 시간이다. 이 시의 맥락에 따르면 욕망의 충족이 제공하는 쾌미도, 새로운 생명의 탄생도 없다. 여성화된 시간은 계속해서 죽음만을 낳을 뿐이다. 이 시는 조향의 시간 의식이 어떠한지를 가늠할 수 있는 근거가 된다.

'해골'이라는 이미지에도 주목할 필요가 있다. 여성화됨으로써 인간 욕망의 대상이자 그 욕망을 펼치는 장으로 규정된 '밤'이 끊임없이 낳는 것은 다름아닌 '해골'이다. 해골은, 바로크 예술의 전통에 따르면, 인간의 시간이 품고 있는 "때를 놓친 것, 고통에 겨워하는 것, 실패한 것 등 역사가 애초에 품고 있는 이 모든 것의"[36] 알레고리이다. 벤야민의 관점을 취하면, '죽은 자의 얼굴'(벤야민) 즉 '해골'(조향)에는 "역사가 인상(印象)되어 있다". 거기에는 "표현의 상징적 자유, 형태의 고전적 조화, 인간적인 것, 이 모든 것이 결여되어 있다".[37] 또한 욕망의 대상이자 욕망을 펼치는 장으로 규정된 시간인 '밤'은 '역사'로 치환될 수 있다. 그렇다면 해골만 삼가르고 있는 역사는 수난사가 된다. 이 시는 섹슈얼리티에서 시작해서 시간을 여성화하고, 인간의 욕망을 펼치는 장으로 설정된 그 시간이 결국 잔해와 죽음과 수난의 역사를 이루는 것

35 '삼가르다'는 아이를 낳은 후 탯줄을 끊는 행위를 말한다. 표준국어 대사전 참조(http://stdweb2.korean.go.kr/search/List_dic.jsp, 사이트 방문일 : 2012.3.12).

36 발터 벤야민, 앞의 책, 2008a, 217쪽. 여기서는 조만영의 미출간 개정판의 번역을 인용했다(인용을 허락해주신 조만영 박사에게 감사를 표한다).

37 위의 책, 217쪽.

임을 명징하게 보여주고 있다. 이는 조향의 시간 의식이 역사를 잔해와 폐허로 파악하는 알레고리적 역사철학의 핵심에 얼마나 근접해 있는지 잘 말해준다.

②는 두 개의 커다란 이미지가 병치되어 있다. 하나는 그리스도가 십자가에서 처형된 이후 그의 죽음을 확인하기 위해 로마의 사형집행인이 옆구리를 창으로 찌른 장면을 연상시키는 관습적 이미지이고, 다른 하나는 하수도에서 썩어가고 있는 시체의 이미지이다. 이 두 개의 장면은 마치 죽음을 소재로 한 두 장의 엠블럼을 병치해 놓은 것과 같다.[38] 두 장의 엠블럼에는 어떠한 표제나 금언도 기록되어 있지 않다. 단지 두 장의 엠블럼이 자아내는 긴장 속에서 죽음과 필멸할 육체에 대해 상고할 수밖에 없다. 앞에 등장하는 이미지는 "콸콸콸 검붉은 피가 쏟아진다"를 통해 죽음을 전경화하고 있다. 그러나 이 죽음의 이미지는 기독교의 교리에 힘입어 독자의 읽기 행위 속에서 부활과 생명의 이미지로 전환된다. 하지만 이어지는 두 번째 이미지로 인해 죽음과 부패의 이미지에 다시 고착된다. 죽음(전경화된 이미지) → 생명(문화적 · 종교적 관습에 의한 아이러니적 해석) → 죽음(두 번째로 전경화된 이미지)으로의 흐름은 종교적 구원의 가능성이 이제 불가능함을 암시하는 것으로 해석될 수 있다. 부활의 불가능성, 구원 혹은 초월가능성에 대한 근본적 부정, 맨몸(vita nude)을 지녔기에 필멸할 수밖에 없는 인간조건을 이 시는 부각하고 있다. 이러한 인간 조건에 대한 통찰은 시적 주체를 멜랑콜리로 이끈다.[39]

---

38 벤야민의 연구에 따르면 바로크 비애극은 하나의 도상이다. 5막으로 구성되어 있으면 5개의 엠블럼의 병치인 것이다. 엠블럼의 병치는 서사적 시간과 무관하다. 시간의 진행은 정지되고 공간화된다. 이 시는 표제와 금언이 없는 엠블럼과 유사하다. 시간성은 완전히 소거되고, 공간화된 이미지 두 개만 아무런 해석의 실마리 없이 알레고리로서 주어져 있다. 상당히 흥미로운 작품이다.

39 전쟁이라는 절멸의 체험은 초월적 대상에 대한 부정으로 자연스럽게 이어진다. 그러나 모든 초월 가능성에 대한 부정은, 인간이 육체를 지닌 존재라는 사실과 죽음에 직면한 존재라는 사실을 강도 높게 부각시킨다. 멜랑콜리의 초월 가능성 혹은 구원가

흥미로운 점은 "문드러진 내장"에서 켜지는 "파란 불"이다. 조향 시 전반에서 '파란'색은 긍정적 전망과 결부된 이미지이다. "파란 연기"(「EPISODE」), "파아란 우유차"(「검은 傳說」), "달밤이면 靑牛를 타고 〈아라비아〉로 가는 老子"(「장미와 수녀의 오브제」), "푸르른 永遠"(「푸르른 永遠」) 등이 좋은 예이다. 조향 시 전반에서 푸른색 이미지가 지니는 긍정적 함의를 고려해 볼 때 이 시에서 "문드러진 내장"에 켜지는 "파란 불"은 종교적, 초월적 구원의 가능성이 불가능한 시대에, 썩어서 스러질 수 밖에 없는 맨몸을 지닌 인간 존재에게 만약 어떤 구원의 가능성이 있다면 그것은 죽음, 부패, 육체성에 대한 천착을 통해서일 것이라는 인식이 표현된 것이라고 해석할 수 있다.[40] 맨몸, 벤야민의 용어를 인용하자면 '피조물성'은 조향에게 있어 멜랑콜리의 원천이자 내재적 초월의 가능성이라고 할 수 있다.

조향의 대표적인 시 중 하나인 「코스모스가 있는 층계」에서도 그의 멜랑콜리를 확인할 수 있다. 앞서 해석한 작품들을 통해 파악할 수 있었던 상존하는 몰락 가능성(물구나무선 세모꼴), 죽음을 낳는 시간, 수난사로서의 역사("해골을 삼가르는 밤"), 구원과 초월의 불가능성, 맨몸이라는 인간 조건과 내재적 초월("파란불이 켜진 문드러진 내장")같은 주제들이 이 시에서도 반복 변주되면서 멜랑콜리커로서의 조향의 면모가 더욱 부각되고 있다.

허벅지가
떨어져 있고

능성에 대한 부정에 관해서는 발터 벤야민, 앞의 책, 2008a, 199~202쪽 참조.

40 조향은 '육체성'에 대한 시적 천착에 정진하지 않았다. 그저 초현실주의 오브제로서의 몸을 표상하는데 힘썼을 뿐이다. 육체성에 대한 시적 고찰에 있어서만큼은 조향의 수준이 그리 높지 않다. 조향의 '몸' 이미지의 특성과 한계에 관해서는 이 책 80쪽, 각주 42 참조.

이끼가 끼어 있고
하수도는 흙탕 송장물의 범
람 바람이
검은 웃음만 흘려 놓고
간
다.

술렁거리는
외롬은
지붕의 박꽃박꽃박꽃박꽃
옛날의
옛날의 · · · · · 그럼,
할렐루야!

하얀 문짝이 수 없이
열려
가고
나면
거기
아아라히
층계
층계
층계
층계
층계
위

에
코스모스 한 송이만 송이만
소녀의 주소에는
구름의 그림자 만도링 모양으로
떨어져 있고
파아란란
하
늘
에

파아란란
영
원
이
없다.

고추잠자리
황혼
어머니
종
소
리
낙엽이
진
다.

—「코스모스가 있는 층계」 전문

이 시는 전후에 조향이 지향했던 시가 어떠한 것이었는지 범례적으로 보여주고 있다. 소위 '포멀리즘적 형태실험'이 두드러진 시이다. 형식적 층위에서 접근한다면 이 시에서 조향이 스스로 자신의 시를 해설했던 것 이상을 찾아내기 어렵다. 그러나 이 시를 분석할 때 형태에 치중한 형식실험보다는 이미지의 병치가 자아내는 멜랑콜리의 정서에 주목할 필요가 있다. 여기서는 형태와 이미지를 분석하면서 조향 시의 멜랑콜리가 어떠한 양태를 지니는지 분석하기로 한다.

첫 연은 '허벅지', '이끼', '하수도' 이미지의 병치로 시작된다. 여기서 '허벅지'는 훼손되고 절단된 신체일부이다. 조향의 다른 시 「體操—어느 女學校에서」와의 비교를 통해 훼손된 신체로서의 '허벅지'가 어떤 값을 지니는지 확인할 수 있다.

오후 한 시
종이처럼 하얀 햇볕 아래
체조가 활짝 핀다.

신호기(信號旗)모양 가벼이 움직이는
체조 선생님의 두 팔
그 뒤엔 짙푸른 하늘이 바싹 다가선다.

까만 부루우아로 발끈 자른 눈(雪)빛 토실한
허벅지 허벅지 허벅지 허박지 ······!
오 수많은 허벅지들이
비둘기 떼인 양 파다기는 마당
[·········]
만지면,

수액(樹液)처럼 향긋한 젊음이 터져 나올 소녀 소녀 소녀

소녀 · · · · · · !

—「體操」 부분

「體操」에서 '허벅지'는 훼손되지 않은, 유기체로서의 몸 전체와 조화를 이루는 부분으로 존재한다. 또한 그것은 소녀들의 젊음과 육체성에 대한 찬사를 표상하는 오브제이다. '허벅지'는 '소녀'의 몸 전체 혹은 육체성의 제유로서 흔들리지 않는 기반이자 생명의 원천인 대지에 뿌리를 내리고 에너지를 끌어올리는 '나무' 이미지와 병치되어있다. '허벅지'는 대지적 상상력[41]을 통해 나무로 전이되고, 나무는 다시 액화된 생명력인 수액(樹液)으로 이어짐으로써 젊음, 생명력, 활력, 육체성의 아름다움을 드러낸다. 이때 허벅지는 상징이다. '허벅지'라는 가시적 현상 속에 보이지 않는 이념들이 개념의 매개없이 직접, 순간적으로 깃든다. 그러나 「코스모스」의 '허벅지'는 「體操」의 그것과 전혀 다른 양태이다. 허벅지는 유기적 전체를 이루는 아름다운 몸의 부분이 아니다. 그것은 전체로부터 잘려 떨어져 나온 훼손된 파편이다. 그럼으로써 어떤 의미를 자체 내에 지니는 오브제 혹은 주어진 전체 맥락 속으로 쉽사리 흡수되는 부분으로서의 오브제가 아니라 탈맥락화된 하나의 기호가 되었다.[42] 다른 한편 잘린 허벅지는 인체를 척도로 삼은 조

41 가스통 바슐라르, 정영란 역, 『대지 그리고 휴식의 몽상』, 문학동네, 2002, 321~329 · 341~343쪽 참조.

42 물론 이것을 '초현실주의 오브제'의 특성이 그대로 적용된 이미지라고 볼 수 도 있을 것이다. 일반적으로 초현실주의 오브제는 ① 주어진 맥락에서 대상을 탈각시키는 소외(alienation), ② 충격을 야기하기 위해 다양한 영역 / 세계를 융합시키는 조합(combinatorics), ③ 대상을 다른 어떤 것으로 바꾸기 위한 가능성인 변형(metamorphosis)이 특징이다(Ingrid Pfeiffer, "Surreal Objects : Yesterday and Today", *Surreal objects*, Frankfurt : Schirn Kunsthalle, 2011, p.15 참조). 오브제 중에서도 몸, 특히 여성의 몸은 초현실주의들의 이념을 전달하는 통로이자 실험의 장소였다. 몸은 1930년대 초현실주의자들에게 강력한 탐구의 주제가 되었으며 그들에 의해 해체되고, 파편화되고, 훼손되고, 칭

화로운 구성이라는 고대 미학의 이상을 비웃고 있다. 이는 조향의 미의식을 간접적으로 가리키고 있다.

'하수도'는 습하고 폐색된 지하 공간이다.[43] 그것은 하늘로 상징화되

송되었다. 초현실주의자들의 '몸'이 지닌 주요한 면모 중 하나는 그것이 상품화와 초현실주의에 대한 소비의 가장 주요한 에이전트가 되었다는 점이다(Ghislaine Wood, *The Surreal Body : Fetish and Fashion*, London : V & A Publication, 2007, pp.6~7 참조).

조향 시의 '오브제'로서의 몸은 초현실주의 오브제의 특성들을 담지하고 있다. 그러나 신체의 변형에는 큰 관심이 없다. 그는 신체의 훼손과 소외에 집중하는 편이다. 그리고 소외되고 훼손된 신체는 변형되지 않고, 멜랑콜리를 자아내는 유사 이미지들과 병치됨으로써 재맥락화된다. 다시 말해 '이메지의 단층'(조향, 「이십세기 문예사조」, 앞의 책, 108쪽) 따위는 없다. 본인은 스스로 '가장 배리에이션이 풍부한 이마쥬의 세계가 슈르리알리즘이'라고 규정하지만(조향, 「1959년 시단 총평」, 같은 책, 57쪽) 정작 자신의 시는 시론의 알리바이가 되지 못한다. 이미지들 간의 이질적 내지 혼종적 결합도 없고, 예기치 못한 결합의 틈새에서 만들어지는 기이한 아름다움도 없다. 오브제들은 주체의 멜랑콜리를 표상하는 기능에 충실한 경우가 대부분이다. 이 시에서 '이끼', '지하도', '검은 바람'은 일관된 맥락 속에서 병치된 오브제들이며 시적 주체의 멜랑콜리를 효과적으로 전달한다. 이 작품의 마지막 부분에 등장하는 '고추잠자리', '황혼', '낙엽'도 일관된 멜랑콜리의 정조를 지닌 오브제인 것은 마찬가지이다. 또한 조향의 훼손된 몸 이미지는 상품화나 페티쉬와는 상당한 거리가 있다.

이런 점을 고려할 때 조향의 신체 이미지를 '초현실주의 오브제'의 전형적 구사라고 하기엔 부족할 것이다. 따라서, 조향 시의 '훼손된 신체'라는 오브제는 '초현실주의 오브제'라기보다는 그의 '멜랑콜리'를 드러내는 파괴와 죽음, 육체의 일시성에 관한 알레고리라고 보는 것이 보다 타당해 보인다.

벤야민은 「중앙공원」에서 바로크 알레고리와 보들레르의 알레고리를 나누고, 보들레르 알레고리의 특징을 페티쉬로 제시하고 있다(발터 벤야민, 김영옥・황현산 역, 「중앙공원」, 『발터 벤야민 선집』 4, 길, 2010). 물론 그것은 상품화와 사물화 테제와 필연적 관련성을 가진다. 초현실주의가 페티쉬, 사물화, 상품화와 얼마나 친연성을 지니고 있는지는 재언급할 필요가 없을 것이다. 이런 관점을 고려할 때, 조향의 알레고리는 자본주의 이전인 바로크 알레고리에 가깝다고 할 수 있다. 이는 전후 모더니즘 시가 직면했던 한국사회의 물적 토대가 어떠했는지를 암시해 주는 것이기도 하다. 그렇다고 자본주의 체제가 환기하는 사회적 모더니티의 문제에 대해 조향이 전혀 무감각했던 것은 아니다. 이에 대해서는 다음 절에서 집중적으로 다룰 것이다.

43 '하수도'라는 밀폐된 공간과 그곳을 가득 채우고 있는 시체 썩은 물은 홀바인의 그림 '죽은 그리스도'에 대한 크리스테바의 해석을 환기시킨다. 크리스테바는 Black sun에서 밀폐된 공간 안에 죽은 시체를 가득 채워넣은 홀바인의 그림을 공간감각과 멜랑콜리, 성상파괴주의와 미니멀리즘을 엮어 자세히 분석하고 있다. 이는 조향의 공간감각과 멜랑콜리의 연관성을 분석할 때 유익한 참조점이 된다(Julia Kristeva, Trans. Leon S. Roudiez, *Black Sun*, New York : Columbia University Press, 1989, pp.107~138).

는 초월적 가능성이 전적으로 차단된 좁은 지하 공간이며 '흙탕 송장물'로 채워져 있다. 훼손된 신체, 부패와 죽음을 상기시키는 물 이미지, 밀폐된 하수도, 그 공간을 가득 채우고 있는 시체 썩은 물의 범람, 그 이미지 위에 스쳐 지나가는 그로테스크한 웃음('검은 웃음')을 병치함으로써 조향은 자신이 던져져 있는 세계 한 가운데서 느끼는 근본기분을 이미지화하고 있다.

층계의 모양을 형상화한 대목은 주의를 요한다. 층계는 상승의 이미지로도 하강의 이미지로도 읽힐 수 있다. 그러나 그 층계의 위에 코스모스가 놓여있는 것을 고려할 때 상승의 이미지로 읽는 것이 더 타당해 보인다. 층계 모양의 형상화가 자아내는 시각적 효과로 인해 "코스모스 한송이"의 이미지가 뜻하는 바를 간과하기 쉽다. 그러나 여기서 '코스모스'는 신중한 해석을 요구하는 오브제이다. 꽃은 억세지 못하고 나약한 것, 연약한 것이다. 그것은 동서와 고금을 막론하고 덧없이 스러지는 잠시성의 상징으로 즐겨 사용되었다. 길고 가는 꽃대를 지닌 코스모스는 육체를 지닌 존재의 연약성과 덧없음을 다른 어느 꽃보다도 두드러지게 표상한다. 또한 꽃은 좁고 텅 빈 내부 공간과 그것을 둘러싼 넓은 외피만을 지닌 존재이다. 표면을 통해 만상과 교감하지만 자신을 지탱해줄 수 있는 내적 틀이 없는 존재가 꽃이다. 더욱이 '코스모스'는 가을 꽃이다. 가을은 결실의 시간이라고 흔히 불리지만 그것은 동시에 몰락의 시간이다. 이런 점들을 고려할 때 여기서 '코스모스'는 육체성 자체, 그 육체의 잠시성(transience), 존재를 지탱할 토대의 부재, 몰락의 시간을 가리키는 알레고리로 읽을 수 있다. 그 '코스모스'가 '층계'의 맨 위에 '한 송이' 놓여있다. 다발이 아닌 '한 송이'는 꽃의 단독성을 강조한다. 상승의 이미지인 '층계'는 1연에서 검토한, 조향이 파지한 세계에서 벗어나려는 의지의 표현이기도 하다. 그러나 그 탈주의 끝에서 시적 주체가 대면한 것은 스러질 수밖에 없는, 육체성을 지닌 덧없는 존재의 알레고리인 '코스모스'이다.

이러한 자각은 곧바로 "영원이 없다"는 명제로 이어진다. '코스모스'와 같은 덧없는 존재에게 '영원'이라는 시간적 계기는 구원을 뜻한다. 조향이 도달한 지점은 구원의 전망 혹은 현세 초월의 전망이 사라진 곳이다. 그리고 그곳에서 조향은 인간 존재의 육체성과 덧없음에 대한 철저한(계단 끝에서 맞닥뜨렸기 때문에 철저한 성찰의 결과라고 해석해도 타당할 것이다) 자각을 얻는다. 자연스럽게 이 작품은 몰락의 시간인 '황혼'과 죽음의 상징인 '낙엽'으로 마무리 된다. 여기서 다시 멜랑콜리커로서의 조향을 확인하게 된다.

지금까지 살펴본 바와 같이 탈색된 욕망(아파테이아), 초월가능성에 대한 근본적 부정, 삶을 떠받칠 (종교적, 이데올로기적) 토대의 상실, (뒤집어진 삼각형과 같은) 상존하는 몰락의 가능성, 죽음으로 인지된 시간, 수난사로서의 역사, 육체성 혹은 피조물성에의 천착, 덧없는 존재라는 사실에 대한 철저한 자각, 내재적 초월에의 희구 등은 조향의 시에서 추출해 낼 수 있는 일관된 정조이다. 혁신과 언어적 혁명을 주장하는 그의 초현실주의 시론과 익숙지 않은 형식실험에 가려져 있었던 그의 시적 정조는 멜랑콜리이다. 조향은 멜랑콜리커로 불려도 손색이 없다.

그러나 그의 멜랑콜리는 불완전하다. 멜랑콜리는 예민한 정신이 인간을 포함한 사물들의 덧없음과 초월적 전망의 부재를 통찰해 냈을 때 가지게 되는 주관성이다. 이런 면에서 조향은 멜랑콜리커이다. 그러나 진정한 멜랑콜리커는 거기에 머물지 않고 사물들을 구제하는 데까지 나아간다. 멜랑콜리적 주체가 덧없는 사물들을 구제하는 방법은 '알레고리'이다. 기호학적 용어를 사용해 기술하면, 알레고리는 기표와 기의의 불일치를 특징으로 한다. 알레고리에 있어 기표와 기의 사이에는 깊은 심연이 있다. 알레고리는 언제나 '다른 것'을 지시한다. 역설적이게도 한 사물의 덧없음은 그것의 알레고리적 사용 속에서 다른 것을 지시함으로써 혹은 다른 것이 됨으로써 자신의 잠시성을 넘어서는 것이다. 이것이 발터 벤야민이 "덧없음과 영원함이 가장 밀착해서 만나는 곳에서 알레고리는 불후(不朽)의 것으로 정착한다"[44]고 말할 때의 의미이다.[45] 그러나 멜랑콜리커 조향은 파편화된 사물을 늘어놓고 고심은 하되, 알레고리적 사유를 통해 사물을 구제하고 내재적 초월의 가능성을 철저히 모색하는 데까지 나아가지 않는다. 그의 「데뻬이즈망의 시학」이 피상성을 면치 못하는 것도 바로 그 때문이다. 이 점이 그의 멜랑콜리가 지닌 한계라고 할 수 있다.

3. 역설과 알레고리로서의 모더니티

이 절에서는 조향의 시간의식을 집중적으로 살펴볼 것이다. 그것은 조향의 모더니티에 대한 시적 인식을 확인하는 작업이기도 하다. 조향은 끊임없이 '현대'가 무엇인지, '현대시'가 무엇인지, 자신의 현대시는

44 발터 벤야민, 앞의 책, 2008a, 300쪽. 여기서는 논문 기술의 일관성을 위해 역자가 우의(寓意)라고 번역한 것을 알레고리로 바꾸었다.

45 멜랑콜리커의 눈앞에 펼쳐진 세계 속에서 알레고리가 지닌 이러한 역설적 힘, 대반전의 힘은 보들레르의 모더니티에 대한 위대한 정의 "모더니티를 통해 내가 뜻하는 바는 예술의 절반은 덧없는 것, 순간적인 것, 우연한 것이고 나머지 절반은 영원한 것, 변치 않는 것이라는 점이다"(Charles Baudelaire, Trans. Jonathan Mayne, *The painter of modern life*, London : Phaidon, 2010(reprint version), p.12)를 이해하는데 있어서도 핵심적이다. 앙투안 콩파뇽이 "보들레를 통해 모더니티는 역설로 선언되었다"고 말할 때(Antoine Compagnon, Trans. Franklin Philip, *The 5 paradoxes of Modernity*, New York : Columbia University Press, 1990, p.21) 그 역설은 멜랑콜리와 알레고리를 통해 드러나는 잠시성과 영원성의 역설적 관계를 뜻하는 것이라고 해석할 수 있다. 앙투앙 콩파뇽은 보들레르의 알레고리와 우수를 전면화하며 모더니티를 해석하고 있다. 그의 논의는 알레고리-멜랑콜리와 모더니티의 관계를 파악하는데 중요한 참조점이 된다.

어떠해야 하는지 고민했던 시인이다.

> 우리가 현재 살고 있는 시대니까 '현대'고, 그 '현대'에 쓰이고 있는 시니까 '현대시'다. 이렇게들, 가장 피상적이고 형식적인 생각을 갖고 싶어하지만, 그게 탈이요 무식이라는 것이다. (…중략…) 그렇다면 무엇이 '현대'라는 개념을 최후적으로 규정하는 것일까? 그것은 사조와 방법론이 결정하는 것이다. (…중략…) 내가 쓰고 있는 '현대시'를 도시 어려워서 알 수가 없다고 낙담 혹은 비난하는 사람들은, 그 모주리가 앞서 말한 '새로운 방법론'의 몰이해에서 오는 것이다. '현대'라는 것이 객관보다 주관을, 의식보다 무의식을, 현실보다 현실 저쪽의 심층부를, 차안보다 피안을 요구하게 된 데에는 문명사적인 뒷받침이 무론 있는 것이다. 객관과 의식과 현실과 차안만을 그리기에 여념이 없던 19세기적 합리주의적 낡은 방법론으로서, 어찌 주관과 무의식과 심층부와 피안을 요구하는 20세기를 그릴 수 있을 것인가? (…중략…) 20세기의 전위문학이 반항한 형식은 공간적 (절대적)이라고 할 수 있겠다. (…중략…) 초현실주의도 이제 약 50년이라는 나이를 먹었다. 포기되었던 '의미의 세계'를 새로운 각도에서 다시 데리고 와야 한다. 그것은 옛날의 시로 돌아가라는 신호가 아니고, '데뻬이즈망의 미학'에다 현대의 검은 비극의 상황을 흘려 주어야 한다는 말이다. 현대의 암흑! 이것이 나의 길인 네오 슈르레알리슴이다.[46]

위의 글에서 확인할 수 있는 바와 같이 일차적으로 그는 19세기를 합리주의의 시대로, 20세기를 그에 반하는 시대로 규정한다. 그리고 객관, 의식, 현실, 차안은 전자에 할당하고 주관, 무의식, 심층부, 피안을 후자에 할당한다. 이렇게 단순화시킨 문명사적 흐름에 대한 이해를

46 조향, 「현대시론(초)」, 앞의 책, 141~148쪽.

바탕으로, 조향은 '현대'는 사조와 방법론으로 규정되는 것이라고 단언한다. 그에게 있어 '현대'는 직선적 시간관 위에서 이해되고 있다. 그에게 있어 현대를 규정하는 사조이자 방법론은 '초현실주의'였다. 그리고 그 초현실주의 또한 시간의 흐름 속에서 다른 것으로 대체 혹은 변모되어야 할 옛것이 되었다고 파악하고 있다. 조향은 현대를 '암흑'이라고 규정함으로써 사회적 모더니티의 진보적 시간에 대해서는 분명 반대를 표명하지만 그의 '현대성'에 대한 인식은 여전히 신화적 시간관이라 할 수 있는 직선적 시간관 위에서 전개되고 있다.

흥미로운 점은 조향의 시를 통해 파악할 수 있는 시간의식이 그가 시론(詩論)에서 개진한 시간의식과 다르다는 사실이다. 시에서 드러나는 시간의식은 그의 시론을 통해 분석할 수 있는 역사인식이나 모더니티에 대한 인식보다 중층적이고 풍부하다. 우선 「1950년대의 斜面」을 통해 모더니티에 대한 조향의 인식을 살펴보기로 하자.[47]

> 가로수 골짝 위에 아슴히 덮여진 파아란 하늘은 멋진 透視圖法이다.
> 거기에 놓여진 하늘에의 하얀 "에스카레터"
> 그 꼭대기 한 점에 내가 서 있다.
> 이 分水嶺에서 추억처럼 고갤 돌려 보면
> 거기 시왕가르는 소리 속에
> 바람에 흔들리는 꽹매기 소리 속에
> 녹슬어 가는 한 폭 風俗畵의 傾斜面
>
> 낡은 "필름"에서처럼 해쓱해진 先祖들의 群英 휘영거리는
> 靈柩車의 行列

47 이 시에 대한 상세한 분석과 전근대, 근대, 현대에 대한 논의는 이경훈, 앞의 글, 279~281쪽 참조.

輓歌는 처량한 "비오롱"이다.

느닷없이 앞으로만 자빠져 있는 길이 보인다.
後半期의 황홀한 版畵 위에
바람처럼 호탕히 쓰러지는 나의 그림자!

[・・・・・・・]

은빛 射程에 화살처럼 꽂히는
20세기의 "메뉴우"
"레스또오랑"엔 황혼과 강아지가 來日을 넘겨다보고 있다.

〈애라〉!
멀리 〈붉은반란〉의 불꽃이 이는구나
어서 來日로 가자!

[・・・・・・・]

바람에 실려서 내 고막의 부두에 출렁거리는 BARCAROLLES!
역사의 다음 〈페에지〉엔 이미 새 아침의 노랠 싣고 물결소
리만 소란한데 내 視野의 "카아브"에서 호화로이 기울어져가는
綠色의 斜面 ・・・・・斜面

그리고
오오 장미여 별들이여!

—「1950년대의 斜面」부분

"이 시는 '分水嶺'을 경계로 과거와 미래에 대한 이미지들의 엄격한 대립적 설정을 기반으로 구성되고 있다."[48] 시적 주체는 지금 '分水嶺'의 정점에 서서 과거를 돌아본다. 과거는 '시왕가르는 소리', '녹슬어가는' ' 靈柩車의 행렬', '輓歌'의 수식을 받음으로써 죽은 것, 쇠락한 것으로 그 의미가 확정되어 있다. 그것은 익숙한 습속이 새겨진 '풍속화'와 같다. 시적 주체는 진혼굿(시왕가르는 소리)과 만가(輓歌)를 통해 '과거'에 죽음을 언도함으로써 그것과의 날카로운 단절을 선언하는 것처럼 보인다. 그러나 아무런 미련없이 돌아선 것은 아니다. 그는 '추억처럼' 과거를 향해 고개를 돌린다. '추억'이라는 시어를 통해 시적 주체의 과거에 대한 노스텔지어가 드러난다.[49]

그리고 "느닷없이 앞으로만 자빠져 있는 길이 보인다". '느닷없이'를 통해 과거와 날카롭게 단절된 후 갑자기 주어진 새로운 삶의 형식에 당혹감을 감추지 못하는 시적 주체를 추측할 수 있다. 또한 '앞으로만 자빠져있는 길'을 통해 선택 가능한 다양한 삶의 형식이 아니라 오직 오직 하나의 길만이 폭력적으로 시적 주체에게 주어져 있음을 확인할 수 있다. 이는 미래에 더 나은 삶을 설정하고 끊임없이 현재의 시간을 유보시키는 모더니티의 시간을 따를 수밖에 없는 주체의 처지를 드러내는 것으로 해석할 수 있다. 서구를 통해 선험적으로 주어진 모더니티에 대한 시적 주체의 태도는 양가적이다. 주어진 길은 분명 지금의 자리에 머물러 있지 않고 앞으로 나아가는 길이다. 그러나 그것은 미래의 유토피아를 약속하는 매력적인 길이 아니라 '자빠져 있는' 길이

48 위의 글, 280쪽.

49 이런 점에서 "과거에 대한 결별과 弔喪이며, 미래지향을 보여 준다는 데 의미가 있다"는 이광수의 평가는 재고될 필요가 있다. 조향은 과거에 대한 노스텔지어와 미래에 대한 어색한 수용 사이에 끼어있다. 하지만 그에게 노스텔지어의 대상인 과거는 유토피아가 아니라 익숙한 습속의 삶이다(이광수, 「조향의 전기 시세계 연구」, 『1950년대의 시인들』, 나남출판, 1994, 62쪽 참조).

다. 그것은 일종의 '몰락'의 길로서 시적 주체에게 인지되고 있다. 시적 주체는 애써 과거와 결별하였으나 노스텔지어를 아직 떨치지 못했으며, 선택의 여지없이 자신에게 주어진 미래로 놓인 길도 역시 몰락의 길일 것이라는 당혹스런 예감에 사로잡혀 있다.[50]

'비행기'는 근대의 과학기술과 속도를 표상한다. 과학기술, 속도, 진보는 거부하기 힘든 매력적인 "20세기의 "메뉴우""임에 틀림없다. 그렇기에 시 속 존재들은 황혼 녘 "레스또오랑"에서 '내일' 혹은 "역사의 다음 〈페에지〉"를 기다린다. 흥미로운 점은 그 새 아침의 노래가 Barcarolles, 곤돌라를 타고 부르는 유럽의 옛 노래로 표상되고 있다는 점이다.[51] "바람에 흔들리는 꽹매기 소리"[52]로는 새 아침의 노래를 부를 수 없다. 그것은 과거의 노래이기 때문이다. 시적 주체가 부두에서 기다리는 새로운 '내일'의 태양은 동쪽에서 뜨지 않고 서쪽에서 뜨는 것이다. 하지만 서구에서 유래된, 선험적으로 주어진 유일한 길인 현대에 대한 시적 화자의 태도는 여전히 양가적이다. 시적 주체의 양가적 태도는 "내 視野의 "카아브"에서 호화로이 기울어져 가는 綠色의 斜面······斜面"을 통해 드러난다. 소란한 '새 아침의 노래' 속에서 그는 "호화로이 기울어져 가는 녹색의 사면"을 보고 있다. '호화로이 기울어져 가는'은 조향의 모더니티 인식을 핵심적으로 드러내고 있다. 조향의 눈에 현대는 '호화로'운 것으로 파악된다. 실제로 그는 당대의 '현대주의'에 편승하는 경향이 있었다.[53] 그러나 그것이 '기울어져 가는' 비탈면임을 그는

---

50 이경훈은 이에 대해 "현대 지향 및 그에 대한 문제의식은 결국 어떤 긍정성(문명)과 부정성 (문명의 폐허)의 동시적 발현"이라고 지적하고 있다(이경훈, 앞의 글, 281쪽).

51 위의 글, 281쪽.

52 여기서 '꽹매기'는 꽹가리이다(위의 글, 279쪽 참조).

53 여기서 '현대주의'는 무조건적으로 새로운 현상(시대, 세대)의 환상에 자아 도취되는 의식 현상으로 사회학적 이데올로기적 사실로 간주될 수 있는 개념으로 앙리 르페브르가 제시한 것이다. 이에 대해서는 최문규, 「역사철학적 현대성과 그 이념적 맥락」, 『(탈)현대성과 문학의 이해』, 민음사, 1996, 16~17쪽 참조.

예감하고 있었다. 자본주의적 근대의 물질문명을 잔해 위에 잔해가 쌓여가는 파국으로 파악했던 발터 벤야민의 역사인식을 환기시키는 대목이다. 이 시를 통해 분석가능한 조향의 모더니티 인식은 역설적이다. 그렇다고 그가 자신의 시론에서 주장했던 것처럼 "과거, 현재, 미래 할 것 없이 전연 관계없는 것끼리가 인접해 가면서 하나의 사차원의 세계를 전개해 나가는 것"[54]은 분명 아니다. 조향은 과거와 현재의 단절에 대해서는 단호하다. 하지만 동시에 과거에 대한 노스텔지어를 지니고 있다. 한편 그는 서구를 통해 선험적으로 주어진 근대를 선택의 여지가 없는 것으로서 받아들인다. 낙관적 전망으로 무장한 모더니티에 어느 정도 매혹되어 있기도 하다. 하지만 동시에 그것에 대해 양가감정을 지닌다. 시적 주체는 모더니티가 새 아침의 노래이면서 동시에 "앞으로 자빠진", "기울어져가는 斜面"이라는 것을 예감하고 있다.

구조적으로 볼 때 조향의 모더니티에 대한 인식은 두 쌍의 반명제적인 대조(안티테시스)로 이루어져 있다. 하나는 과거와의 날카로운 단절과 과거에 대한 노스텔지어이고 다른 하나는 모더니티에 대한 매혹과 그것의 본질이 파국이라는 것에 대한 통찰이다. 이는 조향이 과거에 대해서도 모더니티에 대해서도 역설적으로 파악하고 있음을 잘 말해준다. 두 개의 역설, 즉 과거에 대한 역설적 인식과 모더니티에 대한 역설적 인식은 다시 한 번 팽팽한 긴장을 이룬다. 이 시의 반 명제적 대조들은 더 높은 단계로 지양되지 않고 대립된 상태에서 정지되어 있다. 이 점이 조향의 모더니티 인식이 지닌 특이성이라고 할 수 있다.

이 시를 고려할 때 조향은 미래를 핵심적인 시간적 계기로 삼는 진보적 사유와는 분명한 거리를 두고 있는 것으로 보인다. 그리고 모더니티를 빚어내는 힘들의 긴장과 갈등을 날카롭게 포착하고 있다. 그러

54 조향, 「현대시론(초)」, 앞의 책, 144쪽.

나 그 힘들의 긴장 관계만을 펼쳐 보일 뿐, 그것들의 구성을 통해 '지금 시간'을 직시하기 위하여 어떠한 시적 전략도 도출해내지 못하고 있다. 이 점이 조향이 지닌 모더니티 인식의 한계라고 할 수 있다.[55]

「문명의 황무지」는 조향이 모더니티를 알레고리로서 인식하고 있음을 잘 보여주는 작품이다. 그는 제목부터 대표적인 모더니즘 문학 작품인 T.S.엘리엇의 「황무지」를 '인용부호 없이 인용'[56]하고 있다. 이 작품의 알레고리적 이미지를 통해 조향의 모더니티 인식을 조금 더 구체적으로 고찰할 수 있다. 왜냐하면 이 시에 표상된 "시간적 운동과정은 공간적인 형상으로 포획되어 공간적인 형상으로 분석"[57]될 수 있기 때문이다.

손을 번쩍 들면
내 앞에 와서 쌔근거리며 개뻔히 정지하는 〈크라이스라〉. 길들은 사냥개.

---

55 시간의 층위에서 모더니티 인식을 고찰할 때 과거-현재-미래의 관계를 어떻게 파악하고 있는가와 '지금 시간'을 어떻게 인식하고 있는가는 핵심적인 질문에 해당한다. 시를 통해 도출할 수 있는 조향의 모더니티 인식, 구체적으로 말해서 과거와 현재에 대한 양가적 태도나 모더니티에 대한 이중적 인식은 그가 시론에서 제시하고 있는 도식적이고 발전론적인 모더니티 인식을 상회하고 있다고 판단할 수 있다. 조향의 모더니티를 이해할 때 시와 시론의 함의를 달리 바라볼 필요가 있다. 그러나 '지금 시간'을 인식하기 위한 시적 모색을 찾아보기는 힘들다.

56 이 표현은 발터 벤야민에게서 빌려왔다(Walter Benjamin, op.cit., p.458[N 1, 10]). 한편으로 그것은 '상호텍스트성'과 관련되어 있다. 문혜원은 조향 시에 '인용'된 다른 텍스트들에 대해 치밀하게 밝혀놓고 있다. 특히 조향의 인용이나 패러디가 주로 1930년대 모더니즘 시인들의 것이라는 지적은 몹시 중요하다. 왜냐하면 그 작업을 통해 모더니즘 시의 역사 속에서 조향의 문학사적 의의를 고구할 수 있는 토대를 얻을 수 있기 때문이다. 그러나 문혜원의 핵심 개념인 '상호텍스트성'과 이 연구에서 사용하는 개념인 '인용'은 형식적으로는 유사하나 그 강조점은 조금 다르다. 전자가 상호 연관성을 강조한다면 후자는 원 문맥의 파괴를 강조한다. 조향 시의 상호텍스트성에 관해서는 문혜원, 앞의 글, 317~328쪽 참조.

57 발터 벤야민, 앞의 책, 2008a, 108쪽.

「빽 · 미러」안에다 창백한 내 표정을 映像하며
주검의 거릴 내닫는다. 나는 약간 흔들린다.

죽어 쓰러진 엄마 젖무덤 파고드는 갓난애.
버려진 軍靴짝.
피 묻은「까아제」.
휘어진 鐵筋.
구르는 頭蓋骨.
부서진 時計塔.
전쟁이 쪼그리고 앉았던 廣場에는 누더기 주검들이.
彈丸 자국 송송한 郊外의 兵舍.
줄지어 絡繹한 제웅의 무리.
참 落寞한 것.

(…중략…)

지친 思想의「에드. 바룽」이 히죽이 걸려 있는 붉은 닥세리.
타다 남은 쇠층층계 황토빛 하늘을 괴고 섰는 文明의 폐허를 지나.
천둥 · 비바람 차창에 요란한 曠野로.
먹빛 抵抗이 치렁치렁 가로놓인다.
허줏굿 소리 자꾸만 들려 오는 여기.
아직도 運河의 언덕에선 모두들 새벽을 기다리고 있는데.
〈무당아씨, 어떻거고 싶지?〉
"She answered : I would die."
〈나는 죽고만 싶단다〉

내일을 잃은 地球엔 이윽고 까아만

幕

이 나린다.

—「文明의 荒蕪地」부분

조향은 첫 연에는 '크라이스라'를 통해 과학과 이성의 산물인 테크놀로지에 대한 친연성을 보여준다. '크라이스라'는 「1950년대의 斜面」에서 '비행기'로 표상되었던 '현대주의'에 대한 의식현상과 같은 것이다. 그러나 조향에게 그 매혹은 오래가지 않는다. 왜냐하면 '크라이스라'를 만들어낸 모더니티는 동시에 죽음과 폐허를 만들어냈기 때문이다. 앞서 제시한 바와 같이 이 시의 모더니티에 대한 인식은 공간적 형식으로, 이미지로 제시되고 있다. 이 시의 3연은 전쟁의 참상을 환기시키는 이미지들의 몽타쥬이다. 그 중에서도 특히 주목할 만한 시적 오브제는 "부서진 時計塔"과 주검으로 가득 찬 '광장'이다.

시간 개념이 시대에 따라 지역과 문화권역에 따라 다양한 방식으로 상상되고 표상되었다는 사실은 잘 알려진 바이다. 동양의 순환적 시간 개념과 기독교적 종말론에서 유래한 서구의 선조적 시간이 좋은 예이다. 시간은 결국 문화 양식의 결과이자 사회적 공통인식의 산물이라고 할 수 있다. 시간의 역사적, 상대적 속성을 고려해 볼 때 시간은 실체로 존재하는 것이 아니라 인간의 지적 상상력에 의해 만들어진 추상적 질서라고 이해할 수 있다. 그런데 인간의 의식에 의존적이었던 '시간'은 근대 사회에 들어서면서 인간 삶과 사회적 형식을 강제하는 절대적 질서가 되었다. 이 시에서 '시계'는 모든 사람이 올려다보아야 하는 '탑'에 걸려있다. 모든 사람이 주목하면서 자신의 삶의 질서를 조직해야 하는 준거점인 것이다. 부서진 시계탑의 표층적 의미는 전쟁의 참상이 빚어낸 잔해겠지만 이것은 파괴된 근대적 삶의 형식에 대한 알레고리로 읽힐 수 있다. '부서진 시계탑'은 동질적 시간 체험과 획일적 삶의 형식을 강제하는 모더니티의 속성을 환기시키는 동시에 그런 시간을 토대로 이룩된 근대세계의 파괴와 몰락을 표상하고 있다.

'광장'은 서구 문명과 민주주의의 공간적 기원이다. 광장을 중심으로 발전된 고대 그리스의 문화와 정치형식이 서구 문명의 원천으로서 역사 속에서 끊임없이 재고되었음을 고려할 때 '광장'은 상당히 중요한 함의를 지니고 있다. 이 점을 고려할 때 '광장'은 시체로 뒤덮인 전후의 실제 공간인 동시에 파국에 이른 문명에 대한 알레고리로 해석할 수 있다. 이 시의 제목이 "文明의 荒蕪地"라는 사실이 이러한 해석의 가능성을 담보해 준다. 이 '광장'의 이미지는 시의 마지막 부분에 가면 '광야'의 이미지로 대체된다. T.S. 엘리엇의 「황무지」 서두 부분을 '인용부호 없이 인용한' 마지막 부분은 「황무지」와의 상호텍스트성 속에서 근대 문명이 결국 몰락에 이르렀음을 이야기하고 있다.[58] 조향은 인류의 문명을 광장에서 시작되어 광야에 도달한 것으로 파악하고 있는 것이다.

광장에서 광야로의 공간 이동은 조향 시의 일반적인 양태에 비추어 볼 때 특이하다. 그는 언제나 '데뻬이즈망의 시학'을 내세우며 시공간의 정합성을 파괴하는 시작법을 추구했기 때문이다. 그러나 이 시는 예외적으로 '크라이스라'에 올라 탄 시적 화자가 비참한 이미지들의 몽타쥬인 광장을 거쳐 몰락한 도시를 지나 '천둥 · 비바람 차창에 요란한 광야'에 도달하는 구조로 되어 있다. 더 정확히 분석하자면, 그것은 시간을 요하는 공간이동이 아니라 공간의 병치이다. 시간적 계기는 소거되어있다. 단지 파국에 이른 근대문명의 이미지들만이 병치되어 근대에 대한 하나의 거대한 몽타쥬를 이루고 있을 뿐이다. 파국으로 파악된 모더니티의 이미지들은 '차창' 밖을 바라보는 시적화자에게 파노라

58 이 시의 마지막 부분과 T.S. 엘리엇의 「황무지」의 상호텍스트성은 문혜원, 앞의 글, 309~310쪽 참조.

마로서 제시된다.[59]

그런데 흥미로운 점은 근대에 대한 이미지들을 거쳐 시인이 도달한 자리이다. 조향이 파국으로서의 근대를 통과하며 도달한 인식은 결국 '극장으로서의 세계' 혹은 '연극으로서의 세상사(Theatrum mundi)'이다. "내일을 잃은 地球엔 이윽고 까아만 幕이 나린다". 여기서 '까아만 幕'은 밤에 대한 상투적 비유가 아니다. 지금 시 속의 시간은 '새벽을 기다리고 있는' 밤이다. 시간은 깊은 밤이 아니라 낮을 향해 흘러가고 있다. 따라서 '까아만 幕'은 밤에 대한 비유가 아니다. 강조점은 자연스럽게 막(幕)에 놓인다. 파국으로 인지된 세계를 하나의 '연극'으로 보는 시적 주체의 인식론적 전환을 담지하고 있는 것이다. 삶을 연극과, 세계를 연극의 무대와 유비시키는 예술적 상상력은 현재를 부정할 때, 현실 세계를 비참하고 무상하며 찰나적인 것으로 파악할 때 촉발되는 것이다. 이러한 세계인식의 이면에 깔려있는 주관성은 '멜랑콜리'이다. 파국으로서의 세계인식, 모든 것이 찰나적으로 존재할 뿐 결국 스러질 '꿈'과 같은 것이라는 인식이 조향의 멜랑콜리를 구성한다.

세계가 무대이고 삶이 한 편의 연극이라면, 잔해로서 눈앞에 파노라마처럼 펼쳐져 있는 '철골'과 '구르는 두개골'과 '부서진 시계탑'과 광장을 뒹구는 '누더기 시체'들은 현실의 사물이 아니라 연극 무대의 '소도구'가 된다. 세계를 연극의 무대로 인식하는 순간, 무대 위의 모든 것들은 현실 세계가 아니라 다른 것을 가리키는 기호이자 스펙타클이 된다. 파국과 잔해의 이미지들은 하나의 기호가 됨으로써 끊임없는 새로운 읽기에 노출된 알레고리가 되는 것이다. 이처럼 '테아트룸 문디'에 이르면 조향의 모더니티 인식은 급격히 알레고리적 전환을 이룬다.[60] 조향

59 파노라마적 시각은 원근법적, 근대적 주체의 한계와 연관되어 있다. 조향 시의 주체의 분열과 시각장의 변화에 관한 논의는 류순태, 앞의 글, 49~51쪽 참조.

60 어떤 면에서 조향의 파국적 이미지는 상투형이다. 하지만 그것들을 끊임없이 병치시

의 멜랑콜리와 알레고리적 상상력 속에서 전후의 역사적 이미지들은 잔해와 함께 감각적, 물리적으로 찌그러져 극장에 들어선다. 이 시를 통해 모더니티에 관한 시간적 인식의 공간적 형상화, 파국적 이미지의 병치가 만들어내는 몽타주, 문명사를 광장에서 광야로의 전이로 파악하는 역사적 인식, 인용부호 없는 인용, 테아트룸 문디를 통해 드러나는 시적 주체의 멜랑콜리, 사물의 알레고리적 변형을 확인할 수 있다.

키고, 그것들을 연극 무대의 사물로 간주하는 상상력은 바로크 문학가들의 그것과 상당히 유사하다고 할 수 있다. 조향 시의 이러한 인식은 벤야민이 바로크 비애극의 잔해를 언급하는 대목을 상기시킨다. "잔해와 함께 역사는 감각적, 물리적으로 찌그러져 극장에 들어선다. 더욱이 이렇게 형상화된 역사는 어떤 영원한 삶의 과정으로서가 아니라 오히려 끊임없이 이어지는 쇠락의 사건으로서 새겨진다. 그럼으로써 우의는 자신이 아름다움 너머에 있음을 고백한다. 사유영역에서 우의는 사물 영역에서 잔해이다 (…중략…) 와해되어 버려져 있는 폐허, 고도의 의미를 암시하는 단편, 파편 조각 등 이런 것들이 바로크적 창작에서는 가장 고상한 재료들이다. 왜냐하면 이 문학작품들의 공통점은, 하나의 목표에 대한 엄격한 표상을 갖고 있지 않은 채 파편 조각들을 끝없이 쌓아올린다거나 끊임없이 기적을 기대하면서 단순히 상투형을 반복하는 것이야말로 강렬한 상승효과라고 간주한다는 데에 있기 때문이다."(발터 벤야민, 앞의 책, 2008a, 232~233쪽)

제4장

센티멘탈리티와 멜랑콜리 사이*

박인환

박인환에 대한 연구사의 흐름을 검토해 보면 부정적인 평가가 압도적으로 많다. 그것은 박인환에 대한 김수영의 부정적인 평가에서부터 시작되었다고 볼 수 있다. 김수영은 박인환에 대해 "그처럼 시인으로서의 소양이 없고 그처럼 경박하고 그처럼 값싼 유행의 숭배자는 없었"다고 비난하였다.[1] 시사(詩史)에서 김수영이 차지하는 비중은 시간이 지날수록 커져갔고 박인환에 대한 김수영의 평가는 스티그마처럼 박인환을 평가하는 자리마다 그림자를 드리웠다. 모더니즘의 코스튬에 경도된 센티멘탈리스트, 해방과 전후라는 혼란 속에서 도시적 서정을 지성화, 철학화하지 못하고 자기 체념적 센티멘털리즘으로 전락시킨 시인,[2] 어휘력이 빈곤하고 이미저리에 통일성이 없고, 경박한 멋내기에

* 이 장에서 인용된 박인환의 시는 모두 『박인환 전집』, 실천문학사, 2007에서 인용되었음을 밝힌다.

1 김수영, 「박인환」, 『김수영 전집』 2(산문), 민음사, 2003(개정판), 98쪽.

2 오세영, 「후반기 동인의 시사적 위치」, 『20세기 한국시 연구』, 새문사, 1989, 281쪽.

불과한 시라는 혹독한 평가들은[3] 박인환에 대한 해묵은 평판이다. 1950년대 모더니즘을 바라보는 전통적인 두 가지 시각, 즉 영미 주지주의 모더니즘에 입각한 관점과 아방가르드에 입각한 관점 어디에도 속하지 않아 불투명하고 부정적인 평가에만 머물러있던 그의 시는 최근 연구자들에게 새로이 조명받기 시작했다. 새로운 연구의 흐름 중 주목할 만한 경향은 크게 두 가지이다. 하나는 그의 시를 미적 모더니티라는 프리즘을 통해 탐구하는 경우이다.[4] 이러한 연구들은 센티멘탈리즘이라고 폄하되었던 박인환의 시를 모더니티와의 관련성을 중심으로 새롭게 검토한다. 자연스럽게 논의의 중심은 사회역사적 모더니티에 대한 박인환의 인식변화와 그의 미적 모더니티가 지닌 공과를 따지는 것에 놓이게 된다. 다른 하나는 탈식민주의적 관점에서 박인환의 시를 재조명하는 시도이다.[5] 주지하듯이 박인환의 미국 여행은 그가 승선했던 화물선이 정박했던 도시를 중심으로 이루어진 20일이 채 안되는 짧은 여행이었다.[6] 그의 미국 여행 체험은 「아메리카 시초」에 묶여 있다. 최근

3 이동하 편, 『박인환 평전 – 목마와 숙녀와 별과 사랑』, 문학세계사, 1986, 33쪽. 이 외에도 김병태, 「박인환 시에 있어서의 모더니즘 수용과 시대인식」, 『한국 현대시인론』, 국학자료원, 1991; 고명수, 「박인환론」, 『한국 모더니즘 시인론』, 문학아카데미, 1995 등이 부정적인 평가의 대표적인 사례들이다.

4 박현수, 「전후 비극적 전망의 시적 성취 – 박인환론」, 『국제어문』 37집, 2006.
곽명수, 「1950년대 무더니즘의 묵시록적 우울- 박인환의 시를 중심으로」, 『정신문화연구』 제32권, 2009.
김용희, 「전후 센티멘털리즘의 전위와 미적 모더니티 – 박인환의 경우」, 『우리어문연구』 제35집, 2009.
이기성, 「모더니즘의 심연을 넘어서는 시적 여정」, 『이화어문논집』 제20집, 2002.
한명희, 「1950년대 모더니즘시의 서정성」, 『한국시학연구』 제16호, 2006.

5 정영진, 「박인환 시의 탈식민주의 연구」, 『상허학보』, 제15집, 2005.8.
방민호, 「박인환 산문에 나타난 미국」, 『한국 현대문학연구』 제19집, 2006.6. 이 글의 연구대상은 산문이지만 박인환 시의 탈식민주의를 연구하기 위한 기초자료로서 가치를 지닌다.
오문석, 「박인환의 산문 연구」, 맹문재 편, 『박인환 깊이 읽기』, 서정시학, 2006.
이기성, 「제국의 시선을 횡단하는 시 쓰기 – 박인환 시의 탈식민주의」, 『현대문학의 연구』 제34집, 2008.

의 연구들은 박인환의 미국 체험을 섬세하게 분석함으로써 1950년대 문학적 지식인의 탈식민지적 지형이 어떤 양상을 지니는지 기술하고 있다. 특히 시간인식을 중심으로 박인환의 탈식민주의적 특성을 분석한 이기성의 연구는 주목할 만한 가치가 있다.[7] 박인환의 시에 찍혀있는 김수영에서 시작된 스티그마는 이 같은 새로운 경향하에 축적되어 가는 연구를 통해 조금씩 흐려지고 있다고 말할 수 있다.[8]

기본적으로 이 연구는 1950년대 박인환 시의 성취가 아니라 태도를 문제 삼는다. 박인환이 열어놓은 시의 지평이 무엇인가를 검토할 때 무엇보다 눈길을 끄는 사실은 센티멘탈리티와 멜랑콜리를 매개로 '모더니티'와 시적 대결을 펼쳤다는 점이다. 이 연구는 박인환의 1950년대 모더니즘 시의 미의식이 '센티멘탈리티와 착종된 멜랑콜리'라고 판단하고 그것이 시 속에서 어떻게 형상화되고 있으며 모더니티와 어떤 방식의 관계를 형성하는지 분석하는 것을 목적으로 한다. 이를 위해 「목마와 숙녀」로 대변되는 대중과 영합하는 지나친 센티멘탈리티는 일단 배제하고 '센티멘탈리티'와 '멜랑콜리'[9]가 교호하는 접촉면을 부

6 주지하듯이 "박인환은 1955년 3월 5일 화물선 '남해호'의 사무장 자격으로 미국 여행을 한다. 14일의 항해를 마친 후 3월 22일 미국 워싱턴 주 수도인 올림피아에 도착한 후 서부해안 도시인 타코마, 시애틀, 에베레트, 안나코오데스, 포트 에인절스, 포틀랜드 등을 여행한다. 이 미국 여행 경험을 바탕으로 한 15편의 시는 1955년 발간된 『박인환선시집』 3부에 해당하는 '아메리카 시초'로 묶여 실리게 된다."(정영진, 앞의 글, 403쪽에서 재인용)

7 이 두 가지 흐름 이외에도 1940년대 박인환 시가 보여주는 아시아 지역의 식민지적 상황에 대한 인식과 아시아 연대에 특히 주목하여 그것을 탈제국주의 담론이나 탈식민주의 담론의 출발점으로 삼거나, 리얼리즘적 성취로 연결하는 연구도 하나의 흐름을 이룬다. 이러한 경향의 사례로 손홍기, 「박인환 시의 리얼리즘적 경향」, 『시와세계』 제4호(2003)를 들 수 있다.

8 박인환의 시에는 충분히 검토되지 않은 미답지가 많이 남아있다. 특히 그의 '센티멘탈리티'와 '아메리카 기행'의 함의는 여전히 치밀한 분석을 통해 그 의미를 확정해야 하는 대상으로 연구자들 앞에 놓여있다고 할 수 있다.

9 해당 부분에서 살펴보겠지만 그의 멜랑콜리는 다양한 면모를 지니고 있고, 다양한 시적 표상으로 전화되어 다양한 층위에서 사회적 모더니티와 길항관계를 형성한다.

각시키면서 논의를 전개하기로 한다.

기존의 연구는 박인환 시의 한 극단, 즉 '센티멘탈리티'를 그의 시를 평가절하하는 중요한 이유로 거론해 왔다. 그러나 이러한 기존의 평가는 재고될 필요가 있다. 박인환의 센티멘탈리티와 관련해서 이 책이 가지는 관심은 그것이 시 속에서 어떤 기능을 수행하는가이다. 센티멘탈리티는 시 속 정서의 과잉이나 비판적 판단력의 부재를 가리키는 경멸적 용어로 사용된다. 수사학적 측면에서 보자면 그것은 클리쉐의 느슨하고 부주의한 사용을 특징으로 한다.[10] 박인환의 감상적인 시어들이나 절망이나 좌절을 표현하는 클리쉐의 빈번한 사용은 분명 센티멘탈리티라고 불릴 만하다. 그러나 그의 '정서의 과잉'은 특이하게도 센티멘탈리티의 정의가 규정하는 것처럼 '비판적 판단력의 부재'가 낳은 결과만은 아니다. 많은 경우 박인환의 센티멘탈리티는 멜랑콜리가 추동한 사회역사적 모더니티에 대한 비판적 인식과 결부되어 있기 때문이다.

한편 센티멘탈리티의 핵심적 속성은 '감수성'이라고 할 수 있다. 역사적으로 볼 때 센티멘탈리티의 근간을 이루는 감수성(sensibility)은 인간은 태생적으로 이기적이라 판단했던 홉스(Hobbes)의 테제에 대립하여 인간의 공감능력, 감정이입능력(empathy)을 강조하는 흐름 속에서 도출된 용어이며 낭만주의의 전조라고 평가할 수 있다.[11] 앞으로 살펴보겠지만 박인환은 그의 40년대 시와 달리 50년대 시에서 사회역사적

박인환의 멜랑콜리를 분석하는 작업은 1950년대 모더니즘 시의 멜랑콜리가 지닌 다층성을 확인하는 작업이라고 해도 지나친 말이 아니다. 왜냐하면 박인환 시의 움직임은 1950년대 모더니즘 시가 보여주는 멜랑콜리의 다양한 면모를 횡단하는 것이라고 해도 지나친 말이 아니기 때문이다.

10 센티멘탈리티의 수사과잉에 대해서는 Jack Myers & Michael Simms, "Sentimentalism", *The Longman Dictionary of Poetic Terms*, New York & London : Longman, 1989, p.275 참조.

11 공감능력 혹은 감정이입능력(empathy)을 수사학적 층위에서 살펴보면 그것은 은유나 의인화와 같이 동일화나 대체를 근간으로 하는 여러 전의(trope)들의 기본적 장치와 깊이 연관된다.

모더니티에 대한 낙관적 지지로부터 전향하여 ① 전쟁이 야기한 참혹한 현실과 ② 중심과의 관계에서 설정되는 주변부 모더니티의 극복 불가능한 경사면(「아메리카 시초」의 경우)이 불러일으키는 '침울한 상념'에 잠기는 경향을 보인다. 이때 센티멘탈리티는 전쟁이 남긴 상흔과 주변부 모더니티의 비루한 삶에 공감 혹은 감정이입하고 그 문제에 적극적으로 개입하도록 주체를 추동하는 힘으로 작용했다고 볼 수 있다. 이런 점에서 보자면 센티멘탈리티는 박인환의 모더니티 비판으로서의 멜랑콜리를 추동하는 전제이자 원천이다. 그렇다고 그의 센티멘탈리티가 사회역사적 모더니티에 대한 비판적 역능을 지닌 멜랑콜리의 원천으로만 작용했다고 볼 수는 없다. 그의 시를 검토할 때 센티멘탈리티가 강도를 더해갈수록, 다시 말해 자신의 시적 대상인 '모더니티'에 대한 비판적 판단력이 사라지고 정서가 과잉될수록 그것은 멜랑콜리의 비판적 역능을 갉아먹고 결국에는 모더니티와의 대결이라는 시적 과제를 포기하고 스스로를 세계로부터 소외시키는 길로 돌아서도록 주체를 추동하기 때문이다.

박인환 센티멘탈리티의 복잡하고 모순적인 양상을 다음과 같이 정리할 수 있을 것이다. ① 전쟁의 비참함과 주변부 모더니티가 야기하는 침울한 상념을 심화시키는 심리적 기제로 작용한다. ② 시적 주체를 모더니티 비판으로서의 멜랑콜리로 이끄는 힘으로 작용하는 동시에 멜랑콜리의 비판적 역능을 갉아먹는 모순적 기능을 수행한다. ③ 수사학적 층위에서는 클리쉐의 느슨하고 부주의한 사용과 지나친 감정이입을 통해 드러난다.

박인환의 시는 모더니티와의 첨예한 시적 대립을 보여주는 1950년대 모더니즘 시의 한 양태이다. 그의 센티멘탈리티, 모더니티의 상실에 기인한 멜랑콜리, 모더니티 비판으로서의 멜랑콜리는 서로 전이되고 착종되면서 1950년대 모더니즘 시의 한 고원(Plateau)[12]을 이룬다.

1. 미래의 소멸과 상실의 멜랑콜리

다소 거칠게 요약하면 박인환의 시는 해방기, 1950년의 한국전쟁, 1955년의 미국여행을 기점으로 커다란 변화를 보여준다. 그의 모더니티에 대한 인식의 변화가 시세계의 변화를 견인했다고 말할 수 있다. 1949년 사화집 『새로운 도시와 시민들의 합창』에서 확인할 수 있는 바와 같이 진보와 해방에 대한 높은 기대에서 출발한 그의 시세계는 자신의 이상을 산산 조각낸 전쟁을 통해 모더니티에 대한 비판적 면모를 지니게 된다. 이때 그의 멜랑콜리는 미적 모더니티의 면모를 잘 보여준다고 평가할 수 있다. 하지만 당대 모더니티의 중심부였던 미국에서 경험한 모더니티의 매혹과 공포는 그로 하여금 비판적 판단력을 잃고 센티멘탈리티로 퇴각하도록 추동한다. 이러한 그의 시적 변화과정을 고려할 때 박인환의 멜랑콜리를 파악하기 위해서는 우선 1949년 사화집 『새로운 도시와 시민들의 합창』에 실린 그의 시를 통해 해방기에 박인환이 견지했던 모더니티 인식이 어떠한 것이었는지 확인할 필요가 있다.

그의 초기 시들은 "아시아 일대의 식민지 해방 전쟁의 역사지도를 압축적으로 재현하고 있다"고 할 수 있다.[13] 이 절에서는 제국 대(對) 식

---

12 여기서 고원(plateau)은 비유적 표현이 아니다. 그레고리 베이트슨의 논의를 차용한 들뢰즈・가타리의 논의에 따르면, 고원은 언제나 진행 중이지 시작이나 끝이 아니다. 물론 시스템도 아니다. 그들의 핵심적인 개념인 리좀은 고원들로 이루어져 있다. 1950년대 시에 나타나는 모더니티 인식도 마찬가지이다. 그들을 편의상 유형화하는 것은 가능하다. 그러나 각각의 모더니즘 시인들은 다른 시인들과 유사한 예술적 충동을 가지고 있으며 그것을 추출해내는 것은 가능하지만 각기 다른 개별적 특성들을 지니고 있다. 이러한 개별성을 지지하면서도 동일한 범주로 묶는 것을 시도할 때 '고원'이라는 개념은 이론적 층위에서 유용하다(Gilles Deleuze・Felix Guattari, Trans. Brian Massumi, *A Thousnad Plateaus : Capitalism and Schizophrenia*, Minneapolis : The University of Minnesota Press, pp.21~22 참조).

13 오문석, 앞의 글, 67쪽에서 재인용. 특히 박인환의 시 「인천항」, 「남풍」, 「인도네시아

민의 대립구도하에서의 아시아연대라는 당대의 역사적 과제에 대한 박인환의 시적 대응보다는 그의 진보적 역사인식과 도시 인식에 초점을 맞추어 그의 모더니티 인식의 변모 양상을 살펴보기로 한다.

폭풍이 머문 정거장 거기가 출발점
정력과 새로운 의욕 아래
열차는 움직인다
격동의 시간
꽃의 질서를 버리고
공규(空閨)한 나의 운명처럼
열차는 떠난다
검은 기억은 전원(田園)에 흘러가고
속력은 서슴없이 죽음의 경사(傾斜)를 지난다

청춘의 복받침을
나의 시야에 던진 채
미래에의 외접선(外接線)을 눈부시게 그으며
배경은 핑크 빛 향기로운 대화
깨진 유리창 밖 황폐한 도시의 잡음을 차고
율동하는 풍경으로
활주하는 열차

가난한 사람들의 슬픈 관습과

인민에게 주는 시」는 그러한 박인환의 역사인식과 시대인식을 직설적으로 표현하고 있는 작품들이다. 박인환의 40년대 탈식민주의, 탈제국주의적 아시아 연대에 초점을 맞춘 현대성에 관해서는 같은 글, 66~70쪽 참조.

봉건의 터널 특권의 장막을 뚫고
피비린 언덕 너머 곧
광선의 진로를 따른다
다음 헐벗은 수목(樹木)의 집단 바람의 호흡을 안고
눈이 타오르는 처음의 녹지대
거기엔 우리들의 황홀한 영원의 거리가 있고
밤이면 열차가 지나온
커다란 고난과 노동의 불이 빛난다
혜성보다도
아름다운 새날보담도 밝게

—「열차」 전문

자본주의가 발달할수록 속도 기술(speed technology)은 놀랍게 발달하였다. 열차와 자동차로 대변되는 속도 기술의 증가를 통해 '속력'은 모더니티의 문화적 속성 중 하나로 도입되었다. 고도로 발달한 자본주의 모더니티 속에서 살아가는 노동자들에게 속도 기술이 제공하는 속력은 '쾌락'이었다. 열차와 자동차의 속력은 규칙적이고 획일적인 노동을 강제하는 공장 조립라인의 억압적인 속도에 대한 보상으로 주어지는 것이었고 억압의 강도와 반비례하는 뼛속 깊이 느껴지는 '쾌락'이었다.[14] 열차나 자동차의 속도가 주는 '쾌락'에는 획일적이고 억압적인 모

14 엔다 듀피(Enda Duffy)의 속도문화에 대한 최근 연구는 상당히 유익하고 흥미롭다. 그는 1900~1930년대 고도 자본주의하의 미국에서 열차와 자동차의 '속도'가 어떠한 문화적 가치를 지니는지 세밀하게 추적한다. 그는 속도 개념과 쾌락, 모더니즘의 관계를 당대의 소설을 분석하면서 논증 해 나간다. 여기서 1940년대 박인환 시의 '속력-쾌락-모더니즘'에 대한 논의는 Duffy의 분석에 힘입은 바 크다(Enda Duffy, *The Speed Handbook : Velocity, Pleasure, Modernism, Durham*, NC : Duck University Press, 2009). "뼛속 깊이 느껴지는 쾌락"이라는 표현은 이 책의 4쪽에 나온 표현을 그대로 재인용했다.
한국 소설에서 속도와 모더니티의 문제에 천착한 연구로는 신형기, 『분열의 기록—

더니티의 노동 조건과, 속도 테크놀로지가 제공하는 '핑크 빛' 미래의 환상이 역설적으로 겹쳐있다. '속력'은 또한 '공간'에 대한 지대한 관심이기도 하다. 속력이 지닌 문화적 가치는 다름 아니라 모더니티 공간에 대한 인식과 연관된다는 점에 있다. 이러한 관점으로 볼 때 이 시의 '열차'는 속력과 속도 테크놀로지로 대변되는 모더니티의 대표적 표상이다. '속력'은 모더니티의 대표적 속성 중 하나이다. 이 모더니티는 '꽃의 질서'로 표상되는 정적이고 유기적이며 자연적인 과거의 질서와 결별할 때, 그리고 미래의 유토피아를 향해 달려가는 진보적 시간과 대립적인 순환적 자연의 시간과 날카롭게 결별할 때 획득될 수 있는 것이다.

열차로 표상되는 모더니티를 통해 시적 주체는 '검은 기억'과 '죽음의 경사(傾斜)'를 극복할 수 있다고 말한다. 시적주체에게 이 모더니티는 '죽음'을 관통해서 지나가게 해 주는 힘으로 인식된다. 속력에 대한 신뢰에는 아무런 주저함이 없다. 속력은 '서슴없이' 죽음을 통과한다.[15]

'속력'이 대변하는 모더니티의 핵심적인 시간적 계기는 '미래'이다. 열차는 '미래에의 외접선(外接線)을 눈부시게 그으며 (…중략…) 활주'한다. 그 미래는 '가난한 사람들의 슬픈 관습'과 '봉건의 터널 특권의 장막'을 파해할 때 얻을 수 있는 것이다. 이때 관습과 봉건은 열차가 관통한 '죽음'의 구체적인 목록이며 '꽃의 질서'를 통해 표상하고자 했던 과거 혹은 전근대의 본질이라고 해석할 수 있다. 결국 시적 주체가 '열차'

주변부 모더니즘 소설을 다시 읽다』, 문학과지성사, 2010. 특히 최명익의 소설을 분석한 112~119쪽을 참조할 수 있다. 식민지 시기 한국 소설에 등장하는 속도의 의미와 같은 시기에 제국적 예외주의의 길을 걷고 있던 미국 소설에 등장하는 속도의 의미를 비교하는 것은 무척 흥미로운 연구주제이다. 또한 박인환의 '속도'가 보여주는 활력과 식민지 시기 소설에 등장하는 '속도'의 멜랑콜리를 비교분석하는 것 역시 흥미로운 주제이다. 모더니티를 대변하는 '속도'를 매개로 서구 / 동양, 제국 / 식민지의 길항관계를 성찰할 수 있기 때문이다. 이 주제도 자리를 달리하여 논해야 할 것이다.

15 박인환의 변모를 위해 이 대목을 기억하는 것이 유익하다. 1950년대에 들어서면 그의 시는 '죽음'이라는 소재에 급격히 경사된다.

를 통해 표상하고자 하는 모더니티는 관습과 봉건, 죽음으로 규정된 과거와의 결별이며 미래에 대한 '서슴없는' 신뢰이다. 이 시에서 미래는 '우리들의 황홀한 영원의 거리'라는 공간적 표상으로 제시되고 있다. 공동체적으로 누리는 영원한 지복의 공간은 미래에 설정되어 있고, 지금 열차는 과거의 장막을 관통하여 그 미래를 향해 달려가고 있다. 이는 사회역사적 모더니티의 진보사관을 정확히 표상하고 있다.[16]

유토피아를 향해 달려가는 운동이미지인 '열차' 표상에 집중하다보면 놓치기 쉬운 지점이 있다. 도시표상이 그것이다. 앞서 제시한 바와 같이 '속력'은 모더니티 공간의 인식과 밀접하게 연관되어 있다. 열차의 속력, 자동차의 속력은[17] 억압적 노동시간으로부터의 해방이 주는 쾌락과 모더니티, 특히 도시의 스펙타클이 자아내는 경탄과 연관되어 있다. 그러나 시적 주체에게 도시는 '깨진 유리창' 밖으로 건너다 보이는 '황폐한' 공간에 불과하다. 어떤 면에서 모더니티 자체라 할 수 있는 '도시'에 대하여 박인환은 환상을 가지고 있지 않았다. 그렇기에 그는 도시를 황폐한 것으로 인식할 수 있었던 것이다. 속력과 낙관적 미래에 대한 맹목적 신뢰와 달리 모더니티의 공간인 도시는 부정적으로 이해되고 있다.[18]

도시에 대한 이 같은 부정적 인식은 그의 '모더니티' 인식의 일단을 살펴볼 수 있는 기회를 제공해 준다. 박인환은 익명적 도시 대중을 관찰하는 '회복기 환자(the convalescent)'처럼 대중에게 매혹되고, 그 매혹과 즐거움을 통해 낡은 것들의 영원회귀에 불과한 자본주의의 모더니

16 전쟁 이후의 모더니즘 시를 분석하면서 검토하겠지만 박인환은 이후에 진보사관과 결별하며 모더니티에 대한 회의에 빠지게 된다.

17 실제로 수동적인 열차의 승객과 자율적인 자동차 운전자의 속력은 커다란 차이가 있다. 이 두 가지 속력의 차이와 운전자의 쾌락, 모더니티의 관계에 대한 자세한 분석은 Enda Duffy, op.cit., pp.111~156 참조.

18 이 시의 맥락을 볼 때 속도를 통해 표상되고 있는 '모더니티의 관철 과정'에서 더 분명하게 드러나는 '봉건', '관습', '고난', '노동' 등에 대한 자각이 이 같은 도시인식에 영향을 미쳤다고 볼 수 있다.

티의 권태를 극복하는 모더니스트[19]는 아니다. 모더니티에 대한 깊은 성찰은 모더니티에 대한 매혹과 비판이라는 모순적 태도를 극단적으로 추구함으로써 성취된다고 볼 수 있다. 현대인이 도시의 판타스마고리아[20]에 홀리는 것은 자연스러운 일이다. 이 홀림은 부정적인 함의만을 지니지 않는다. 모더니티가 제공하는 판타스마고리아는 벤야민의 표현을 빌리면 인류의 꿈이다. 그 '꿈'은 무조건 배격되어야 하는 것이 아니다. 그 꿈에서 깨어나기 위해서는 꿈의 바닥까지 내려가야 하기 때문이다. 깊은 꿈에 잠기지 못하는 자는 그것으로부터의 진정한 깨어남도 없다. 꿈은 깨어남(awaking)을 위한 필수조건으로서 모더니티에 대한 변증법적 이해를 위한 한 축이다. 이 시를 통해 알 수 있듯이 박인환은 도시에 대한 판타스마고리아가 없었다. 그것은 한편으로 모더니티에 대한 비판적 정신의 결과라고 할 수 있지만 한편으로 그가 모더니티의 심부까지 내려가지 못했다[21]는 것을 의미하기도 한다.

속도와 도시로 표상되는 모더니티에 대한 박인환의 인식은 이처럼 균열되어 있었다. 그는 모더니티에 대한 맹목적 신뢰를 가지고 있음에도 불구하고 그것에 깊숙이 침잠하지는 않았던 것이다.

한국전쟁은 박인환의 시에 거대한 변화를 불러일으킨다. 속력에의

---

19 벤야민의 *The Arcade Project*에 등장하는 모더니스트에 대한 논의를 추출해서 정리하면 진정한 모더니스트는 다음과 같은 특징을 지닌다. ① 회복기 환자처럼 군중에게 매혹되고, 공간을 미로로 만드는 군중들을 관찰하면서 낡은 것들의 영원회귀인 자본주의 모더니티의 권태를 극복한다. ② 성적 체험에 가까운 충격체험으로 인해 일상을 이루는 모든 사물들을 통합하는 능력을 상실하고 모든 것이 다른 것을 지시하는 알레고리임을 자각한다. ③ 그 자신이 심연에 빠진 사물들의 숲 속에서 의미를 찾지 못하고 의미와 진리의 상실이 야기하는 멜랑콜리에 침잠하게 된다. ④ 꿈과 깨어남의 변증법 속에서 '순간'을 쟁취하기 위해 필사적으로 파편화된 사물들을 눈앞에 쌓아올린다. 이 틀 안에서 알레고리스트, 멜랑콜리커, 산책자, 댄디, 진정한 역사적 유물론자 등의 개념을 심화시켜 나갈 수 있다.

20 '판타스마고리아' 개념에 관해서는 신형기, 앞의 책, 131쪽 참조.

21 이런 점에서 볼 때 모더니티를 피상적으로 이해하고 있다는 박인환에 대한 평가는 타당한 측면이 있다.

열광과 미래에 대한 맹신, 과거와의 철저한 단절의식은 사라지고 상실이 야기한 멜랑콜리 속으로 급격히 침잠한다.

아름답고 사랑처럼 무한히 슬픈
회상의 긴 계곡
그랜드 쇼처럼 인간의 운명이 허물어지고
검은 연기여 올라라
검은 환영이여 살아라.

안개 내린 시야에
신부(新婦)의 베일인가 가늘은 생명의 연속이
최후의 송가(頌歌)와
불안한 발걸음에 맞추어
어디로인가
황폐한 토지의 외부로 떠나가는데
울음으로써 죽음을 대치하는
수없는 악기들은
고요한 이 계곡에서 더욱 서럽다.

강기슭에서 기약할 것 없이 쓰러지는
하루만의 인생
화려한 욕망
여권(旅券)은 산산이 찢어지고
낙엽처럼 길 위에 떨어지는
캘린더의 향수를 안고
자전거의 소녀여 나와 오늘을 살자.

군인이 피워물던
물부리와 검은 연기의 인상과
위기에 가득 찬 세계의 변경(邊境)
이 회상의 긴 계곡 속에서도
열을 지어 죽음의 비탈을 지나는
서롭고 또한 환상에 속은
어리석은 영원한 순교자.
우리들.

—「회상의 긴 계곡」 전문

1949년 발표된 「열차」에서 보았던 속력에의 매혹과 '영원의 거리'가 표상하는 유토피아적 미래에의 맹신은 1951년 여름에 발표된 이 시에서 찾아볼 수 없다.[22] 시적 주체는 '회상의 긴 계곡'을 지나가고 있다. 진보라는 신화적 시간에 매혹되었던 시절, 과거를 돌아보는 행위인 '회상'은 그에게 의미 없는 일이었다. 오직 미래만이 유효한 시간적 계기였기 때문이다. '검은 기억'은 곱씹을 대상이 아니라 흘려보낼 것이었고 '속력'으로 관통해야 하는 대상에 불과했었다. 회상이 아니라 미래가 시적 주체에게 유일하게 주어진 길이었다. 그러나 시적 주체는 이제 미래를 전망하는 능력을 상실한 채 '하루만의 인생'을 말할 뿐이다. 또한 '여권(旅券)은 산산이 찢어지고'를 통해 유토피아로 상정된 어떠한 텔로스도 더 이상 존재하지 않음을 확인할 수 있다. 이제 열차를 타고 도달해야 할 '녹지대, 황홀한 영원의 거리'는 어디에도 없다. 설령 어떤 가상적 유토피아를 상정할 수 있다 하더라도 그곳에 도달할 능력을 상

22 이 시는 1951년 6월 2일 『경향신문』에 발표되었다. 「열차」는 1949년 3월 『개벽』에 실렸는데, 이 짧은 시간동안의 급격한 변화는 한국전쟁이 박인환의 시세계에 얼마나 거대한 영향을 미쳤는지 가늠하게 한다.

실했다는 것이 시적 주체의 판단이다. '캘린더'는 모든 질적 시간의 차이들을 무화시켜 동질적이고 공허하게 만드는 모더니티의 시간을 표상하고 있으며 진보의 시간 개념을 내포하고 있다. 그런데 시적 주체는 '낙엽처럼 떨어지는 캘린더의 향수를 안고' 있다고 고백한다. 이미 사회역사적 모더니티의 시간, 진보의 시간은 시적 주체에게 노스텔지어의 시간이다. 이제 시적 주체의 전망은 더 이상 미래에 가 닿지 않는다. 속도 기술이 제공하는 쾌락으로서의 '속력'에 홍겨워하며 미래를 향해 질주하던 시적 주체는 이제 그 대상을 상실했다. 멜랑콜리에 침잠할 수밖에 없는 정신적 조건이 완비된 것이다.

그러나 절멸의 체험이 야기한 사랑 대상(love object)의 상실이 부정적인 것만은 아니다.[23] 그것은 "자전거의 소녀여 나와 오늘을 살자"를 통해 알 수 있듯이 미래에의 기약을 위해 끊임없이 유보시켰던 오늘의 삶, 지금의 삶을 인식하는 계기가 되기도 한다. 이는 박인환의 무게중심이 미래를 강조하는 사회역사적 모더니티에서 '지금 시간'을 움켜쥐려는 미적 모더니티로 옮겨지고 있음을 징후적으로 보여준다고도 할 수 있다. 또한 '가늘은 생명'은 시적 주체가 진보라는 신화적 시간에 주박되어 있을 때에는 인식하지 못했던 몸을 지닌 존재의 덧없음과 '벌거벗은 삶(bare life)'에 주목하기 시작했음을 말해준다. 더 나아가 "환상에 속은 어리석은 영원한 순교자, 우리들"을 통해 알 수 있듯이, 상실이 야기한 멜랑콜리를 통해 시적 주체는 현실에 총체성을 제공해 오던 것들이 '환상'이었음을 인식하게 된다. 환상은 파편적인 외부세계에 허위적 총체성을 부여하고 주체에게 존재론적 근거를 확보해주는 숭고한

23 여기서 프로이트 '멜랑콜리'의 핵심 개념인 사랑대상의 상실(loss of love-object)을 빌려 기술했지만 박인환의 멜랑콜리는 정신병리적 층위가 아니다. 역사철학적·미학적 층위이다(지그문트 프로이트, 윤희기·박찬부 역, 「슬픔과 우울」, 『정신분석학의 근본개념』, 열린책들, 2004, 239~265쪽 참조).

이데올로기이기도 하다. 하지만 멜랑콜리커의 냉소적이고 비판적인 눈길에 그 환상이 여지없이 깨진 것이다.

허위적 총체성을 부수는 멜랑콜리커의 파괴적 시선에 의해 세계는 전혀 다른 방식으로 표상된다. 세계는 이제 '검은 연기'이자 '검은 환영'이다. 이러한 세계 표상은 진부한 클리쉐로 치부되기 십상이지만 "인간의 운명이 허물어지고 검은 연기여 올라라 검은 환영이여 살아라"라는 시행은 전후 박인환의 멜랑콜리의 핵심이 무엇이었는지 뚜렷하게 보여주고 있다. '운명'은 한 주체의 파편적인 삶의 불연속적 연속에 질서와 의미를 부여하는 초월적 원리이다. 그러나 이제 그런 초월적 원리는 존재하지 않는다. 세계는 실재가 아니다. 그것은 마치 현상적으로 잠시 존재하는듯하나 금방 사라지는 '연기'와 같은 것이다. 박인환의 멜랑콜리적 세계인식은 세계를 환영(幻影)으로 파악하게 만든다. 세계가 환영이라면 그 속에 존재하는 모든 사물은 실재가 아니라 환영의 바깥을 가리키는 알레고리가 된다. 주체는 눈앞의 현상세계가 무엇인지 알 수 없다. 그것은 존재하되 순식간에 사라지는 현상이며 실재와의 관련성을 알 수 없는 환상이다. 만약 그 현상이나 환영이 실재를 가리키는 것이라면, 그것은 '다른 것'을 의미하는 알레고리이다. 이처럼 느슨하고 진부한 클리쉐를 통해 박인환은 1950년대 모더니즘 시의 멜랑콜리적 세계인식을 범례적으로 보여주고 있다. 연기와 같은 잠시적(暫時的)이고 덧없는 현상, 실재가 아닌 환영으로서의 세계, 알레고리로 화한 사물들이 박인환이 보여주는 '멜랑콜리'의 구체적인 내용이다.[24] 이처럼 박인환의 시는 절멸의 체험이 야기한 '위기의 순간'을 겪으면서 역사적 진보와 미래의 유토피아를 상실한 후 강도 높은 멜랑콜리 속으로 진입한다.

24 이 같은 의미를 고려할 때, 진부하고 느슨한 클리쉐의 사용이라 치부되기 쉬운 박인환의 시어들이 그가 도달한 멜랑콜리를 표상하는 적확한 시어임을 확인할 수 있다. 이는 박인환의 센티멘탈리티를 재고하는 근거가 될 수 있다.

여윈 목소리로 바람과 함께
우리는 내일을 약속하지 않는다.
승객이 사라진 열차 안에서
오 그대 미래의 창부여
너의 희망은 나의 오해와
감흥만이다.

(…중략…)

향기 짙은 젖가슴을
총알로 구멍 내고
암흑의 지도 고절(孤節)된 치마 끝을
피와 눈물과
최후의 생명으로 이끌며
오 그대 미래의 창부여
너의 목표는 나의 무덤인가.
너의 종말도 영원한 과거인가.

—「미래의 창부(娼婦) – 새로운 신에게」 부분

박인환의 시에 예외적으로 등장하는 '창부(娼婦)'는 흥미를 자아내는 알레고리이다. 창녀는 문학적 전통 속에서 보들레르가 그것을 중요한 시적 소재로 다루고 현대 생활의 영웅으로 주목하면서, 그리고 벤야민이 자본주의의 엠블럼이자 상품 자본주의의 선구자로 해석하면서 중요한 문화적 의의를 획득했다.[25] 벤야민의 해석을 따르지 않더라도 창

25 창녀와 모더니티의 연관성에 관해서는 Walter Benjamin, Trans. Howard Eiland & Kevin McLaughlin, *The Arcade Project*, Cambridge : Belknap Harvard University Press, 2004(5th

녀가 사물화를 지시하는 가장 적절한 알레고리 중 하나임을 잘 알 수 있다. 현대 자본주의에서 노동과 매춘은 교환 가능한 범주이기 때문이다. 이 시에서 '창부(娼婦)'는 현존하지 않는 매혹의 대상이자 누군가에게 소유 혹은 전유될 수 있는 사물화의 대상을 지시하는 알레고리이다. 앞서 살펴보았듯이 박인환의 시세계 안에서 미래적 계기는 1950년대에 들어서면서 이미 해체되었다. 첫 연에서 "우리는 내일을 약속치 않는다"고 명시한 것을 통해 알 수 있듯이 '창부'가 곧 '미래'라고 해석할 여지는 없다. 그러나 현존하지 않는 소망-이미지는 쉽사리 포기할 수 있는 것이 아니다. 그것은 일종의 '작은 대상 a'로서 새로운 얼굴을 하고 끊임없이 재등장하는 것이다. $ ◇ a로 표현되는 라캉의 논의를 빌자면 '미래의 창부'는 끊임없이 얼굴을 바꾸며 분열된 타자 앞에 등장하는 판타지이다. 현존하지 않는 소망스런 대상이면 무엇이든 '미래의 창부'일 수 있다. 그 대상이 시적 주체에게 불러일으키는 정념은 강렬하다. 그것은 나에게 어떤 '오해와 감흥' 그리고 광기('질투와 발광')를 불러일으킨다. 그것은 나를 '피와 눈물과 최후의 생명'으로까지 끌고 간다. 매혹과 욕망의 대상인 소망-이미지는 그렇기에 '새로운 신'으로까지 불리운다.

'창부'로 표상된 이 '새로운 신'의 특성에 주목할 필요가 있다. 흥미로운 대목은 그것이 '향기로운 젖가슴을 총알로 구멍' 낸 파괴된 존재이며 고통과 죽음을 향하는 존재라는 사실이다. 시적 주체는 이제 완전한 소망-대상이 존재할 수 없음을 예감한다. 설령 소망스런 대상이 있다 하더라도 그것은 이미 훼손되고 불완전한 것이다. 또한 '미래의 창부'로 표상된 현존하지 않는 소망-이미지는 결국 죽음에 귀착된다. 나

edition), p.335[J 59. 10] · 336 [J60, 5] · 348[J 67 a, 1] · 375[J 85, 2] 참조. 벤야민이 『아케이드 프로젝트』에서 매춘과 도박을 따로 떼어 [메모 O] 꾸러미를 만들었으나 창녀와 모더니티에 관한 통찰력은 보들레르 항인 [J]에서 확인할 수 있다.

의 죽음과 소망-이미지의 죽음은 '지나간 미래'이다. 시적 주체는 미래에 있을 자신의 종말과 소망스러운 대상의 종말이 이미 '영원한 과거'라고 미심쩍어 하고 있다. 이렇게 보았을 때 '미래의 창부'는 시적 주체가 일체의 소망-이미지도 지니지 못한 덧없는 존재임을 보충, 확증해주는 전미래 시제에 불과하다. 이 시는 박인환 멜랑콜리의 강도와 진정성을 가늠할 수 있게 해준다.

2. 비판적 멜랑콜리와 센티멘탈리즘의 착종

익명적 대중으로 북적이는 거리, 군중 속으로 사라지는 여인과의 마지막 순간의 사랑(love at last sight),[26] 예기치 못한 감각인상이 끊임없이 개인에게 충격을 가하는 공간, 일시적 유행이 영원히 회귀하는 곳, 페티쉬의 대상으로서의 상품들이 유혹의 눈길을 던지는 아케이드, 산책자들을 위한 거대한 무대, 판타스마고리아에 매혹된 군중들의 꿈 세계, 동일한 공간 안에 다양한 시대(epoch)가 공존하며 성좌를 이루고 있는 곳. 이 모든 기술들이 지시하는 것은 모더니티의 꽃, 도시이다. 1950년대 모더니즘 시인들에 있어서 '도시'는 폐허의 흔적이 채 가시지 않았음에도 불구하고 분명 매혹의 대상이었다. 잔해와 죽음의 대한 기억과 화려한 쇼윈도가 줄지어 있는 아케이드가 겹쳐있는 1950년대의 도

26 보들레르의 「지나가는 여인에게(À Une Passante)」에 대한 벤야민의 해석은 도시모더니티의 실체로서의 군중의 역할, 모더니티의 순간성, 충격 체험, 모더니티의 미의식 등을 알레고리적으로 뛰어나게 기술하고 있다. 보들레르의 '지나가는 여인'은 벤야민에게 모더니티의 아름다움의 본질을 드러내는 알레고리로 포착된다.

시는 시인들을 통해 다양하게 표상되었으며 그 도시표상들은 시인들이 도달한 미적 모더니티의 공과를 가늠하는 중요한 잣대가 된다. 박인환에게 있어서도 도시는 중요한 시적 형상화의 대상이었다.

그는 멜랑콜리커의 시선으로 도시를 바라본다. 모던 도시는 그 화려함에도 불구하고 혐오감과 구토를 유발하는 멸망의 공간으로 표상된다. 박인환 시의 멜랑콜리는 그의 도시 표상에 강력한 모더니티 비판의 성격을 부여했다. 그러나 박인환이 보여주었던 도시성과 모더니티 비판으로서의 멜랑콜리는 뚜렷한 한계를 지니고 있었다. 이 절에서는 박인환의 도시표상과 멜랑콜리가 지닌 모더니티 비판으로서의 특성, 그리고 그것의 공과를 가늠해 보기로 한다.

나와 나의 청순한 아내
여름날 순백한 결혼식이 끝나고
우리는 유행품으로 화려한
상가의 쇼윈도를 바라보며 걸었다

전쟁이 머물고
평온한 지평에서
모두의 단편적인 기억이
비둘기의 날개처럼 솟아나는 틈을 타서
우리는 내성(內省)과 회한에의 여행을 떠났다.

(…중략…)

토르소의 그늘 밑에서
나의 불운한 편력인 일기책이 떨고

그 하나하나의 지면은
음울한 회상의 지대로 날아갔다.

(…중략…)

그러나 창밖
암담한 상가
고통과 구토가 동결된 밤의 쇼윈도
그 곁에는
절망과 기아의 행렬이 밤을 새우고
내일이 온다면
이 정막(靜莫)의 거리에 폭풍이 분다.

—「세 사람의 가족」 부분

알레고리는 파편화되고 불연속적인 세계에 대한 내적 체험이다. 이념과 분리된 현상의 세계는 기호와 이미지의 창고가 되고, 알 수 없는 그것들의 의미에 골몰하는 주체는 멜랑콜리에 빠진다.[27] 이러한 알레고리적 세계 체험을 가장 잘 표상해 주는 이미지 중 하나가 '토르소'이

27 이것은 앞서도 인용한 바 있는 코원(Cowen)의 논의의 핵심이다. 그의 알레고리 논의는 알레고리의 핵심으로 들어가는데 중요한 시금석이다. 특히 낭만주의의 '상징'은 알레고리 속에 내재하는 노스텔지어적 충동을 인위적으로 독립시킨 것이라는 주장은 중요하다. 그는 낭만주의의 '상징'이 알레고리의 특정한 측면을 부각시킨 것에 불과하다고 주장한다. 이 논의를 따르면, 상징도 알레고리의 한 면에 불과한 것이 된다. 실제로 벤야민은 상징과 알레고리를 대립적 구도로 설정하지 않는다. 그것은 괴테에서 시작된 독일적 전통에서의 대칭적 대응개념일 뿐이다. 파편화된 세계에 대한 철저한 자각인 알레고리 안에는 당연히 총체성의 세계(상징의 세계)에 대한 향수가 담겨있다. 이를 알레고리에 내재되어 있는 노스텔지어적 충동(nostalgic impulse)이라고 코원은 말한다. 코원의 논의는 알레고리와 상징의 관계를 설정하는 유력한 길 중 하나이고 이 연구는 그의 논의에 동조한다.

다. 시적 주체는 '토르소의 그늘 밑'에서 '음울한 회상의 지대'를 향하고 있다. '토르소의 그늘 밑'은 박인환의 시 세계를 압축적으로 말해준다. 머리와 팔 다리가 없는 토르소는 비이성을 지향했던 초현실주의의 아세팔(Acéphale)과는 조금 다르다. 아세팔이 이성 너머를 지향했던 초현실주의를 대변하는 이미지라면 머리와 팔, 다리가 없는 토르소는 파괴되고 훼손된 세계인식에 그 강조점이 놓인다. 박인환에게 있어 한국전쟁이라는 '위기의 순간'은 비례와 조화, 균형, 질서와 같은 가치체계의 붕괴를 초래했다. 이제 그는 조화롭고 질서잡힌 유기적 세계가 아니라 파괴되고 훼손되고 알아볼 수 없는 세계('토르소의 그늘')에 놓여있다. 과거에 대한 회상도 더 이상 서사적 질서를 이루며 현재의 나를 이해하는 데 기여하지 못한다. 그저 '단편적인 기억'이 무의지적으로 '솟아나'고 있을 뿐이다.

토르소의 그늘 아래에서 파악된 "유행품으로 화려한 상가의 쇼윈도"는 댄디의 눈에 포착된 흥미로운 관찰의 대상만은 아니다.[28] 여기서 '화려한 유행품'들은 시장-안-상품이 아니라 진열-중-상품이다. 진열중인 상품에서는 교환가치와 사용가치가 모두 상실되고 순수한 재현 가치가 전면화된다. 진열중인 물신인 '유행품'인 상품은 사적 소유

28 김용희는 쇼윈도를 바라보는 시적 주체를 '댄디'의 형상으로 파악한다. 그러나 여기서 필자는 '댄디'보다 '멜랑콜리커'로서의 면모에 강조점을 두고자 한다. 보들레르에게 있어 댄디는 신비로운 제도(Charles Baudelaire, Trans. Jonathan Mayne, *The painter of modern life*, London : Phaidon, 2010(reprint version), p.26)이며 정신의 귀족적 수월성의 상징(같은 책, p.27)이다. 댄디즘은 자기 숭배의 일종(같은 책, p.27)이기도 하다. 댄디의 아름다움은 결코 흔들리지 않는 결의에서 우러나오는 차가운 분위기에 기인하며(같은 책, p.29) 이는 댄디의 도저한 나르시시즘적 심리기제와 연관되어 있다. 보들레르의 이러한 정의를 고려할 때 댄디는 정신의 귀족주의, 나르시시즘, 냉정한 판단력, 귀족제에서 민주제로의 전환기에 헤게모니를 잃어가고 있는 계층이 느끼는 우울을 함축하는 현대적 인물형이다. 그런데 박인환의 시적 주체는 모든 리비도 경제학이 자신으로의 회귀로 귀결되는 나르시스트가 아니며 충격 체험에 끊임없이 노출되어 있는 '멜랑콜리커'에 가깝다(김용희, 앞의 글, 315~317쪽 참조).

의 가능성이 전혀 없어도 군중을 매혹할 수 있다.[29] 멜랑콜리커인 시적 주체는 '화려한 상가의 쇼윈도'에서 고통과 역겨움을 느낀다. 왜냐하면 그것은 '절망과 기아의 행렬'을 이루는 도시 군중과는 극명한 대조를 이루는 가혹한 판타스마고리아이기 때문이다. 멜랑콜리적 주체의 시선은 새로움으로 가장한 '유행품'이 만들어내는 환등상을 파괴한다. 그리고 환등상으로 포장된 화려한 도시의 실체가 고통, 구토, 절망, 기아임을 드러낸다. 박인환은 이처럼 상품자본주의가 약진하고 있던 도시의 환등상적 풍경에 매혹되지 않고 그것을 절망적인 군중의 모습과 극명하게 대조시킴으로써 모더니티에 대한 비판적 인식을 드러내고 있다. 이 같은 부정성은 알레고리적 세계인식과 그것이 야기하는 멜랑콜리를 통해 확보된 것이라고 할 수 있다.

아무 잡음도 없이 멸망하는
도시의 그림자
무수한 인상과
전환하는 연대의 그늘에서
아 영원히 흘러가는 것
신문지의 경사(傾斜)에 얽혀진
그러한 불안의 격투.

함부로 개최되는 주장(酒場)의 사육제
흑인의 트럼펫
구라파 신부(新婦)의 비명
정신의 황제!

---

29 상품의 재현가치에 대한 벤야민의 사유에 대한 핵심적인 논평은 수잔 벅 모스, 김정아 역, 『발터 벤야민과 아케이드 프로젝트』, 문학동네, 2004, 115~116 참조.

내 비밀을 누가 압니까?
체험만이 늘고
실내는 잔잔한 이러한
환영(幻影)의 침대에서.

회상의 기원
오욕의 도시
황혼의 망명객
검은 외투에 목을 굽히면
들려오는 것
아 영원히 듣기 싫은 것
쉬어 빠진 진혼가
오늘의 폐허에서
우리는 또다시 만날 수 있을까
1950년의 사절단.

—「최후의 회화(會話)」 부분

대도시의 삶에 대한 박인환의 인식은 날카롭다. 그는 도시에서의 삶이 경험(erfahrung)이 아닌 체험(erlebnis)의 삶임을 간파하고 있다. 인용한 시의 2연이 그 점을 잘 보여준다. 2연은 서로 아무런 연관성 없는 장면들의 병치로 이루어져있다. 이는 알레고리적 구성의 전형적인 수법이라고 할 수 있다. 사육제와 트럼펫, 유럽 신부의 비명과 정신의 황제는 아무런 의미연관을 만들어 내지 못한 채 각기 고립된 채로 제시되어 있다. 그것은 시적 주체의 늘어가는 '체험'의 구체적인 목록들이다. 벤야민은 「보들레르에 관한 몇 가지 모티프」에서 자본주의 모더니티하에서의 '경험'의 조건이 무엇인지 신중하게 개진하고 있다. 벤야민은 경험(Erfahrung)과 체험(Erlebnis)을 구분한다. 경험은 쌓이는 것이고 전달가능한 지혜의 총체적인 누적이며 서사적 진리이다. 이에 반해 체험은 즉각적이고 수동적이며, 파편적이고 고립적이며 통합되지 않은 내적 체험이다. 중요한 점은 경험의 연속체는 이미 도시 삶의 동화될 수 없는 '충격'에 의해 산산조각 났으며, 축적된 지혜와 경험의 결과물인 장인의 산물은 조립라인의 미련하고 비-축적적인 반복을 통해 만들어지는 생산품으로 대체되었고, 의미로 가득 찬 내러티브는 매스미디어의 조야한 감각과 무작위적인 정보로 대체되었다는 점이다.[30] 박인환은 모더니티의 공간인 도시에서의 체험이 무엇인지 정확하게 인지하고 있었던 것이다.

경험의 불가능성은 충격체험과 밀접하게 연관되어 있다. 도시에서의 삶은 끊임없는 충격으로 구성된다. '충격'은 군중의 전형적인 체험이며, 충격과 방어는 모더니티를 살아가는 주체의 근본적인 감정구조이다. 보들레르가 충격체험을 자신의 예술적 작업의 중심부에 두었던 것처럼[31] 박인환도 도시 삶에서의 충격 체험을 민감하게 포착했던 시인이었다. 벤야민이 "결과의 결여가 고립된 체험(Erlebnis)의 특성을 정의한다"고 말했듯이[32] 충격체험은 특정한 결론이 없는 반(反) 서사적인 속성을 지닌다. 하나의 서사로 수렴되지 않는 고립된 체험들은 주체에게 파편적인 '인상'으로 수용될 수밖에 없다. 시적 주체는 도시의 그림자를 '무수한 인상'으로 파악하고 있다. 박인환은 도시의 현대적 삶이라는 것이 경험이 사망하고 파편화되어 단편적 인상으로 지각되는 것

30 여기서 경험(Erfahrung)과 체험(Erlebnis)의 개념에 대한 설명은 Martin Jay, "Experience without a subject : Walter Benjamin and the novel", *Cultural Semantics*, Amherst : University of Massachusetts Press, 1998, pp.48~49를 따랐다.

31 발터 벤야민, 김영옥 · 황현산 역, 「보들레르의 몇 가지 모티프에 관하여」, 『발터 벤야민 선집』 4, 길, 2010, 194쪽.

32 Walter Benjamin, op.cit., p.512[O 12 a, 1].

이라는 점을 인식하고 있었던 것으로 보인다. 그는 모더니티의 공간에서 펼쳐지는 삶의 핵심을 간취하고 있었다.

박인환의 모더니티 비판은 더 깊은 곳으로 나아간다. 첫 연의 "아 영원히 흘러가는 것 / 신문지의 경사(傾斜)에 얽혀진 그러한 불안의 격투"에 그의 모더니티에 대한 비판 정신이 담겨있다. 신문지면은 새로운 소식으로 채워지는 공간이다. '신문지'를 '새로움'에 대한 끝없는 추구인 모더니티의 알레고리로 해석하는 것은 무리가 아니다. 그런데 시적 주체는 그 모더니티에 관한 알레고리를 '영원히 흘러가는 것'과 연관시키고 있다. 이 구절은 어제의 새로움을 부정하며 끊임없이 갱신을 도모하는 모더니티의 새로움, 전통과의 단절을 전통으로 삼는 모더니티의 역설, 모더니티의 새로움이 갖는 진부함을 지적하는 것으로 해석할 수 있다. 이 끊임없는 새로움의 진부함은 '유행'의 속성이며 동시에 진보의 역사철학이기도 하다. 시적 주체는 새로움으로 표상되는 물화된 현대적 시간성이 야기하는 진부한 반복성과 권태를 폭로하고 있다고 볼 수 있다. 이런 점에서 볼 때, 도시라는 모더니티의 심연에서 펼쳐지는 삶과 체험에 대한 박인환의 인식, 진보라는 물화된 현대적 시간에 대한 그의 비판정신은 상당히 날카로운 것이었음을 알 수 있다.

자본주의 모더니티에 대한 비판적 인식은 자연스럽게 어떻게 그것을 넘어설 것인가에 대한 관심으로 발전되기 쉽다. 비록 높낮이는 다르겠지만 시대정신에 민감하게 반응하고 그것에 대한 비판적 관점을 취하기는 쉬운 법이다. 문제는 부정적, 비판적 인식으로 무엇을 어떻게 할 것인가이다. 바로 그 지점에 모더니즘 시인의 역량이 드러난다. 박인환은 그런 점에서 취약점을 지닌다. 모더니티를 넘어설 가능성의 원료로서 그의 눈앞에 주어진 '과거', '사물', '군중'에 대한 인식이 철저하지 않았기 때문이다.[33] 그 취약성은 그의 모더니티 비판으로서의 멜랑콜리를 잠식해 들어오는 센티멘탈리티에 기인한 것으로 보인다. 앞에서도 지적한 바와 같이, 센티멘탈리티는 박인환을 모더니티 비판으로서의 멜랑콜리로 이끌었지만 역설적으로 그 비판의 역능을 갉아먹는 모순적 기능을 수행한다. 박인환의 시에서 센티멘탈리티의 정조가 집중적으로 투여되는 대상은 '과거'와 '사물'이다.

① 전쟁이 머물고
평온한 지평에서
모두의 단편적인 기억이
비둘기의 날개처럼 솟아는 틈을 타서
우리는 내성(內省)과 회환에의 여행을 떠났다

(…중략…)

아 창백한 세상과 나의 생애에
종말이 오기 전에
나는 고독한 피로에서
빙화(氷花)처럼 잠들은 지나간 세월을 위해
시를 써 본다.

—「세 사람의 가족」 부분

② 멀리선 회색 사면(斜面)과
불안한 밤의 전쟁
인류의 상흔과 고뇌만이 늘고
아무도 인식치 못할

---

33 이 부분에서는 '과거', '사물'만을 다루고 '군중'에 대한 인식은 3절에서 다루기로 한다.

망각의 이 지상에서
더욱더욱 갈앉아 간다.

—「낙하」 부분

③ 오늘 나는 모든 욕망과
사물에 작별하였습니다.
그래서 더욱 친한 죽음과 가까워집니다.
과거는 무수한 내일에
잠이 들었습니다.

—「불행한 신」 부분

앞에서도 살펴본 바와 같이, ①에서 확인할 수 있는 한국전쟁이 주체에게 가한 충격은 그들로 하여금 단편적이고 무의지적인 기억만을 가능케 할 정도로 큰 것이었다. 위기에 직면했을 때 시적 주체의 인식은 과거로 향한다. 그런데 그에게 있어 과거는 단지 내성(內省)과 회환의 대상에 불과할 뿐이다. 내적 성찰은 후회로 이어지고 과거는 형태는 유지하고 있지만 이미 생명력을 잃어버린 '빙화(氷花)'로 표상된다. 그것은 비록 아름다운 회상의 대상일 수는 있으나 다시 살아날 수 없는 것, 벤야민의 용어를 빌려 설명하자면 더 이상 활력화되지 않는 죽은 과거이다. 이러한 과거는 인식 가능한 현재와의 충돌을 통해 진정한 역사적 이미지를 드러내는데 전혀 도움이 되지 않는 죽은 시간이다. 어떤 면에서 현재를 움켜쥘 수 있는 가능성을 제공하는 재료인 '과거'를 이렇게 감상적으로 인식함으로써 모더니티를 넘어설 가능성은 소멸되고 만다.

②에서 볼 수 있는 바와 같이, 늘어나는 '인류의 상흔과 고뇌'에 대한 시적 주체의 대응 방식은 이 지상의 '망각'이다. 일단 수난사로 인식된 지상에 침잠하는 태도는 높이 평가할 만하다. 시적 주체는 상흔과 고

뇌가 늘어만 가는 이 세계를 벗어나기 위해 어떠한 외부도 끌어들이지 않는다. 그러나 그에게는 내재적 초월을 위한 어떠한 시적 전략도 없다. 수난사로서의 인류사는 시적 주체의 대응 방식처럼 망각해야 할 것이 아니라 오히려 잊지 말아야 할 것, 반드시 기억해야 하는 것이다. 만약 시적 주체가 상흔과 고뇌의 무더기인 이 인류사를 끌어안고 시적 주체의 기억 속에서 수난 당한 것, 파괴된 것, 자기 목소리를 가지지 못했던 것들을 상기한다면 그것들은 비로소 자신의 존재론적 가치를 그 기억 속에서 확보하게 되는 것이다. 벤야민은 기억이 지닌 이러한 역능을 '약한 메시아적 힘'이라고 표현한 바 있다.[34] 그러나 박인환의 시적 주체는 인류사를 수난사로 이해하고, 내재성에 대한 깊은 인식을 지니고 있음에도 불구하고 '약한 메시아적 힘'을 지닌 존재로서의 자기 이해에 까지는 나아가지 못한다. 그의 '망각'은 수난사 앞에서 눈 감아 버리는 것이며 일종의 도피라고 할 수 있다. 이처럼 기본적인 인식적 조건을 갖춘 상태에서도 철저히 밀고 나가지 않고 '망각'이라는 일종의 도피로 눙치는 시적 주체의 태도를 우리는 센티멘탈리즘이라고 부를 수 있을 것이다.

③에서는 존재의 완전한 소멸에 다가가는 시적 주체를 발견할 수 있다. 여기서 "오늘 (…중략…) 사물에 작별하였습니다"라는 선언은 주목할 만한 가치가 있다. 시적 주체의 시선에 포착된 세계의 기본 단위는 사물이다. 그 사물들은 시적 주체에게 있어서 성찰의 대상이다. 단적으로 말해 멜랑콜리커는 기표와 기의 사이에 심연을 지니고 있는 알레

34 그렇다고 벤야민의 이러한 논의를 무비판적으로 수용할 수는 없다. 왜냐하면 '기억하는 것'이 곧 '구제하는 것'은 아니기 때문이다. 벤야민은 「역사의 개념에 대하여」에서 왜 기억이 구제인가에 대한 논증을 하지는 않았다. 단지 기억 주체를 '약한 메시아'라고 선언적으로 제시하고 있을 뿐이다. 그러나, 기억하는 것 자체가 지금까지 그러하지 못했던 서벌턴들의 존재를, 혹은 소수자들의 존재를 인류의 아카이브에 등재하는 것임은 분명하다. 그런 면에서 기억과 구제를 연관지어 생각할 수는 있을 것이다.

고리적 사물의 의미에 끝없이 침잠하는 존재이다. 그렇기에 멜랑콜리는 지식의 문제와 깊이 연관되어 있다. 멜랑콜리는 지식의 추구가 낳는 필연적인 결과이기도 하다. '사물에 작별하였다'는 것은 시적 주체 스스로 사물에 대한 철저한 지식의 추구, 수수께끼같은 사물들에 침잠함으로써 의미를 도통 알 수 없는 세계의 본질에 도달하겠다는 지적 욕구를 스스로 포기하겠다는 선언이다. 사물의 의미에 천착하는 것은 그 사물들의 구제 혹은 부활과 깊이 연관되어 있다. 시적 주체가 그 의미를 포착해내지 못하는 한 그 사물들은 그저 하나의 조각들, 훼손된 것들, 잔해에 불과하기 때문이다. 그렇기 때문에 '사물에 작별'하는 것은 곧 '죽음'과 연관된다. 이 시에서 말하고 있는 죽음은 단순히 욕망과 세계에 대한 의욕을 상실한 주체의 죽음만이 아니라, 알레고리스트를 통해 부활을 기다리고 있는 사물의 죽음까지 의미하는 것이 된다. 철저한 지식추구가 센티멘탈리즘의 적확한 대응 쌍임은 두말 할 나위 없다. 박인환은 '사물'과 '과거'라는, 알레고리의 위의를 드러낼 수 있는 대상들 바로 앞에서 센티멘탈리티에 물들면서 주체와 사물의 죽음 속으로 급격히 침잠해 들어간다.

지금까지 살펴본 것처럼 박인환의 센티멘탈리티는 그의 '과거'와 '사물'에 대한 불철저한 인식을 통해 드러난다. 그의 '과거'는 활력성(actuality)을 잃은 과거이다. 그는 연대기적 시간을 정지시키고 '순간'을 인식할 수 있도록 돕는 역능을 지닌 '과거'를 인식하지 못하고 있다.[35] 그는 과거의 상흔과 희생자들을 기억하고 기록함으로써 그들을 역사의 아카이브에 남기는 데에 무관심해 보인다. 과거는 그저 자신의 비애를 풀어놓기에 알맞은 감정이입의 대상으로 전락한다. 고통스러운 과거의 특정한 순간과 자신의 목소리를 표상하지 못한 개별자들을 기억함으로써 시적

35 알레고리의 시간에 관해서는 이 책의 2장 3절 참조.

으로 구제하는 것은 단순히 과거를 복구하는 차원의 의미만을 지니지 않는다. 과거에 대한 명징한 이해와 현재를 병치시킴으로써 '지금'에 대한 뚜렷한 이해를 얻을 수 있고, 그럴 때에만 모더니티의 연대기적 시간의 동질적인 흐름을 깨뜨리고 새로운 시간을 체험할 수 있는 것이다. 박인환은 과거를 빈번히 회상하지만, 그 과거로부터 연대기적 시간을 깨뜨리고 질적 시간을 경험할 에너지를 끌어내는 데에는 실패했다. 그뿐 아니라 그의 센티멘탈리티는 알레고리적 사물에 대한 끝없는 탐구에서 물러서게 한다. 시적 주체는 더 이상 파편화된 사물의 의미에 침잠하지 않는다. 그럼으로써 주체와 사물의 죽음을 동시에 야기한다.

박인환의 센티멘탈 에토스는 1950년대 모더니즘 시인들의 감상성을 대변하고 있다. 그런 면에서 문화적 의의와 가치는 충분하다. 하지만 과거와 현재에 대한 날카로운 인식을 방해함으로써 모더니티를 극복할 수 있는 강력한 도구를 사장시키는 결과를 초래했다고 할 수 있다. 이전에 보여주었던 모더니티 비판으로서의 멜랑콜리를 생각할 때 그는 과거와 현재의 충돌 속에서 '지금 시간'[36]을 움켜쥐기 바로 직전에 센티멘탈리즘으로 물러난다고 볼 수 있다.

36 '지금 시간'으로 번역되는 독일어 용어인 jetzt zeit는 ① 진정한 활력성, ② 현재의 요체로서의 과거, ③ 망각된 것의 깊이와 일치하는 것으로써 장 파울(Jean Paul)에 의해 처음 도입되었다. 이에 대해서는 1981년 모데나(Modena)에서 개최된 벤야민 콜로퀴엄에서 발표한 Franco Desideri의 "Ad vocem jetzttzeit" 참조. 여기서는 Christine Buci-Glucksmann, op.cit., p.67에서 재인용.

3. 중심부 모더니티의 충격과 센티멘탈 노스텔지어

모더니티의 본질은 스스로를 부정하고 갱신하는 시간성으로서의 당대성(contemporaneity)을 끊임없이 만들어내는 것[37]이고 중심부에서 출발하여 주변부로 그것을 관철시켜 나가는 것이라고 할 수 있다. 중심부 모더니티가 당대성을 관철시키는 과정은 주변부의 시간을 과거로 밀쳐내는 동시에 그 자리에 질적으로 다른 시간을 폭력적으로 이식하는 과정이다.[38] 모더니티의 이 같은 역학을 고려했을 때 모더니티의 주변부 한국에서 중심부를 찾아갔던 박인환의 여정[39]이 그의 시세계에 커다란 파장을 일으킨 것은 당연한 결과라고 할 수 있다. 박인환의 미국 기행을 기록해 놓은 「아메리카 시초」는 중심부와 주변부로 구획되는 모더니티와[40] 미적 모더니티, 보편성과 지역성, 멜랑콜리와 노스

---

37 Peter Osborne, *The Politics of Time : Modernity and Avant-Garde*, London : Verso, 1995, p.14.

38 모더니티 내의 중심과 주변의 역학에 관한 견해는 신형기, 앞의 책, 13~18쪽을 따른 것이다.

39 미국문학의 경우 초대서양 문학(transatlantic literature)에 대한 연구가 상당히 진행되어 있다. 대서양을 건너 미국으로 넘어온 이민자들의 문학이 미국문학의 초기를 이루기 때문이다. 전통, 문화, 귀족사회로 표상되는 유럽과의 끊임없는 비교 속에서 초기의 미국문학은 자기동일성을 획득해 가면서 동시에 미국민을 만들어 나간다. 헨리 제임스(Henry James)의 *The American*, 나다니엘 호손(Nathaniel Hawthorne)의 *The Marble Faun* 등은 대서양을 건너 유럽에 도달하고 다시 미국으로 회귀하는 주인공을 통해 대륙·문명·모더니티·사회·국가 정체성·자기동일성 등에 대한 복합적 중층적 표상을 제시하고 있다. 미국문학에 있어서 대서양을 건너는 것의 의의는 한국문학의 경우 현해탄과 태평양을 건너는 것의 의의와 유사할 것이다. 박인환은 시인들 중에서 태평양을 오간 1950년대의 희귀한 사례이다. 한국문학에서 태평양이라는 공간의 횡단과 그 경험이 자기이해에 미치는 영향에 대한 연구는 흥미로운 주제이다. 박인환은 초태평양문학 연구의 출발점이 될 수 있다.

40 이 절의 제목으로도 사용하고 있는 '중심부 모더니티'와 '주변부 모더니티'라는 용어는 신형기가 식민지 소설에 등장하는 현대인의 내면이 중심부-주변부의 역학에서 자유로울 수 없음을 강조하기 위해 고안한 '주변부 모더니즘'이라는 용어를 변형시킨 것이다. 박인환이 미국을 여행했던 시기는 미국학 연구를 참조할 때 미국의 제국주의

텔지어가 서로 길항하며 그 둘레를 회전하고 있는 복잡한 텍스트이다. 「아메리카 시초」에 새겨져 있는 모더니티에 대한 박인환의 복합적인 인식과 다양한 대응방식은 1950년대 모더니즘 시가 도달한 중요한 지점 중 하나로서 주목할 가치가 있다. 이 절에서는 「아메리카 시초」의 의의를 ① 중심부 모더니티 체험이 야기한 매혹과 충격, ② 자신의 지역성(locality)에 대한 자각(모더니티의 주변부라는)과 '노스텔지어'로서의 민족주의적 감정, ③ 비판적 멜랑콜리에서 센티멘탈리티로의 퇴각으로 구분하여 살펴보기로 한다.

비록 '제2차 대전 중 물질과 정신 양면에서 다소나마 타격을 받았을 것'[41]이지만 아메리카는 상품자본주의의 수도(首都)였으며 새로운 당대성이 끊임없이 태어나는 모더니티의 중심부였다. 그곳은 이기성이 말했듯이 시적 주체에게 위상학적 좌표가 아니라 미래 표상이었다고 할 수 있다.[42] 전후 폐허 속에 피어나던 자본주의적 모더니티에 대한 박인환의 비판적 인식은 20세기 자본주의의 수도인 '아메리카'를 체험함으로써 커다란 변모를 보인다.[43]

적 예외주의(American exceptionalism)가 완전히 자리를 잡는 시기와 겹친다. 미국은 스스로를 'nation of nations'라고 부를 만큼 당대 모더니티의 중심부의 자리를 확고히 차지하고 있었다. 제국들의 대리전 양상을 띠는 한국전쟁을 갓 경험한 박인환이 당대 모더니티의 중심부 미국을 돌아볼 때 느꼈을 주변부 모더니티 출신으로서의 자의식을 설명하는데 있어 신형기의 논의는 매우 유익하다. 그리고 주변부 모더니티로서의 특성을 고려할 때 비로소 아메리카 시초에 등장하는 박인환의 민족주의적 표상의 출처가 분명해진다. 이에 관해서는 해당 항목에서 자세히 다룰 것이다(신형기, 앞의 책, 13~43쪽 참조). 미국 예외주의의 역사에 대한 포괄적이고 비판적인 논의는 Donald E. Pease, "Remapping the transnational turn", *The Future of American studies*, Durham : Duke University Press, 2002, pp.1~44 참조.

41 박인환, 「아메리카 영화 시론(試論)」, 맹문재 편, 『박인환 전집』, 실천문학사, 2007, 329쪽.

42 이기성, 「1950년대 모더니즘 시의 시간의식과 시 쓰기」, 이화여대 박사논문, 2002, 42쪽 참조; 이기성, 앞의 글, 2008 참조.

43 박인환은 「에버렛의 일요일」에서 "텔레비전도 처음 보고 칼로리가 없는 맥주도 처음 마시는 마음만의 신사"라고 기록하고 있다. 자본주의 모더니티의 일상에 대한 인상

박인환의 아메리카 체험(Erlebnis)은 「투명한 버라이어티」안에 압축적으로 표상되어 있다. 이 시를 통해 박인환이 아메리카로 대표되는 모더니티를 어떻게 파악하고 있는지 구체적으로 살펴보기로 하자.

녹슨
은행과 영화관과 전기세탁기

러키 스트라이크
VANCE 호텔 BINGO 게임.

영사관 로비에서
눈부신 백화점에서
부활제의 카드가
RAINIER 맥주가.

나는 옛날을 생각하면서
텔레비전의 LATE NIGHT NEWS를 본다.
캐나다 CBC 방송국의
광란한 음악
입 맞추는 신사와 창부.
조준은 젖가슴
아메리카 워싱턴 주.

적인 첫 경험이기에 시적 소재로 선택되었다고 볼 수 있다. 박인환의 체험을 통해 당시 모더니티의 주변부였던 한국의 자본주의적 일상이 어떤 수준이었는지, 미국에서 처음 경험했던 중심부 모더니티의 일상이 박인환에게 얼마나 큰 충격을 주었는지 가늠해 볼 수 있다.

(…중략…)

데모크라시와 옷 벗은 여신과
칼로리가 없는 맥주와 유행과
유행에서 정신을 희열하는
디자이너와
표정이 경련하는 나와

(…중략…)

혼란과 질서의 반복이
물결치는 거리에
고백의 시간은 간다.

(…중략…)

연필처럼 가느다란 내 목구멍에서
내일이면 가치가 없는 비애로운 소리가 난다.

(…중략…)

비정한 행복이라도 좋다
4월10일의 부활제가 오기 전에
굿바이
굿 앤드 굿바이

—「투명한 버라이어티」 부분

시적 주체는 당대의 자본주의 모더니티를 대변하는 현상들을 날카롭게 포착한다. 자본주의를 움직이는 제도적 원동력 중 하나인 '은행'과 대중들을 위한 판타지의 공장인 '영화관'[44] 그리고 가사노동으로부터 여성을 해방시켜 삶의 질을 비약적으로 발전시킨 테크놀로지의 대표적 산물인 '전기 세탁기'가 그것이다. 첫 번째 연에서는 자본주의 현대성을 표상할 수 있는 대상들이 경제적으로 포착되고 있다.

시적 주체의 시선은 곧 이어 '도박'과 '백화점', 미디어 속 '창부', '유행'으로 이동한다. 도박은 기본적으로 금욕주의적 노동과 시간 투자, 화폐 축적의 등가성을 바탕으로 성립된 산업 자본주의의 기본 교의에 적대적인 행위이다. 자본주의의 성립 이래 '돈'은 원칙적으로 어떤 순간에도 추구할 수 있는 절대적 목표가 되었고 현대인의 행위에 지속적인 박차를 가하게 되었다. 그렇기 때문에 현대적 삶은 동요하고 열광하며 휴식이 없다는 특성을 보인다. 돈은 삶에 멈출 수 없는 수레바퀴를 달아 주었고 결국 삶을 화폐 획득을 위한 영구적인 기계로 만들어 버린다.[45] 도박은 수고 없는 횡재와 시간의 압축이라는 유토피아적 환상을 제공함으로써 자본주의 체제를 살아가는 사람들을 열광시키는데, 그 열광은 역설적으로 자본주의 내에서 재화획득을 목표로 영구적 기계로서 살아가야 하는 자들의 지루함과 피로감이 얼마나 큰 것인지를 여실히 드러낸다. 시적 화자의 눈에 포착된 "Vance 호텔 BINGO 게임"은 아메리카 부르주아들의 오락거리에 불과할 수 있겠지만 그 이면에는 자본주의 모더니티의 생리와 피로감이 두텁게 놓여있는 것이다.

---

44 영화평론에 많은 에너지를 할애했던 박인환은 아메리카 영화에 대한 논의에서 판타지적 성격을 지적한다. 제2차 세계대전 이후의 몰락한 생활 세계를 위장하는 하나의 판타지로서 영화가 대중들에게 제공되고 있다는 취지의 짧은 논평을 발견할 수 있다(박인환, 앞의 글, 329쪽 참조).

45 게오르그 짐멜, 김덕영 · 윤미애 역, 「현대문화에서의 돈」, 『짐멜의 모더니티 읽기』, 새물결, 2005, 27쪽의 내용을 요약했다.

시적 주체가 바라보고 있는 '화려한 백화점'은 '자본주의 모더니티에 대한 종교적 도취에 바쳐진 사원(寺院)이다'.[46] 백화점에 전시된 상품들은 사용가치와 교환 가치보다 전시가치로서의 의의를 지닌다. 구경꾼들에게 백화점이라는 공간은 상품 자본주의의 판타스마고리아를 체험하고 훈습하는 가장 핵심적인 교육 공간이다.

백화점을 통해 대표적으로 표상되는 상품자본주의는 "입 맞추는 신사와 창부"를 통해서도 그 본질을 드러내고 있다. 주지하는 바와 같이 '창부'는 육화(肉化)된 상품이다. 그것은 상품자본주의의 사물화와 비인간화를 가리키는 영웅적 알레고리이다.[47] 비록 '입 맞추는 신사와 창부'가 미디어 속에서 등장하는 장면이겠지만 그 장면을 선택적으로 제시함으로써 박인환은 자본주의의 핵심이자 치부를 비판적으로 들춰내고 있다. 이처럼 시적 주체는 도박과 백화점, 창부를 선택적으로 포착하여 배치함으로써 자본주의의 생리에 대한 예민한 촉수를 여실히 드러내고 있다.

시적 주체는 '유행'에 주목한다. 유행은 구분, 차별화, 변화, 개인 간에 서로 다를 필요를 충족시켜주는 동시에 주어진 패턴을 모방하고 그럼으로써 사회적으로 허용되어야 할 필요를 채워준다.[48] 사회심리학

---

46 "보들레르에 관한 종교적 도취에 관하여 : 백화점은 이 도취에 바쳐진 사원이다." (Walter Benjamin, op.cit., p.61[A 13]) 주지하는 바와 같이 벤야민은 자본주의를 일종의 종교로 파악하고 있으며, 물신 숭배가 이루어지는 제의의 장소를 '백화점'이라고 파악한다. 전시 가치를 지닌 상품 페티쉬들은 신전의 여사제들처럼 서 있고 구경꾼들은 매혹된다. 백화점에 관한 이 같은 알레고리적 해석은 벤야민에게 고유한 것이며 무척이나 흥미롭다. 하지만 사물화와 페티시즘에 관한 깊은 수준의 탐구는 그것을 단순히 흥미로운 유비로 치부할 수 없게 만든다.

47 보들레르는 현대 자본주의의 경향들을 잘 육화화면서 동시에 자신의 시대와 불화하는 역설적 인물들을 '현대적 삶의 영웅'이라고 불렀다. 산책자, 댄디, 넝마주의, 창녀, 도박사, 시인 등이 이에 해당하는 인물 형상들이다. 보들레르와 벤야민의 '현대성의 영웅'에 대한 자세한 분석은 그램 질로크, 노명우 역, 『발터 벤야민과 메트로폴리스』, 효형출판, 2005, 293~329쪽 참조.

48 Ernst Simmel, "Fashion", *International Quarterly* 10, New York, 1904. 여기서는 Peter Wollen, "The concept of fashion in the Arcade Project", *Boundary 2*, vol.30, Durham : Duke University Press, 2003, p.135에서 재인용.

적 관점으로 보았을 때 패션은 '사회적 균등화의 경향과 개인적 차별화 경향 사이에 타협을 이루려고 시도하는 삶의 형식들' 중 하나인 것이다.[49] 한편 유행은 시간, 특히 새로움(newness)과 특별한 관계를 함축하고 있다. 패션은 새로움을 가장한 채 등장하지만 순환적 본질을 지닌다. 유행은 낡은 것이 새로운 체하며 분장한 것이라고 할 수 있다. 이러한 속성으로 인해 유행은 새로움을 전경화함으로써 자신의 반복적 속성을 감추는 근대의 진보적 시간에 관한 빼어난 알레고리로 수용되기도 한다.[50] 이런 점들을 고려할 때 '유행에서 정신적 희열을 맛보는 디자이너'는 새로움과 진보적 시간의식으로 위장한 진부한 모더니티에 매혹된 현대인에 대한 알레고리로 읽을 수 있다. 디자이너가 느끼는 '정신적 희열'은 새로움이라는 가면을 쓴 진부함에 눈 먼 자가 느끼는 감정일 것이다. 그런데 흥미로운 점은 유행과 유행에서 희열을 맛보는 현대인에 대한 시적 화자의 반응이 '경련'이라는 점이다.

박인환의 「아메리카 시초」에서 주목해야 하는 또 다른 특이성은 '거리'에 대한 그의 인식이 예민해 졌다는 점이다. 시적 주체는 지금 "혼란과 질서의 반복이 물결치는 거리"를 관찰하고 있다. 정확히 말하자면 시적 주체가 보고 있는 것은 '거리'가 아니라 거리를 가득 채우며 단속적 리듬을 만들어내며 물결치는 '군중'일 것이다.[51] 이때 군중은 '무정

49 게오르그 짐멜, 김덕영 · 윤미애 역, 「유행의 심리 사회학적 연구」, 앞의 책, 57쪽.

50 박인환 시의 '패션'과 모더니티와의 관계를 분석하기 위해 벤야민의 패션, 유행 비판을 차용했다. 벤야민의 패션 개념은 '변증법적 이미지', '진보의 시간', '권태와 영원회귀' 등 벤야민의 핵심 이념과 연관되어 있다. 간략한 논의는 Peter Wollen, op.cit. 그리고 Ulrich Lehmann, *Tigersprung : Fashion in Modernity*(Cambridge : MIT Press, 2000), 특히 이 책의 4장 "Benjamin and the revolution of fashion in modernity", pp.199~259는 어떻게 유행과 모더니티가 결부되는지 잘 설명해준다. 벤야민의 「역사철학에 대하여」 테제 14와 유행, 패션의 시간을 연결하여 흥미롭게 해석하는 논문으로 Andrew Benjamin, "Style and Time : Essays on the politics of appearance", Evanston : Northwestern University Press, 2006, pp.25~38 참조. 이러한 논의를 통해 패션, 유행을 모더니티, 역사철학과 연관 지어 사고할 수 있다.

형의 집단으로서의 행인들, 거리를 메우고 있는 군중'이다.[52] 「아메리카 시초」 이전 작품들에서 '거리'는 주로 죽음의 행렬을 이루는 군중들이 차지하고 있었다. 전쟁의 처참한 상흔이 그대로 남아있는 전후 한국의 거리에서 군중은 죽음의 그림자와 겹쳐 표상되는 경우가 대부분이었고, 끊임없이 역동적으로 움직이며 혼란과 질서를 오가는 것이 아니라 죽음이라는 일방향을 향하는 것이었다. 이 시에 와서야 비로소 '거리'는 군중들이 만들어내는 '혼란과 질서'가 반복되는 물결치는 공간으로 인식된다. 군중은 모더니티 공간을 구성하는 가장 중요한 요소 중 하나이다. 군중에 대한 태도는 모더니티 공간에 대한 시적 주체의 태도를 고찰할 수 있는 계기가 된다.[53]

시적 주체는 군중들을 바라보며 "고백의 시간은 간다"라고 말한다. 가라타니 고진에 의하면 "고백된 내면의 삶을 만들어내는 것은 바로 고백이라는 형식 그 자체이다".[54] 고백이라는 형식이 있을 때 비로소 '고백된 내적 삶(inner life confessed)'이 존재할 수 있는 것이다. 가라타니 고진의 논의에 따르자면 군중은 주체의 내면 성립을 위협할 정도로 충격을 주는 대상으로 받아들여졌다고 판단할 수 있다.[55] 군중에 대한 이러

---

51 2절에서 박인환의 센티멘탈리티는 그의 '과거', '사물', '군중'에 대한 인식 속에 잘 드러나 있다고 밝힌 바 있다. 미루어 두었던 군중에 대한 박인환의 인식을 이 대목에서 다루기로 한다.

52 발터 벤야민, 앞의 책, 196쪽에서 재인용.

53 도시 군중에 관한 엥겔스와 헤겔, 보들레르의 태도를 비교한 벤야민의 연구는 박인환의 도시 군중에 대한 인식의 의미를 해석하는데 유익한 참조점이 된다. 비교적 시골이라고 할 만한 독일에서 런던으로 와 대도시의 군중을 바라보았던 엥겔스는 군중 밖에서 그들에게 휩쓸리지 않고 냉정하게 판단할 수 있었다. 그러나 헤겔과 보들레르는 도시 군중이 만들어내는 물결의 바깥에서 가만히 관찰할 수 없었다. 특히 보들레르에게 있어서 대중은 그의 외부에 있었던 것이 아니었다. 그는 대중에게 받는 충격으로부터 자신을 방어하는 것이 시급한 과제였다(위의 글, 197~205쪽 참조).

54 Karatani Kogin, *Origins of Japanese Literature*, Durham & London : Duke University Press, 1993, p.76.

55 박인환에게 고백이 없었던 것은 아니다. 바로 이어서 살펴보겠지만 「아메리카 시초」에 드러난 고백(내면)의 양상은 대부분 중심부 모더니티가 환기시키는 자신의 주변

한 충격체험은 유행에 희열을 느끼는 현대인에 대한 '경련'과 더불어 박인환이 중심부 모더니티를 어떻게 받아들였는지 보여준다. 중심부 모더니티의 체험은 박인환에게 충격과 경악으로 다가왔던 것이다.[56]

이 시에서 박인환은 은행-영화관-전기 세탁기-도박-백화점-창녀

부성과 깊이 연관된다. 자신이 속한 주변부 모더니티에 대한 자각은 민족적인 것과 과거라는 시간 계기에 대한 노스텔지어로 주체를 이끌어 간다.

56 벤야민과 짐멜이 날카롭게 포착한 '군중'의 정치적 가능성을 사회계급과의 역동적, 상호적 관계 속에서 더 진전시킨 것은 들뢰즈와 가타리라고 생각한다. 그들이 군중과 사회계급을 논의하는 것은 '모든 것이 정치적이며 모든 정치학은 거시정치학이자 동시에 미시정치학'이라는 주장을 전개하는 맥락에서였다. 그들의 관점에 따르면 군중과 사회계급은 서로를 전제하지만 다른 개념이다. 사회계급이 분자적인 개념(molecular concept) 이라면 사회 계급은 몰적인(molar) 개념이며 몰적 절편성의 개념이다. 하지만 사회계급은 군중을 통해 형성되는 것이다. 다시 말해 군중이 계급을 결정화한다. 하지만 동시에 군중은 계급들로부터 흘러나오고 새어나온다. 결국 사회계급과 군중은 서로를 전제하며 차이를 지니는 상호적 개념인 것이다. 비록 사회계급과 군중이 분리될 수 없을 정도로 얽혀있는 지층(strata) 이지만 굳이 들뢰즈·가타리의 개념들을 '군중'에 할당하자면 그것은 다양체(multiplicity)이자 부드러운 지층(supple strata)이며 고른판(plane of consistency)이자 장기 없는 신체(body without organ)이다. 군중은 양자적 흐름(quantum flow), 탈주선(line of flight), 탈영토화(deterritorialization), 탈코드화(decoding)를 수행할 수 있는 역능을 지닌 존재이다. 그리고 그 역능이 결정화될 때 사회계급이라고 지칭할 수 있는 경직된 지층으로 전화되기도 한다. 군중은 미시정치학의 대상이자 미시정치의 실체이다. 접속을 통해 무한히 변형 확장해 나가는 리좀의 개념을 고려할 때 형용모순이긴 하지만, 군중에 관한 이 모든 기술을 리좀적 주체(rhizomic subject)라는 표현으로 환원할 수 있을 것이다.

벤야민이 모더니티의 공간을 채우고 있는 실체로 파악한 '군중'을 들뢰즈와 가타리의 관점으로 보자면 미시정치학의 주체이자 사회를 끊임없이 변모시킬 수 있는 정치적 가능성의 핵심이다. 군중의 이 같은 정치적 가능성을 '일상성(everydayness)'과 '영악함(metis)'이라는 개념을 매개로 이론적으로 날카롭게 포착해낸 것은 미셸 드 세르토(Michel de Certeau)였고, 모더니즘 시 중에서 그것을 선명하게 인지하고 시적으로 훌륭하게 형상화한 것은 김수영의 「풀」이었다. 박인환의 군중에 대한 인식은 김수영의 것과 비교할 때 상당히 떨어진다고 할 수 있다. 군중에 대한 이 같은 제한적 인식은 모더니티 인식에 있어서 박인환이 지녔던 커다란 한계 중 하나였다. 들뢰즈·가타리의 사회계급과 군중에 관해서는 Gilles Deleuze·Felix Guattari, op.cit., pp.208~214 참조. 미셸 드 세르토의 일상성 개념과 들뢰즈·가타리 개념들의 연관성에 관해서는 Ian Buchanan, *Michel de Certeau : cultural theorist*, London : SAGE, 2000, 특히 1장 "the plane of immanance", pp.11~32 참조. 미셸 드 세르토의 일상성과 영악함에 관해서는 Michel de Certeau, Trans. Steven Rendall, *The Practice of Everyday Life*, Berkeley : University of California Press, 2012, pp.15~28 참조. 김수영의 군중 인식에 관해서는 이 책의 4장 2절 참조.

-유행-거리-군중과 같은 자본주의 모더니티의 핵심적인 현상(phenomenon)들을 만화경 속에서 윤무하는 환상적인 이미지들처럼 제시하고 있다. 이 시는 모더니티의 핵심이 어떤 현상을 통해 표상되는지 적확하게 이해하고 있는 박인환의 날카로운 관점과 그 현상들을 만화경적 이미지로 제시하는 시인으로서의 능력을 입증해 준다.

중심부 모더니티의 현상들이 시적 주체에게 가한 충격과 경악의 이면에는 자신이 주변부 모더니티에 속해있다는 자각과 깊이 연관되어 있다. 중심부와 주변부 사이에 설정된 불가역적 경사에 대한 인식은 시적 주체를 '침울한 상념'에 빠뜨린다. 이때 흥미로운 것은 중심부와 주변부의 불균등성이 시적 주체에게 야기하는 '침울한 상념'이 미국 내의 '내부 식민지'라 할 수 있는 흑인과의 공감으로 이어진다는 점이다.

① 천사처럼
나를 매혹시키는 허영의 네온.
너에게는 안구(眼球)가 없고 정서(情抒)가 없다.
여기선 인간이 생명을 노래하지 않고
침울한 상념만이 나를 구한다.
바람에 날려온 먼지와 같이
이 이국의 땅에선 나는 하나의 미생물이다.
아니 나는 바람에 날려와
새벽 한 시 기묘한 의식으로
그래도 좋았던
부식된 과거로
돌아가는 것이다.

—「새벽 한 시의 시」 부분(강조: 인용자)

② 4월 10일의 부활제를 위하여
포도주 한 병을 산 흑인과
빌딩의 숲 속을 지나
에이브러햄 링컨의 이야기를 하며
영화관의 스틸 광고를 본다.

(…중략…)

아메리카는 휘트먼의 나라로 알았건만
아메리카는 링컨의 나라로 알았건만
쓴 눈물을 흘리며
브라보 …… 코리언 하고
흑인은 술을 마신다.

—「어느날」 부분(강조 : 인용자)

①에서 박인환은 '이 이국의 땅에선 나는 하나의 미생물이다'라고 자조적인 한탄을 내뱉는다. 이 한탄의 궁극적인 원인은 '안구(眼球) 없는 천사'로 표상된 중심부 모더니티가 각성시킨 자신의 주변부성이다.[57] 앞에서도 기술한 바와 같이 모더니티는 스스로를 끊임없이 부정하고 갱신하는 시간성으로서의 당대성을 생산해내고, 그 당대성을 전지구

57 타자에 대한 표상은 자기 이해와 맞물려 있기 마련이다. 박인환의 아메리카 표상과 자기 표상도 마찬가지이다. 1950년대 한국문학 전반에 나타난 아메리카 표상과 자기 표상의 문제에 관한 포괄적인 논의는 장세진, 「상상된 아메리카와 1950년대 한국문학의 자기 표상」, 연세대 박사논문, 2007년을 참조할 수 있다. 장세진의 연구는 1950년대에 한국문학에서 아메리카가 어떻게 표상되었으며 아메리카에 대한 인식의 대칭적 대응개념으로서 '동양'이나 '한국'이 어떻게 자기표상을 획득해 가는지 상세히 분석하고 있다. 이 절에서 수행하는 박인환의 「아메리카 시초」 분석은 장세진의 연구와 상보적 관계를 맺는다.

적으로 관철해 나가는 현상이다. 모더니티의 중심부에서 생산된 당대성이 주변부에 폭력적으로 이식되는 순간 주변부의 시간은 뒤로 밀려나며 '과거'가 된다. 시적 주체는 지금 '그래도 좋았던 부식된 과거로 돌아가는 것이다'라고 말하고 있는데 이는 중심부 모더니티에 대한 비판적 성찰과 시적 대응 방안의 모색을 포기하고 중심부 모더니티와 주변부 모더니티의 불가역적 경사를 순응적으로 받아들이는 것이라고 해석할 수 있다. 자신의 주변부성에 대한 자각은 ②에서 볼 수 있는 바와 같이 중심부 모더니티 안에 존재하는 '내부 식민지'에 대한 공감과 감정이입으로 이어지는 양상을 보인다. '쓴 눈물을 흘리며' 술을 마시는 '흑인'과 '코리언'은 중심에서 배제된 주변부라는 면에서 동일한 층위에 놓여있다. 이 지점에 이르면 박인환이 오랫동안 견지해온 모더니티 비판으로서의 멜랑콜리가 비판적 능력의 부재와 감정이입, 상투적 클리쉐를 특징으로 하는 센티멘탈리티로 다시 기울어 간다.

박인환은 중심부 모더니티가 가한 충격이 야기한 '침울한 상념'을 극복하기 위해 민족적인 것을 소환한다. 이 점은 박인환에게 있어 '민족'이 모더니티와의 대결 속에서 어떤 의미를 지니는지 따져 볼 수 있는 좋은 기회를 제공한다.

① 당신은 일본인이지요?
차이니스? 하고 물을 때
나는 불쾌하게 웃었다
거품이 많은 술을 마시면서
나도 물었다
당신은 아메리카 시민입니까?
나는 거짓말 같은 낡아 빠진 역사와
우리 민족과 말이 단일하다는 것을

자랑스럽게 말했다.

황혼.

태번 구석에서 흑인은 구두를 닦고

거리의 소년이 즐겁게 담배를 피우고 있다.

—「어느 날의 시가 되지 않는 시」 부분(강조 : 인용자)

② 거룩한 자유의 이름으로 알려진 토지

무성한 삼림이 있고

비렴계관(飛廉桂館)과 같은 집이

연이어 있는 아메리카의 도시

시애틀의 네온이 붉은 거리를

실신한 나는 간다

아니 나는 더욱 선명한 정신으로

태번에 들어가 향수를 본다.

이지러진 회상

불멸의 고독

구두에 남은 한국의 진흙과

상표도 없는 '공작(孔雀)'의 연기

그것은 나의 자랑이다

나의 외로움이다.

—「여행」 부분(강조 : 인용자)

③ 희극 여우(女優)처럼 눈살을 펴면서

최현배 박사의 『우리말본』을

핸드백 옆에 놓는다.

—「투명한 버라이어티」 부분(강조 : 인용자)

①에서 시적 화자는 "당신은 일본인이지요? 차이니스?"라는 질문을 통해 자신이 주변부 중에서도 주변부 출신임을 자각하게 된다. 이러한 자각이 야기하는 불쾌감에 대응하기 위해 시적 주체가 내놓은 내적 책략은 바로 신생 국가 미국과 비견되는 '우리 민족'의 긴 역사와 말이었다. ②에서도 대응 양상은 비슷하다. 자연의 규모에 있어서도 도시의 화려함에 있어서도 한국은 중심부 모더니티의 대도시 '시애틀'과 비교할 수 없다. 중심부와 주변부의 아찔한 낙차가 시적 주체에게 가하는 충격은 '실신한 나'라는 기술을 통해 표현된다. 그러나 시적 주체는 곧 '더욱 선명한 정신'으로 시애틀의 거리를 걷는다. 이 시에서 '실산한 나'를 추슬러 '더욱 선명한 정신'으로 되돌리는 것은 "구두에 남은 한국의 진흙과 상표도 없는 공작(孔雀)의 연기"이다. '구두에 남은 한국의 진흙'은 '거룩한 자유의 이름으로 알려진 토지, 무성한 삼림'과 비교할 수 없고 '공작(孔雀)의 연기'는 '태번의 향수'와 비교할 수 없지만 그것은 시적 주체의 자랑이다. ③도 동일한 양상을 보인다. 앞에서 검토한 바와 같이 이 시(「투명한 버라이어티」)에서 박인환은 모더니티의 핵심 현상들을 날카롭게 파악하고 있다. 그리고 그 과정의 한 가운데 "최현배 박사의 『우리말본』을 핸드백 옆에 놓는다". 자신에게 경련과 충격과 비애를 안겨준 중심부 모더니티의 위용에 대응하기 위해 시적 주체가 내놓은 단 하나의 대응책은 다름 아닌 '우리말'이었던 것이다. 이러한 작품들을 살펴볼 때 박인환은 민족적인 것 혹은 한국적인 것을 중심축으로 삼아 중심부 모더니티의 충격에 대응하고 주변부 모더니티에 대한 자각이 야기하는 '침울한 상념'을 극복하려고 시도한다고 볼 수 있다.

민족적인 것, 한국적인 것에 대한 박인환의 태도는 노스텔지어라고 명명할 수 있다. 노스텔지어는 "보편성(universality)과 지역성(locality)의 구분을 내면화한 현상이며, 그런 가운데 보편을 좇기보다 특별한 지역적 과거로 돌아가려는 감정이다".[58] 박인환이 중심부 모더니티의 충격과 주변부 모더니티의 침울을 노스텔지어를 통해 해소하려는 태도는, 중심부 모더니티의 당대성이 견인해가는 현실을 외면하고 지역성을 심미화함으로써 그것을 일종의 중심으로 새로이 설정하고 이를 통해 중심부와 주변부의 낙차를 허구적으로 극복하려는 태도라 할 수 있다. 이는 멜랑콜리를 기반으로 모더니티와의 대결을 펼쳐왔던 박인환의 시력(詩歷)을 고려할 때 명백한 퇴행이라고 판단할 수 있다.

박인환에게 아메리카 기행은 일차적으로 텔레비전을 처음 보고 칼로리 없는 맥주를 처음 마셔본, 중심부 모더니티에 대한 첫 경험이었다. 그러나 그의 예민한 정신은 모더니티의 핵심적 현상들을 날카롭게 인식하며 중심부 모더니티의 본질에 접근해 간다. 결국 중심부 모더니티가 가한 충격은 박인환에게 경련과 비애를 불러일으킨다. 모더니티에 대한 이러한 반응의 이면에는 자신이 떠나온 곳, 다시 말해 모더니티 주변부에 대한 자의식이 깔려있다고 볼 수 있다. 주변부 모더니티에 대한 자각은 민족적인 것으로 중심부 모더니티에 대응할 만한 새로운 중심축을 세우려는 시도로 발전하고 그것은 '노스텔지어'라 명명될 수 있다. 중심부-주변부의 역학이 만들어낸 노스텔지어의 정서는 중심부 모더니티의 내부 식민지인 '흑인'에 대한 감정 이입을 통해서 간접적으로 드러나기도 한다. 중심부 모더니티의 충격에 대한 대응방안으로 도출된 노스텔지어와 내부 식민지에 대한 감정이입은 비판적 판단력의 부재, 감정이입, 느슨한 클리쉐의 사용을 특징으로 하는 박인환 특유의 센티멘탈리티로의 퇴조를 의미한다. 이처럼 박인환의 「아메리카 시초」는 모더니티에 대한 복합적이고 중층적인 인식이 새겨져 있는 텍스트로서 1950년대 모더니즘 시의 중요한 성과 중 하나로 평가할 수 있다.

---

58 Svetlana Boym, *The Future of nostalgia*, New York : Basic Books, 2001, p.11. 여기서는 신형기, 앞의 책, 19쪽에서 재인용. 노스텔지어, 민족적인 것, 모더니티의 관련성에 대해서는 같은 책, 18~26쪽 참조.

제5장

알레고리적 모더니티와 '지금 시간'*

김수영

한국문학사에서 김수영만큼 풍부한 해석의 가능성을 보여준 시인은 드물다. 전후의 한국이 처한 모더니티의 현실에 대한 김수영의 집요한 시적 탐색은, 비록 세계사적 동시대성에서 낙후되었다는 현실 자각에서 출발하였지만, 그러한 자각에 대한 문화적 표상이나 보상의 성격에 그치지 않고 모더니티라는 거대한 패러다임이 생산해내는 비정형적 현실, 파편화된 사물, 권태로서의 시간, 충격이자 일상성의 공간인 도시에 대해 전방위적으로 천착하며 한국의 모더니즘 시가 도달한 높은 수준의 모더니티인식의 한 고원을 보여주고 있다.

김수영에 관한 기존의 연구는 두말할 나위 없이 풍성하다. 그의 텍스트는 다양한 접근법을 넉넉히 허용할 만큼 다층적이며 한국 모더니즘 문학을 가늠하는 하나의 원천으로서 끊임없이 연구자들이 되돌아가는 대상이다. 그동안 주제적 접근, 형식적 접근, 구조적 접근, 문학사

* 이 장에서 인용된 김수영의 시는 모두 『김수영 전집』 1(시), 민음사, 2003(개정판)에서 인용되었음을 밝힌다.

적 접근, 비교문학적 접근이 이루어져 왔고 각각의 연구는 김수영 시의 본질을 드러내는데 크게 기여해왔다.[1]

이 장은 1950년대에 창작된 김수영의 시에 초점을 맞추어 미의식의 특질이 무엇인지 탐색하는 것을 목표로 한다. "김수영의 시 세계는 중요한 두 번의 변모를 보여준다. 그 첫 번째는 4·19 혁명의 좌절과 변질을 기점으로 하고 있고 두 번째는 1966년 발표된 작품 「눈」을 전후로 하고 있다고 할 수 있다."[2] 이 책은 1950년대 시에 그 두 번의 변모를 모두 관통하는 하나의 모티프가 존재하며 그 모티프를 '알레고리'라고 상정한다. 김수영은 알레고리스트로 불리기에 손색이 없다. 그렇다고 이 작업이 김수영 시세계 전반의 연속성과 동일성을 확보하기 위한 작업은 아니다. 이 연구는 기본 모티프가 시간의 흐름에 따라 변주되며 더욱 성숙해 간다는 발전론적 관점과 거리를 유지한다. 1950년대에 창작된 뛰어난 시편들은 마치 '모나드'처럼 그 안에 김수영 시세계의 특질이 주름 잡혀 있다. 이 연구는 1950년대에 창작된 시 편 중에 김수영 시의 모나드로 상정할 수 있는 작품들을 선별해 세부에 천착함으로써 개별적 시편을 통해 전체의 특질을 제시하는 방식을 따른다. 1950년대 김수영 시의 미의식에 주목함으로써 이를 매개로 김수영의 모더니티를 재고찰하고, 이를 통해 1950년대 모더니즘 시가 성취한 모더니티의 질적 수준을 가늠해 보는 것이 이번 장의 목적이다.

1 김수영에 대한 기존의 연구와 본 연구가 가지는 동일성과 차이는 해당 부분에서 제시하기로 하고 모두에 전반적인 연구사를 개관하는 것은 생략하기로 한다.

2 여기서는 조강석의 평가를 그대로 인용했다. 본 연구는 김수영 시세계의 분절에 관한 조강석의 견해에 대체적으로 동의한다(조강석, 「비화해적 가상으로서의 김수영과 김춘수 시학 연구」, 연세대 박사논문, 2008, 133쪽).

1. 어룽대는 현실과 신성한 어둠—멜랑콜리의 원초적 장면

김수영의 알레고리적 세계인식을 파악하기 위해서는 1945년 작품인 「공자(孔子)의 생활난」에서 출발할 필요가 있다.[3] 전쟁이라는 절멸의 체험이 그 원인이라는 직접적 진술은 확인할 바 없으나, 그의 시세계의 변모가 보여주는 전향적인 변화는 앞서 살펴본 조향과 박인환의 시세계와 마찬가지로 1950년대 김수영 시의 거대한 전환을 견인한 역사적 사실로서의 한국전쟁을 떠올리게 만든다.

꽃이 열매의 상부에 피었을 때
너는 줄넘기 장난을 한다

(…중략…)

동무여 이제 나는 바로 보마
사물과 사물의 생리와
사물의 수량과 한도와
사물의 우매와 사물의 명석성을

3 김수영 자신이 이 시에 대해 「새로운 도시와 시민들의 합창」에 수록하기 위해서 "급작스럽게 조제남조(粗製濫造)한 히야까시같은 작품"이라고 폄하하였지만(김수영, 「연극하다가 시로 전향」, 『김수영 전집』 2(산문), 민음사, 2003(개정판), 334쪽), 이 시는 40년대와 50년대의 김수영을 연결하는 중요한 작품이다. 정과리는 이 작품에 "김수영의 시적 출발의 의미론적 배경과 지향이 스며들어 있다"고 타당하게 지적하고 있다. 1940년대와 변별되는 1950년대 김수영 시의 핵심은 심화된 인식론적 관점의 변화로 인한 멜랑콜리의 심화라 할 수 있는데, 이 변화를 드러내기 위해서는 이 시에 주목할 수밖에 없다(정과리, 「현실과 전망의 긴장이 끝간 데」, 『문학, 존재의 변증법』, 문학과지성사, 1985, 237~238쪽).

그리고 나는 죽을 것이다

―「공자(孔子)의 생활난」 부분

이 시의 1연에 등장하는 "열매의 상부에 피"어 있는 '꽃'은 에로스와 출산성을 본질로 하는 생명 형식(life-form)의 절정이다. 시적 주체는 '꽃'으로 대변되는 현상의 절정을 파지하고자 하는 욕망주체이다. 시적 주체는 사물을 바로 보겠다는 의지를 호기롭게 선언한다. 그것은 자신의 생명과 맞바꿀 만한 가치가 있는 절대적 과제로 받아들여진다. 사물은 시적 주체의 시선에 남김없이 파악될 수 있는 것으로 표상된다.[4] 절대적 주체의 지위는 사물의 우선성을 무화시킨다. 절대적 시각으로 표상되는 시적 주체의 지향 속에서 사물은 자신의 '생리'와 '수량'과 '한도'를 남김없이 드러낸다. 주체의 대상 인식과 대상으로서의 사물의 본질은 일치하고, 사물은 주체의 인식 지향으로 환원되지 않는 어떠한 비동일성도 지니지 못한 존재로 전락한다. 이때 사물은 인식주체의 소유물이 된다. 인식의 대상 자체가 의식 속에서 영유(領有)되는 것이다. 인식의 소유물로서의 대상은 자기 서술적 혹은 자기 제시적으로 존재하지 않는다. 사물은 자기서술적 속성을 잃게 됨으로써 자기제시를 본질로 하는 진리와의 관련성을 잃게 된다. 또한 인식주체의 의해 의미가 확정된 소유물로 전락하며, 더 이상 의미론적 생산성을 지니지 못한 채 의미론적 죽음에 이르게 된다. 이 시에서 죽음을 맞이하는 것은 시적 주체의 진술과 달리 '나'가 아니라 바로 '사물'이다. 사물의 죽음을 야기한 것은 인식주체의 동일적 사유이다.[5]

4 조강석의 연구는 주체의 시각에 중심을 두고 시적주체가 사물을 명징하게 이해할 수 있다는 확신을 지니고 있다는 점에 주목한다. 여기서는 인식론적 측면, 즉 동일성 사유에 초점을 맞춘다. 절대적 주체의 인식행위의 의미와 그것이 야기하는 사물의 위상변화에 주목함으로써 멜랑콜리적 인식으로 넘어가기 전의 사태를 밝히고자 한다(조강석, 앞의 글, 101~103쪽 참조).

동일성의 사유와 사물을 파지하겠다는 주체의 욕망은 1950년대 진입하면서 급격히 변한다. 이를 대표적으로 보여주는 작품이 「영사판」이다. 이 시는 「공자(孔子)의 생활난」과 날카롭게 대조를 이루며 1940년대 김수영이 지녔던 동일적 사유의 분열과 1950년대 김수영을 특징짓는 알레고리적 사유를 드러내고 있다.

고통의 영사판(映寫板) 뒤에 서서
어룽대며 변하여가는 찬란한 현실을 잡으려고
나는 어떠한 몸짓을 하여야 되는가

하기는 현실이 고귀한 것이 아니라
영사판을 받치고 있는 주야를 가리지 않는 어둠이
표면에 비치는 현실보다 한치쯤은 더
소중하고 신성하기도 한 것인지 모르지만

나의 두 어깨는 꺼부러지고
영상판 위에 비치는 길 잃은 비둘기와 같이 가련하게 된다

고통되는 점은
피가 통하는 듯이 느껴지는 것은
비둘기의 울음소리

5 정과리에 의하면 마지막 연 "그리고 나는 죽을 것이다"는 이중적 의미를 지닌다. 하나는 '죽을 때까지 바로 보려는 노력을 계속하겠다는 의지'이고 다른 하나는 '바로 본다는 의식적 노력에 대한 절망적 예감・인식'이다. 정과리가 지적한 두 번째 의미가 구체적으로 드러난 시가 이어서 해석할 「영사판(映寫板)」이다. 이 시는 데카르트적 주체로서 자기를 정립하려는 시적 주체의 의지와 알레고리적 인식이 야기하는 멜랑콜리가 교묘하게 겹쳐 있는 작품이라고 평가할 수 있을 것이다(정과리, 앞의 책, 239쪽).

구 구 구구구 구구

시원치 않은 이 울음소리만이
어째서 나의 뼈를 뚫고 총알같이 날쌔게 달아나는가

이때이다—
나의 온 정신에 화룡점정(畵龍點睛)이 이루어지는 순간이

영상판 위의 모오든 검은 현실이 저마다 색깔을 입고
이미 멀리 달아나버린 비둘기의 두 눈동자에까지
붉은 광채가 떠오르는 것을 보다

영사판 양편에 하나씩 서 있는
설움이 합쳐지는 내 마음 위에

—「영사판」 전문

「공자(孔子)의 생활난」과 비교할 때 두드러지게 달라진 점은 현상 내지 사물에 대한 시적 주체의 태도이다. 우선 현실을 투영하는 판인 '영사판(映寫板)'은 세계를 현상하는 알레고리로 이해될 수 있다. 현실 세계는 이 시 안에서 판 위에 이미지나 상(像)으로 현상되는 것이다. 1연을 통해 알 수 있듯이 세계 속 현상을 파지하려는 시적 주체의 욕망은 여전하다. 그러나 현상으로서의 현실은 '수량'과 '한도'를 알 수 있기는 커녕 뚜렷한 윤곽선조차 없는 비정형이자 끊임없이 변해가는 것으로 기술되어 있다. 비정형과 불확정성은 의미의 불확정성과 만나게 되어 있고 현실들은 더 이상 아무것도 의미하지 않는 것으로 전락하게 된다. 현실의 불투명성은 여기에 그치지 않는다. 2연에서 시적 주체는

"표면에 비치는 현실"보다 더 "소중하고 신성한" "어둠"이 영사판을 받치고 있다고 말한다. 여기서 주목할 점은 현실을 투영하는 영사판을 '받치고 있는' 어둠이라는 존재이다. 「공자(孔子)의 생활난」에서는 사물을 넘어서는, 혹은 사물의 존재를 떠받치고 있는 초월적 존재에 대한 인식이 없었다. 그런데 여기서는 현상계를 떠받치고 있는 '어둠'이 제시되어 있고 심지어 그것을 "표면에 비치는 현실보다 한 치쯤은 더 소중하고 신성하기도 한 것인지 모르"겠다고까지 진술하고 있다. 맥락을 고려할 때 그 '어둠'은 판 위에 투영된 현실, 즉 현상계의 존재의의를 확보해 주는 어떤 초월적 대상 혹은 이념이라고 잠정적으로 상정할 수 있다. '일지도 모르겠다'에는 현상계 너머의 영역에 대해 망설이면서도 그것을 긍정하는 시적 주체의 긴장이 담겨있다. 그는 주저하면서도 현상을 떠받치는 이념 영역의 가능성을 살짝 열어두고 있는 것이다.

이념 영역의 등장은 김수영의 '멜랑콜리'를 이해하는데 있어서 중요한 의의를 지닌다. 그것은 불투명한 '어둠'이다. 현상과 이념의 구분에 관한 전통적인 사유에 따르면 현상은 이념을 담지함으로써 잠시성과 비정형성에도 불구하고 가치를 지닐 수 있다. 그런데 시적 주체가 지금 볼 수 있는 것은 '어룽대며 변해가는 찬란한 현실'이고 그 현상계를 떠받치는 이념 영역도 불투명한 '어둠'이다. 이런 상황에서는 영사판 위의 현실이 그 의미를 전혀 알 수 없는 무채색의 기호가 될 수밖에 없다. 무엇을 가리키는지, 무엇을 의미하는지 알 수 없는 비정형의 현실은 다른 것을 가리키는 혹은 다른 것인 알레고리가 된다. 알 수 없는 기호계가 되어버린 현실은 '현실을 잡으려고' 하는 주체를 멜랑콜리에 빠뜨린다. 이 시는 김수영 시의 알레고리와 멜랑콜리가 탄생하는 순간을 명징하게 보여주는 원 장면(primal scene)이다.

3연에서 알레고리가 된 시적 주체는 '길 잃은 비둘기'에 쉽사리 감정이입된다. 자신도 알레고리적 기호계 속에서 길 잃은 멜랑콜리커이기 때문이다. 역설적인 것은 그 표상조차도 '영사판 위에 비'치어진 하나의 '가상'이라는 점이다. 「공자(孔子)의 생활난」에서 사물을 바로보겠다고 호기롭게 외치던 데카르트트적 인식 주체는 이제 수수께끼가 되어버린 현실, 개별자들이 자신의 고유한 개성을 상실하고 단일한 회색으로 전화된 세계 속에서 언제 스러질지 모르는 가상에 기대어 간신히 자신을 표상하는 처지로 전락했다.

그런데 놀라운 반전이 6연 이하에 등장한다. 그 놀라운 반전의 계기는 비둘기의 울음소리였고 반전을 가능케 한 것은 외부세계의 자극에 민감하게 반응하는 주체의 예민한 감각이었다. 시적 주체는 비둘기의 울음소리에 마치 자신의 뼈가 뚫리는 것 같은 감각을 느낀다. 이 예리한 감각의 '구체성'은 '이때'라는 시간적 계기를 만들어 낸다. '이때'는 연장없는 시간-점인 '순간'이다. 이 시에서 시간적 계기로서의 '순간'은 중요한 의미를 지닌다.[6] 이 '순간'은 알레고리적 기호였던 현실들, 변별가능한 개별성을 잃고 획일적으로 검게 변했던 현실들이 '저마다' 고유한 색깔을 획득할 수 있는 시간으로서의 '순간'이다. "모오든 검은 현실이 저마다 색깔을 입고"는 주목할 만 한 대목이다. '검은 현실'은 한편으로 동질적이고 공허한 현실 속의 탈개성화된 주체들에 대한 알레고리일 수 있다. 이럴 경우 '저마다 색깔을 입'은 '모오든 현실'들은 획일적이고 동질적인 현대성의 체험에서 해방된 개별자들을 가리킬 수 있다. 그렇다면 이때 '순간'은 개별자들에게 구원의 시간이며 김수영의 시 세계를 관류하는 중요한 화두 중 하나인 '자유'와 깊이 연관된다.[7]

한편 그 현실이 판 위에 어려 있는 상(像)으로서의 현실임을 고려해야 한다. 그럴 경우 그 현실은 재현된 현실 혹은 표상된 현실이다. 아

6 바로 이어지는 다음 쪽 2절에서 김수영 시의 '순간'의 의미를 집중적으로 다루기로 한다.
7 김수영의 '자유'에 관해서는 김현, 「자유와 꿈」, 황동규 편, 『김수영과 문학』, 민음사, 1983 참조.

도르노의 논의를 참조하자면, '어두움' 내지 '암흑'은 감각적인 구체성과 다채로움을 상실한 현대 예술의 형태를 가리킨다.[8] 이 경우 '순간'적 계기를 통해 색깔을 되찾은 '모오든 현실'은 예술 영역에 있어서의 감각적 구체성과 다양성의 회복 혹은 시적 주체가 예감하는 '예술의 약속'에 대한 알레고리일 수 있다.

불투명하고 알 수 없는 것으로서의 이념과 비정형적인 현상계의 긴장, 그 긴장 속에서 알레고리적 기호로 변한 현실과 그것이 야기하는 주체의 멜랑콜리, 하나의 상(像)으로서의 세계, '감각'을 매개로 도입되는 '순간'이라는 시간적 계기, 순간적 인식을 통해 구제되는 주체의 고유성과 예술의 약속. 이 모든 것은 마지막 연에 제시된 것처럼 시적 주체의 멜랑콜리 위에서 이루어지는 것이다. 이처럼 이 시는 현상-현실-이념-알레고리-감각-순간-멜랑콜리라는 요소들로 구성되는 1950년대 김수영 시세계의 성좌를 예시적으로 보여준다. 김수영의 1950년대의 시는 이 요소들이 다양하게 재배치되며 변주되는 성좌이다. 우리는 이 작품을 약도로 삼아 김수영의 1950년대로 들어갈 수 있다.

2. 알레고리적 시간의 세 겹과 '스쳐 지나간 과거'

김수영은 그의 시세계 전반에 걸쳐 모더니티의 문제에 천착해 왔다

8 이 부분에 대한 진술은 아도르노의 맥락과 완전히 일치하지는 않는다. 아도르노는 현대예술의 어두움, 달리 말해 '색채에 대한 금욕'을 현대에 가능한 예술의 유토피아적 모습이라고까지 말했다. 색채에 대한 금욕(어두움)의 이면은 색채의 쾌락에 대한 욕망이자 약속이며 '색채의 부정적 신격화'라고 말한다(T.W.아도르노, 홍승용 역, 『미학이론』, 문학과지성사, 2004(재판 6쇄본), 216~218쪽 참조).

고 해도 과언이 아니다. 그가 제기한 시적 모더니티의 문제는 시간에 대한 인식을 중심으로 회전하고 있다. 1960년대에 본격적으로 개진된 김수영의 시론을 통해 우리는 그가 모더니티를 어떻게 생각하고 있었는지 대략적으로 파악할 수 있다.[9] 그러나 1950년대에 담론의 형식으로 써진 글은 없다. 오직 시만 있을 뿐이다. 그런데 놀랍게도 그의 시를 꼼꼼하게 분석할 경우 그 속에서 그의 시론을 상회하는 모더니티에 관한 첨예한 인식을 발견하게 된다. 어떤 면에서 1950년대 시에 표상된 그의 모더니티 인식은 1960년대 시론의 알리바이에 그치지 않고 이를 넘어선다. 완전가능성으로서의 미래를 상정하고 현재를 끊임없이 유보하는 진보의 시간은 일종의 신화적 시간이다. 김수영은 자본주의 모더니티의 신화적 시간의식인 진보에 대해서도 일상성을 지배하는 반복적 회귀의 시간에 대해서도 날카로운 대립각을 세운다. 진보의 본질이 폐허이며 반복적 일상은 권태임을 그는 통찰하고 있었다. 두 신화적 시간에 대한 김수영의 비판적 인식과 새로운 시간에 대한 모색은 김수영 모더니티의 정점이다. 시간의 층위에서 결국 김수영이 제출한 해답은 '순간'을 인식함으로써 동질적이고 권태로운 시간에 균열을 가하는 것이었다. 그러나 놀랍게도 그는 모더니티를 넘어설 수 있는 유일한 길로 보이는 그 '순간'에 대해서 마저 비판적 거리를 유지한다. 모더니티를 떠받치는 신화적 시간에 대한 비판, 모더니티를 초극하기 위한 '순간'의 추구, 순간에 대해서마저 지니는 비판적 인식이 김수영이 시간인식에 있어서 모더니티와 관계 맺는 방식이다. 결국, 김수영의 모더니티 인식은 두 가지의 긴장으로 이루어져 있다고 할 수 있다. 하나는 진보와 반복을 특징으로 하는 모더니티의 신화적 시간과 모더니티 극복으로서의 '순간'이 이루는 긴장이고 다른 하나는 '순간'에의 희구와 '순간'

9 김수영 시세계 전반의 변모 과정을 추적하는 연구로는 정명교, 「김수영과 프랑스 문학의 관련 양상」, 『한국시학연구』 제22호, 2008.8 참조.

에 대한 거리두기가 자아내는 긴장이다. 이 겹쳐 울리는 긴장을 통해 드러나는 것은 결국 모더니티에 대한 김수영의 멜랑콜리이다.

김수영의 멜랑콜리는 시적 이미지를 통해 포착된다. 「달나라의 장난」에 등장하는 '팽이'는 모더니티에 대한 김수영의 인식을 표상하는 빼어난 변증법적 이미지 중 하나이다.

팽이가 돈다
어린아해이고 어른이고 살아가는 것이 신기로워
물끄러미 보고 있기를 좋아하는 나의 너무 큰 눈 앞에서
아해가 팽이를 돌린다
살림을 사는 아해들이 아름다웁듯이
노는 아해도 아름다워 보인다고 생각하면서
손님으로 온 나는 이 집 주인과의 이야기도 잊어버리고
또한번 팽이를 돌려주었으면 하고 원하는 것이다
도회안에서 쫓겨다니는 듯이 사는
나의 일이며
어느 소설보다도 신기로운 나의 생활이며
모두 다 내던지고
점잖이 앉은 나의 나이와 나이가 준 나의 무게를 생각하면서
정말 속임없는 눈으로
지금 팽이가 도는 것을 본다
그러면 팽이가 까맣게 변하여 서서 있는 것이다
누구 집을 가보아도 나 사는 곳보다는 여유가 있고
바쁘지도 않으니
마치 별세계(別世界)같이 보인다
팽이가 돈다

팽이가 돈다
팽이 밑바닥에 끈을 돌려 매이니 이상하고
손가락 사이에 끈을 한끝 잡고 방바닥에 내어던지니
소리없이 회색빛으로 도는 것이
오래 보지 못한 달나라의 장난 같다
팽이가 돈다
팽이가 돌면서 나를 울린다
제트기 벽화 밑의 나보다 더 뚱뚱한 주인 앞에서
나는 결코 울어야 할 사람은 아니며
영원히 나 자신을 고쳐가야 할 운명과 사명에 놓여 있는 이 밤에
나는 한사코 방심조차 하여서는 아니 될 터인데
팽이가 나를 비웃는 듯이 돌고 있다
비행기 프로펠러보다는 팽이가 기억이 멀고
강한 것보다는 약한 것이 더 많은 나의 착한 마음이기에
팽이는 지금 수천 년 전의 성인(聖人)과 같이
내 앞에서 돈다
생각하면 서러운 것인데
너도 나도 스스로 도는 힘을 위하여
공통된 그 무엇을 위하여 울어서는 아니된다는 듯이
서서 돌고 있는 것인가
팽이가 돈다
팽이가 돈다

—「달나라의 장난」 전문

"도회 안에서 쫓겨 다니는 듯이 사는" 시적 주체는 "어린 아해이고 어른이고 살아가는 것이 신기로워 물끄러미 보고 있기를 좋아"한다. 관찰의

대상인 일상은 도시라는 공간과 전후라는 시간 위에서 펼쳐지는 것이므로 일상에 대한 관찰은 자연스럽게 전후의 모더니티에 대한 관찰이기도 하다. 이때 모더니티에 대한 인식을 매개해 주는 이미지는 '팽이'이다.

지금 시적 주체의 눈앞에서 팽이가 돌고 있다. 그것은 끊임없이 움직이며 변화하는 운동 이미지이다. 그러나 동시에 그 움직임은 "까맣게 변하여 서서 있는" 정지 이미지이자 반복 이미지이기도 하다. 움직임과 정지, 변화와 반복이라는 두 테제는 '팽이'라는 이미지 속에서 대립적 긴장을 이루며 공존하고 있다. 대립적인 두 테제가 자아내는 긴장이 일품인 변증법적 이미지인 것이다. 이것은 전후 모더니티, 전후 현실의 일상성에 대해 양가적 태도를 취했던 김수영의 인식을 드러낸다. 모더니티의 끊임없는 운동을 환기시키는 '팽이'의 움직임은 시적 주체를 매혹시키기에 충분하다.[10] 그것은 '달나라의 장난'처럼 신기하고 아름답다. 나 사는 곳보다는 여유가 있고 바쁘지도 않은 '별세계(別世界)'로 표상되는 희망적인 일상, 확대해석하면 모더니티가 약속하는 환상은 주체에게 경탄을 자아낸다. 하지만 동시에 그것은 진정한 새로

---

10 '팽이' 이미지가 모더니티에 대한 알레고리라는 점은 시의 후반부 '너도 나도 스스로 도는 힘을 위하여 / 공통된 그 무엇을 위하여 울어서는 아니 된다는 듯이 / 서서 돌고 있는 것인가'를 통해서도 확인할 수 있다. 하버마스에 의하면, 주어진 전범이나 규범의 부재를 특질로 하는 모더니티는 '자신의 규범성을 다른 시대의 모델이 아니라 자기 자신으로부터 창조해 내야만 했다. 모더니티의 자기 정초 문제는 예술비평 영역에 최초로 등장한다. 17세기 신구논쟁 이래 고대적 전범이 추방되고 이와 더불어 절대적, 초시간적 아름다움의 이상도 사라지게 되었다. 그 대신 시대에 제한된 상대적 아름다움이 대신 들어선다. 보들레르에 이르러 모더니티의 미적 체험과 모더니티의 역사적 체험은 융합된다. 미적 모더니티의 근본적 경험 속에서 자기 정초의 문제는 첨예화되는데, 일상적 삶의 관습에서 떨어져 나온 탈중심화된 주체성 속으로 시간적 경험의 지평이 수축되기 때문이다'. 김수영이 팽이를 향해 '스스로 도는 힘을 위하여 (…중략…) 서서 돌고 있는 것인가'라고 말할 때 그 자기 정초를 위한 팽이의 움직임은 모더니티의 자기 정초 문제를 표상하는 것으로 파악할 수 있다. 이렇게 볼 때 '팽이'의 이미지는 모더니티의 자기 정초 문제에 대한 이미지이자 동시에 모더니티에 대한 빼어난 운동 이미지이다. 부분적으로 인용한 부분은 Habermas, Jürgen, Trans. Frederick Lawrence, *The philosophical discourse of modernity : twelve lectures*, Cambridge : MIT Press, 1987, pp.7~9 요약.

움, 진정한 변화의 움직임이 아니라 움직임을 가장한 반복의 시간이다. 문제는 시적 주체가 원하는 것이 반복회귀를 특징으로 하는 모더니티의 일상이 아니라는 점이다. 그는 진정한 새로움을 희구한다. 그는 "영원히 나 자신을 고쳐가"는 것을 자신의 '운명과 사명'으로 받아들인 현대인이다. 권태를 야기하는 반복회귀로서의 거짓 새로움이 아니라 진정한 갱신으로서의 새로움을 자신의 운명으로 받아들인 자인 것이다. 모더니티가 움직임을 가장한 반복회귀라는 사실에 대한 예리한 통찰, 모더니티 위에서 펼쳐지는 일상에 대한 양가감정이 '팽이'라는 변증법적 이미지를 통해 높은 수준으로 드러나 있다. '팽이'를 통해 표상되는 모더니티와 일상성에 대한 김수영의 통찰력은 새로움을 가장한 채 끊임없이 반복 회귀하는 '상품'과 판타스마고리아로서 군중에게 주어진 매혹적인 '도시'에 대한 벤야민의 통찰과 상응한다.

그러면 어떻게 해야 "영원히 나 자신을 고쳐"갈 수 있을까? 권태로운 모더니티의 시간 위에서 진정한 갱신과 새로움은 가능할까? 질문을 바꾸면, 모더니티를 어떻게 극복할 수 있을까? 김수영에게는 새로울 것 없이 진행되는 모더니티의 시간을 넘어설 시적 전략이 있는가? 「너를 잃고」를 통해 간접적인 해답을 얻을 수 있다. 김수영이 모더니티의 초극과 관련하여 제출하는 답안은 '순간' 혹은 '서기'이다.

> 늬가 없어도 나는 산단다
> 억만 번 늬가 없어 설워한 끝에
> 억만 걸음 떨어져 있는
> 너는 억만 개의 모욕이다
>
> 나쁘지도 않고 좋지도 않은 꽃들
> 그리고 별과도 등지고 앉아서

모래알 사이에 너의 얼굴을 찾고 있는 나는 인제
늬가 없어도 산단다

(…중략…)

나의 생활의 원주(圓周) 위에 어느 날이고
늬가 서기를 바라고
나의 애정의 원주가 진정으로 위대하여지기를 바라고

그리하여 이 공허한 원주가 가장 찬란하여지는 무렵
나는 또 하나 다른 유성을 향하여 달아날 것을 알고

이 영원한 숨바꼭질 속에서
나는 또한 영원히 늬가 없어도 살 수 있는 날을 기다려야 하겠다
나는 억만무려(億萬無慮)의 모욕인 까닭에.

—「너를 잃고」 부분

시적 주체의 상실의 대상인 '너'가 무엇인지는 알 수 없다. 그것은 무엇이든 가리킬 수 있는 알레고리이다. 우리는 단지 비어있는 기표인 '너'를 시 전체의 맥락에서 다양하게 추론할 수 있을 뿐이다. 일단 시적 주체는 '너'의 상실을 모욕으로 받아들이고 있으며 몹시 "설워"한다. '너'의 상실은 세 가지 결과를 초래했다. 이 연구의 기본 방법론인 수사학적 논의에 입각해서 살펴보면, 우선 오랫동안 상징으로 애용되어 왔던 가장 아름다운 현상인 '꽃'이 의미를 잃는다. 이제 꽃은 "나쁘지도 않고 좋지도 않"다. 이는 현상과 이념의 분리, 즉 상징의 불가능성 그리고 이념의 소멸이 초래한 현상 세계에 대한 가치판단의 불가능성을 의미하

는 것으로 해석할 수 있다. 두 번째로 시적 주체는 이제 이념, 이상, 혹은 초월의 전형적 상징인 '별'과 결별한다. 천상적 존재와의 결별은 시적 주체로 하여금 자연스럽게 지상으로 눈을 돌리게 만든다. 이제 시적 주체는 상실의 대상을 메마른 지상의 모래알 사이에서 찾는다. 이제 '너의 얼굴'을 찾는 행위는 '모래알'로 표상된 자잘하고 보잘 것 없는 현상 속에서 이루어진다.[11] 우리는 이것을 상징의 소멸, 초월적 지향의 포기, 현상에의 강조라고 정리할 수 있다.

시적 주체가 강조한 현상의 세계는 모더니티 속에서 펼쳐지는 '일상성'의 세계이다. 시적 주체는 일상성의 세계를 '생활의 원주(圓周)'로 인식한다. 「달나라의 장난」에서 '팽이'로 표상되었던 모더니티의 시간은 「너를 잃고」에서 일상성의 영역으로 범주를 옮겨 '원주(圓周)'로 표상되고 있다. 팽이와 원주는 모두 끊임없이 반복되는 시간, 새로움 없는 권태의 시간을 형상화한다. 그런데 김수영은 여기서 어떤 놀라운 반전을 예감하고 있다. '나의 생활의 원주(圓周)'는 "어느 날이고 / 늬가 서"는 순간 "진정으로 위대하"여지고 "가장 찬란하여"진다고 그는 선언한다. 그 순간은 마치, 벤야민의 용어를 빌리자면 '메시아적 시간'과 같다. 김수영의 모더니티에 대한 인식은 이 '생활의 원주'와 '어느 날이고 늬가 서는 순간'의 긴장 속에 오롯이 담겨있다. 생활의 원주를 지배하는 시간은 연대기적 시간, 크로노스의 시간이며 '생활의 원주(圓周)'를 양상변화 시키는 '늬가 서는 순간'은 카이로스의 시간이다. 김수영의 모더니티 인식의 요체가 무엇인지 파악하기 위해 이 작품 안에서 기술된 이 두 가지 시간의 역학관계를 꼼꼼하게 따져보는 것이 중요하다. 우리는 이 시간의 요체를 파악하기 위해서 조르지오 아감벤(Giorgia Agambem)의 '메시아적 시간' 개념과 미셸 드 세르토(Michel De Certeau)의 영악함(mètis)

11 레비나스의 강력한 독법 이후 '얼굴'은 무한성을 지시하는 기호가 되었다. 레비나스의 얼굴에 관해서는 강영안, 『타인의 얼굴』, 문학과지성사, 2005, 146~152쪽 참조.

개념을 경유할 것이다. 이 두 개념을 통해 김수영의 모더니티의 시간인식이 좀 더 구체화될 수 있을 것이다.

크로노스와 카이로스는 질적으로 다름에도 불구하고 종종 서로 대립된다. 하지만 김수영의 시간인식을 이해하기 위해서는 두 시간의 대립보다도 상호 관련성을 중요하게 고려해야 한다. 조르지오 아감벤은 '순간'이라는 개념을 크로노스와 카이로스로 설명해 나간다. 그는 두 시간의 관련 양상을 풀어나가기 위해 히포크라테스 선집(corpus hippocraticum)의 아름다운 문장을 인용한다. "크로노스는 카이로스가 있는 곳에 있고, 카이로스는 크로노스가 많지 않은 곳에 있다(χρόνος ἐστὶν ἐν ᾧ καιρός, καὶ καιρὸς ἐν ᾧ χρόνος οὐ πολύς)."[12] 아감벤은 '특정한 때'라고 진부하게 번역되어온 카이로스가 다름아니라 수축되고 축약된 크로노스라고 주장한다. 달리 말하면 카이로스는 인식된 크로노스(seized chronos)라는 것이다.[13] 벤야민의 '메시아적 시간'을 겨누는 아감벤의 사유는 여기서 더 나아간다. 아감벤은 크로노스 속에 카이로스가 있는 것처럼, 메시아적 세계는 약간 조정되고 미미한 차이를 지니는 세속적 세계 그 자체이지 다른 세계가 아니라고 주장한다.[14] 그의 논의에 따르면 이 세속의 시간, 다시 말해 '생활의 원주'가 지배하는 진부하고 반복적인 세속의 시간은 언제나 메시아적 시간으로 양상 변화될 수 있는 시간이다. 관건은, 그 순간을 주체가 움켜쥘 수 있는가이다.

추상적인 아감벤의 사유는 미셸 드 세르토(Michel De Certeau)의 논의를 통해 구체화될 수 있다. 앞서도 기술한 바와 같이 모더니티 속에서

12 이것은 히포크라테스의 *Precepts*의 첫 문장이다. 여기서는 아감벤, 앞의 책에서 재인용했다. 아감벤은 이 문장을 인용하면서 카이로스와 크로노스의 관련양상을 분석한다.

13 발터 벤야민은 「역사의 개념에 대하여」에서 '인식가능성으로서의 현재'라는 용어를 사용한다. 카이로스의 순간은 인식주체에 의해 압축적으로 이해된 한 순간이라고 할 수 있다. 여기서는 주체의 인식능력에 중점을 두어 '인식된'이라고 옮겼다.

14 Giorgio Agamben, Trans. Patricia Dailey, *The time that remained : A Commentary on the Letter to the Romans*, Stanford University Press, 2005, pp.68~69.

우리의 일상의 삶이 펼쳐진다. 김수영이 말하는 '생활의 원주(圓周)'의 현장은 일상이다. 담론과 결탁한 권력에 의해 주체가 생산되고, 사회는 하나의 거대한 원형감옥의 지배모델을 따른다고 단언함으로써 일상의 삶을 살아가는 소시민 혹은 군중들의 수동성을 강조한 푸코와 달리, 세르토는 조야함, 끊임없는 불평, 권력의 눈을 피해 살짝 속여서 빼앗기, 적절한 때를 잡아서 자신의 이익을 위해 시간을 사적으로 사용하기 등 소시민들의 책략(tactics, ruse)을 강조함으로써 매일의 삶에서 펼쳐지는 일상적 실천(everyday practice)의 능동성을 강조했다.[15] 비록 소시민들이 공간을 지배하는 힘까지는 가지지는 못하더라도 교활한 책략을 시기적절하게 사용함으로써, 시간적 측면에서 시스템에 흔적을 남기고 그것의 변화까지 모색할 수 있는 역능을 가진 존재로 파악한 세르토의 접근법은 상당히 참신하다고 할 수 있다. 세로트에 따르면 소시민이 구사하는 '일상의 실천(everyday practice)'의 생산성은 '시기적절한 순간(opportune moment)'을 얼마나 잘 움켜쥐는가에 달려있다. 소시민들에게 있어서 '시기적절한 순간'은 일종의 실천적 지능으로써, 부유하는 기회를 교활하게 잡아채서 자신보다 우월한 권력의 작용 속에 있는 맹점들을 사적으로 사용하는 순간을 말한다. 이 시간성은 권력이 강요하는 노동에 적합한 획일적 시간에 소시민들이 들여오는 질적으로 다른 시간이다. 세르토는 이 개념을 가리키기 위해 지혜와 교활함을 동시에 뜻하는 그리스어 'mètis(Μῆτις)'를 끌어온다. 메티스(mètis)는 철학도 세계관도 아니다. 그것은 술수와 책략과 속임수로 힘의 균형을 깨뜨리는, 맥락에 따라 특화되는 작용의 연속이다.[16] 그런데 이 메티스

15 미셸 드 세르토와 푸코의 비교는 Claire Colebrook, "Certeau and Foucault : Tactics and Strategic Essentialism", *The South Atlantic Quarterly*, Vol.100, spring 2001, pp.543~574 참조.

16 이러한 책략은 김수영의 마지막 시 「풀」에서 표상된 군중의 특성을 잘 드러내준다. 김수영이 마지막에 포착한 도시 군중 혹은 소시민의 일상성은 이처럼 시간과 시기적절함을 이용해 헤게모니를 쥐고 있는 힘의 지배를 깨뜨리고 공간을 잠식해 들어가는 능

(mètis)와 동일한 의미론적 함의를 지닌 그리스 단어가 바로 카이로스이다. 세르토의 맥락을 고려하면, 세속과 일상의 영역에서의 카이로스가 구체적으로 무엇을 의미하는지 분명히 이해된다. 일상성의 실천이라는 맥락에서 카이로스는 권력이 지배하는 생활세계의 일상성을 지배하는 시간에 균열을 내고 약자가 책략을 구사해 도입하는 질적으로 다른 시간, 자신의 이익을 위해 사용하는 시간이다.[17]

다시 김수영의 시로 돌아가자. 시적 주체는 '나의 생활의 원주(圓周)'를 양상 변화시킬 '늬가 서는 순간'을 기다린다. 늬가 나의 진부하고 권태로운 반복 순환의 시간에 '서기'를 기다란다. 그 순간은, 아감벤의 논의를 빌리면, 수축된 크로노스의 시간 혹은 인식된 크로노스의 시간이 된다. 2연의 해석에서 이미 확인한 바와 같이 시적 주체는 이념이나 초월의 영역과 결별하였다. 그에게 카이로스의 시간은 결코 이 진부한 '생활의 원주(圓周)'를 초월한 별세계의 시간이 아니다. 그는 '생활의 원주(圓周)' 속에서 인식 가능한 현재로서의 '순간'을, 그 공허한 시간을 찬란하게 역전시킬 '순간'을 기다리고 있는 것이다. '생활'이라는 시어에 강조점을 둔다면 자연스럽게 우리의 관심은 모더니티의 일상성의 영역으로 옮겨진다. 일상성의 영역에서 '순간'이라는 것은 세르토의 논

동적인 군중의 역능을 정확히 표상하고 있다. 김수영 생애 마지막 작품인 「풀」은 1950년대에 초점을 맞추고 있는 이 연구의 직접적 대상은 아니다. 여기서는 단지 50년대부터 김수영의 시에 내장되어 있던 모더니티에 대한 인식에 이미 「풀」이 담지하고 있는 군중과 사회에 대한 김수영의 인식이 내장되어 있음을 지적하는 수준에서 지나간다. 군중에 대한 김수영의 적극적 인식은 4장에서 검토한 박인환의 군중 이해와 대조를 이룬다. 박인환에게 군중은 ① 죽음의 행렬 ② 충격의 대상에 그치고 만다. 이에 반해 김수영은 영악함(metis)을 매개로 군중의 정치적 가능성에 주목하고 있다. 1950년대 모더니즘 시의 도시 모더니티(urban modernity)를 고찰할 때 군중에 대한 인식과 시적 표상은 평가의 중요한 지표가 될 수 있다. 특히 박인환과 김수영의 모더니티에 대한 인식의 높낮이를 비교·평가할 때 유용하다.

17 Michael Sheringham, *Everyday life : Theories and practices*, Oxford University Press, 2009, pp.213~247.

의를 통해 살펴본 바와 같이 소시민의 책략으로 움켜쥐는, 권력자의 시간 혹은 지배적인 시간 속으로 약자가 끌어들이는 질적으로 다른 시간이다. 그 시간은 무(無)에서 나온 것이 아니다. 권력자의 시간을 교묘하게 훔쳐서 만들어내는 시간이기 때문이다. 정리하면, 김수영의 모더니티는 역사철학적 층위에서 규정하자면 '수축된 크로노스'이며 일성성의 실천이라는 층위에서 규정하면 '소시민이 책략을 통해 일상을 지배하는 시간 속에서 만들어낸 질적으로 다른 시간'이다. 모더니티의 모순적, 이중적 시간에 대한 적극적 긍정, 두 시간의 충돌과 긴장을 통한 순간적인 양상변화에 대한 희구, 내재적 초월. 이것이 김수영의 모더니티라고 할 수 있다. 이렇게 이해할 때에 비로소 "이 공허한 원주가 가장 찬란하여지는 무렵"의 의미가 무엇인지 파악된다. 카이로스로 혹은 질적으로 다른 시간으로 수놓아져 화려해진 크로노스의 원주(圓周)인 것이다.[18]

공허한 원주가 가장 찬란하여지는 역설을 가능케 하는 시간적 계기에는 비루한 모더니티를 구제하기 위한 김수영의 빼어난 책략이 담겨져 있다고 할 수 있다. 이러한 반명제적 대조가 알레고리적 사유의 정수임을 우리는 이미 2장에서 검토해 보았다. 김수영의 모더니티는 알레고리적이다.[19]

그러나 김수영의 모더니티에 대한 인식은 여기서 한 번 더 반전된다.

---

18 벤야민의 표현을 빌리자면 동질적이고 공허한 시간을 지금 시간(jetzt zeit)으로 수놓은 시간이라고 할 수 있다(발터 벤야민, 최성만 역, 「역사의 개념에 대하여」 테제 14, 『발터 벤야민 선집』 5, 길, 2008, 345쪽).

19 상징과 알레고리를 시간적 범주에서 살펴보면, 상징은 '순간'이라는 시간적 범주에 해당한다. 그것은 어떠한 개념의 매개도 없이 현상 속에 즉각적으로 이념을 드러내는 이미지이다. 이와 달리, 기약도 없이 이념에 도달하기 위해 끊임없이 개념들을 횡단하는 알레고리는 연속적인 시간이다. 이런 점을 고려할 때 김수영이 꿈꾸는 수축된 카이로스 혹은 약자가 움켜쥔 시기적절함은 '상징으로서의 알레고리'라는 모순형용으로 표현될 수 있다.

시적 주체는 마지막 연에서 "이 공허한 원주가 가장 찬란하여지는 무렵 / 나는 또 하나 다른 유성을 향하여 달아날 것을 알고 / 이 영원한 숨바꼭질 속에서 / 나는 또한 영원히 늬가 없어도 살 수 있는 날을 기다려야 하겠다 / 나는 억만무려(億萬無慮)의 모욕인 까닭에"라고 말한다. 그는 카이로스와 크로노스의 시간, 권력자의 시간과 약자의 책략이 만들어 내는 긴장 속에서 양상범주의 전환을 위해 고투해 왔으나 마지막에 이르러 급격히 멜랑콜리 속으로 침윤해 들어간다. 카이로스와 크로노스의 긴장 혹은 권력자의 시간지배와 호시탐탐 그 시간을 노리는 약자의 책략이 자아내는 긴장은 마치 '영원한 숨바꼭질'과 같다. 수축된 크로노스와 약자의 시기적절함은 획득하기 힘든 것이다. 어쩌면 그것은 불가능할지도 모른다는 것이 모더니티에 대한 김수영의 최종판단이다. 그는 "영원히 늬가 없어도 살 수 있는 날을 기다려야 하겠다"고 되뇌인다. 이 대목에 이르면 내재적 초월에 대한 강렬한 열망과 디스토피아를 금욕적으로 준비하는 주체의 멜랑콜리가 다시 한 번 대립하며 긴장을 이룬다. 내재적 초월을 희구하지만 어떠한 구원의 전망도 의문시하는 자, 현상세계에 의미를 부여할 어떠한 상징적 체계도 거절한 자, 자신에게 의미를 부여할 어떠한 외부도 지니지 못한 자, 세계를 명석판명하게 파악하고 자신을 절대적 주체로 드높일 이성을 불신하는 자, 자신을 지킬 그 어떠한 것도 지니지 못한 '맨몸'(인간의 자연)의 존재가 느끼는 근본적인 감정은 '모욕'이다. 이 시의 마지막 연은 김수영이 도달한 모더니티의 심연을 우리에게 보여준다. 그곳은 알레고리적 모더니티에 대한 깊은 인식이 주체에게 야기하는 멜랑콜리의 영역이다.

김수영이 과거-순간-현재라는 서로 다른 시간적 계기들을 어떻게 성좌 편성하는지 살펴보는 것은 그의 모더니티 인식으로 들어가는 또 하나의 유력한 길이다. 「더러운 향로」와 「꽃 2」를 통해 김수영 모더니티의 또 다른 층위를 확인할 수 있다.

내가 너를 좋아하는 원인을
네가 지니고 있는 긴 역사였다고 생각한 것은 과오였다.

길을 걸으면서 생각하여 보는
향로가 이러하고
내가 그 향로와 같이 있을 때
살아 있는 향로
소생하는 나
덧없는 나

이 길로 마냥 가면
이 길로 마냥 가면 어디인지 아는가

티끌도 아까운
더러운 것일수록 더한층 아까운
이 길로 마냥 가면 어디인지 아는가

더러운 것 중에도 가장 더러운
썩은 것을 찾으면서
비로소 마음 취하여 보는
이 더러운 길

—「더러운 향로」 부분

시적 주체는 향로가 지니고 있는 '긴 역사' 때문에 그것을 좋아한다고 생각한 것이 과오였다고 고백한다. 새로운 각성이 있기 전에 시적 주체가 향로를 통해 주목한 것은 그것이 지닌 '긴 역사'였다. 향로가 자신의 매력으로서 제 몸에 지니고 있던 것은 다름 아닌 누적된 과거였다. 그런데 그 누적된 과거, 긴 역사는 향로에 매력을 더하는 것임에도 불구하고 활력성(actuality)이 없는 것, 현재적 의미가 없는 것이었다. 그러나 활력성 없는 죽은 과거는 현재의 '나'의 시간과 만날 때 '살아 있는 향로'로 변한다. 그저 완상의 대상에 불과했던 과거는 "내가 그 향로와 같이 있을 때", 다시 말해 내가 살고 있는 현재의 시간과 만날 때 살아 있는 과거, 활력화된 과거가 되는 것이다. 이 부분에서 김수영이 구상하는 시간은 활력화된 과거와 현재가 만나 성좌를 이루는 시간이다.[20]

이때 시적 주체에게는 지나간 것들을 살아있는 것으로 변모시키는 '약한 메시아적 힘'이 주어져 있다.[21] 그러나 그 힘은 단순히 과거를 구제하는 것에 그치지 않는다. 과거와 현재의 성좌적 구성 속에서 내가 '소생'할 수 있는 가능성이 열린다. 김수영은 현재의 나에 대한 진정한 인식은, 시간의식을 중심으로 확대해서, 현재 혹은 지금의 진정한 이미지는 과거와의 구성 속에서 드러난다고 보고 있는 것이다.[22]

---

20 성좌를 이루는 시간이라는 표현은 벤야민의 성좌(constellation) 개념을 빌려 사용한 것이다. 이것은 단순한 비유적 표현이 아니다. 서로 연관 없는 별들이, 보는 주체의 시선 속에서 하나의 연관된 형태를 이루는 것이 성좌이다. 시적 주체가 연대기적 흐름으로 보았을 때 서로 연관 없는 과거와 현재를 연관지어 진정한 역사적 이미지를 떠올리는 행위가 바로 과거와 현재의 성좌적 구성이다. 시간의 성좌적 구성이라는 표현의 다른 함축은 시간의 공간화와 관련된다. 과거와 현재라는 다른 시간적 계기는, 선조적 시간 개념 속에서는 공존할 수 없다. 그러나 벤야민이 제시하고 있는 알레고리적 역사의식은 시간을 공간화 하여 과거와 현재를 나란히 병치시킨다. 그리고 그것들의 충돌 속에서 현재의 진정한 역사적 이미지가 떠오른다. 김수영의 시간의식도 마찬가지이다. 김수영에게 연대기적 시간은 의미가 없다. 선조적 역사인식, 선조적 시간관을 넘어서야 김수영의 미적 모더니티의 시간적 계기들이 보인다. 시간의 성좌적 구성이라는 표현은 인과율을 고려한 선조적 시간의식의 배제를 함축하고 있다.

21 발터 벤야민, 최성만 역, 「역사의 개념에 대하여 」 테제 2, 앞의 책, 2008, 332쪽.

22 이런 면에서 이 시는 1960년대 김수영의 대표작 중 하나인 「거대한 뿌리」를 선취하고 있다. 이 연구의 맥락과 유사한 관점에서 김수영의 '전통'을 재고하는 논문으로는 김홍중, 「리좀(rhizome)으로서의 전통과 다리(橋梁)의 시간 풍경」, 『2007 전기사회학대회, 한국사회학 50년 정리와 전망 발표논문집』, 2007.6, 341~352쪽.

그러나 과거는 '내가 같이 있을 때'를 수동적으로 기다리고 있는 죽은 사건들의 더미이다. 그 더미들은 시적 주체 자신도 결국 그 죽은 더미들 속으로, 다시 말해 한때 존재했으나 이젠 지나간 것들 속으로 들어가도록 운명 지어져 있음을 환기시킨다. '소생하는 나'에서 바로 이어지는 '덧없는 나'는 과거와 함께 함으로써[23] 과거를 구제할 메시아적 힘을 지닌 현재적 존재이지만 동시에 자신도 언제 자신에게 주어질지 모르는 활력화의 가능성을 기다리며 죽어있어야 할 덧없는 존재라는 자각의 표현이다. 이처럼 '소생하는 나 / 덧없는 나'에는 과거와 현재의 성좌 구성을 통한 과거의 구제 및 현재 이해, 약한 메시아적 주체로서의 자의식, 덧없는 삶에 대한 통찰이 촘촘하게 주름 잡혀 있다.

시적 주체는 더러운 것, 썩은 것을 찾아 활력화시키는 길을 걷는다. 그것은 '약한 메시아적 힘'을 실천하는 길이지만 역설적으로 자신 또한 더러운 것, 썩은 것으로 전락할 잠시적 존재라는 멜랑콜리적 자각과 맞닿아 있다. 그렇기 때문에 "비로소 마음 취하여 보는" 길을 걸으면서도 동시에 "이 길로 마냥 가면 어디인지 아는가"라고 우울하게 묻고 있는 것이다. 과거를 구제할 역능을 지닌 주체이자 잠시 후면 스러질 주체라는 모순적 자각이 이 시 안에서 대립하며 병치되어 있다. 이는 과거와 현재의 성좌적 구성, 잠시성, 현재의 인식과 같은 모더니티의 시간적 계기들과 필연적으로 결부되어있다.

꽃은 과거와 또 과거를 향하여
피어나는 것
나는 결코 그의 종자(種字)에 대하여
말하고 있는 것은 아니다

23 현실적으로 과거와 함께 한다는 것은 불가능하다. 그것은 과거에 대한 인식 주체의 '기억' 행위를 표현한다고 생각해야 할 것 같다.

또한 설움의 귀결을 말하고자 하는 것도 아니다
오히려 설움이 없기 때문에 꽃은 피어나고

꽃이 피어나는 순간
푸르고 연하고 길기만 한 가지와 줄기의 내면은
완전한 공허를 끝마치고 있었던 것이다

중단과 계속과 해학이 일치되듯이
어지러운 가지에 꽃이 피어오른다
과거와 미래에 통하는 꽃
견고한 꽃이
공허의 말단에서 마음껏 찬란하게 피어오른다

—「꽃 2」 전문

「더러운 향로」에서 살펴본 '과거'에 대한 김수영의 인식은 이 시에서 "꽃은 과거와 또 과거를 향하여 피어나는 것"이라는 빼어난 표현을 얻는다. 이 시에서 '꽃'은 ① 순간, ② '현재'라는 시간적 계기를 표상하는 시간이미지이다. '꽃'은 지금 피어나고 있는 꽃이다. 이럴 때 강조점은 현재에 놓인다. 연장 없는 시간-점인 '지금'은 자연스럽게 배후로 밀려난다. '꽃'을 '현재'로 치환한 후 1연의 앞부분을 절합해서 읽으면 '현재는 과거와 피어나는 것 그리고 현재는 과거를 향하여 피어나는 것'이 된다. 「더러운 향로」에서 이미 확인한 바 있는 과거와 현재의 성좌적 구성을 이 작품에서 다시 한 번 맞닥뜨리게 된다. 과거와 현재라는 서로 다른 시간적 계기는 공간화되어 동시에 제시된다. 이 시에서 종자(種子)에서 개화(開花)로 진행되는 연대기적 시간은 이미 배제되어 있다. 시간의 공간화, 절대 공존할 수 없는 시간적 계기들의 병치, 이것은 알레고리적 시간인식의 핵심이다. 또한 '꽃'은 '순간'이라는 시간적 계기를 갖는다. 시적 주체는 '꽃이 피어나는 순간' '완전한 공허'가 종결된다고 말한다. '순간'으로서의 시간은 「너를 잃고」에서 살펴본 바와 같이 '수축된 크로노스'이며 내재적 초월이 성취되는 순간이다. 그 순간 공허가 소멸되는 것은 자연스러운 결과이다.

시간표상들을 운동 이미지로 치환한다면 그것은 ① 서로를 향해 움직이는 과거와 현재의 '움직임'과 ② '순간'이 의미하는 연대기적 시간의 '중단'이다. '움직임과 중단'은 권태로운 연대기적(선조적) 시간을 정지시키고 역류시키고 구성하면서 즐거움을 추구하는 '해학'이기도 하다. 현재이자 순간이라는 시간적 계기를 지니는 '꽃'은 '과거'와 변증법적 관계에 놓인다.[24] 동시에 꽃은 금방 시들어 사라지는 것으로써 '잠시성'이라는 시간적 계기를 지닌다. 금세 사라져 과거 속으로 침잠해 들어가 잊혀질 '꽃'은, 그러나, 언젠가 미래에 있을 '현재'와 더불어 성좌편성의 한 축인 '과거'로서 구제될 것이다. 과거에 대하여 현재인 '꽃'은 미래에 대하여 과거가 될 것이다. 이처럼 '과거와 미래와 통하는 꽃'은 알레고리적 시간의 정수인 '정지의 변증법'이자 예형론(typology)으로서 자신의 시간적 계기를 드러낸다. 이처럼 김수영의 알레고리적 시간 의식은 움직임과 정지, 크로노스와 카이로스, 과거와 현재가 세 겹의 긴장관계를 이루며 만들어내는 일종의 변증법적 이미지이다.

---

24 벤야민적 의미의 '정지의 변증법'을 뜻한다. 과거와 현재가 긴장하고 있다 혹은 과거와 현재가 가까워지며 수축되고 있다고 설명할 수도 있을 것이다. 이 시에서 김수영의 시간은 시간적, 지속적 성격을 지니지 않는다. 그것은 진행이 아니라 수축이고 급격히 솟아오르는 시간이미지이다. 이는 벤야민의 역사철학의 일단을 환기시킨다. 벤야민은 *The Arcade Project*에서 다음과 같이 말한다. "이미지는 정지의 변증법이다. 현재와 과거가 맺는 관계는 단순히 시간적 지속적인 것이지만 '있어왔던 것(what has been)'과 '지금(the now)'의 관계는 변증법적이다. 그것은 진행이 아니라 갑자기 솟아오르는 이미지이다(Walter Benjamin, Trans. Howard Eiland & Kevin McLaughlin, *The Arcade Project*, Cambridge : Belknap Harvard University Press, 2004(5th edition), p.462[N 2a, a]). 이 연구의 1장 방법론의 역사철학 부분, 특히 예형론(typology) 부분을 참고할 수 있다.

3. 알레고리적 모더니티의 방법론, 윤리학, 미의식

지금까지 김수영의 시 텍스트를 분석하면서 세계인식의 근본적 층위에서 이념과 현상의 분리가 야기하는 멜랑콜리와, 진보적 모더니티의 시간과 대결하는 알레고리적 시간의 구체적인 양상들을 추적하였다. 3절은 지금까지의 논의를 수렴하면서 김수영 모더니티의 요체가 알레고리임을 밝히고, 모더니티로서의 알레고리가 김수영의 1950년대 시를 윤리적인 측면에서, 미학적 측면에서 어떻게 통어하고 있는지 그 양상을 확인하는데 그 목적이 있다. 이 작업을 통해 김수영의 모더니티가 보들레르의 전통과 닿아있는 알레고리적 모더니티이며[25] 그의 시가 알레고리 특유의 윤리적, 미적 특질을 지니고 있었다는 점을 검토하기로 한다.

김수영은 1960년대에 개진한 시론(詩論)을 통해 모더니티와 시에 대한 그의 생각을 뚜렷하게 밝혀 두었다.[26] 그러나 그의 시와 모더니티에 대한 관점은 기실 50년대의 시 속에서 이미 어떤 면에서는 시론보다 더욱 풍성하게 담겨있었다. 50년대의 시를 이해하기 위해 김수영이 60

25 보들레르의 모더니티의 특질이 알레고리였음은 다양한 연구자들이 이미 확인한 바 있다. 가장 대표적인 논의가 발터 벤야민의 보들레르론이며, 앙투안 콩파뇽(Antoine Compagnon)의 논의와 한스 로베르트 야우스의 보들레르 논의, 크리스틴느 부쉬 글뤽스만(Christine Buci-Glucksmann), 수전 블러드(Susan Blood)의 논의는 중요한 참조점이 된다(Walter Benjamin, ibid., pp.228~387[J]; Antoine Compagnon, Trans. Franklin Philip, *The 5 paradoxes of modernity*, New York : Columbia University Press, 1994, pp.3~29; Christine Buci-Glucksmann, Trans. Patrick Camiller, *Baroque reason : The Aesthetics of Modernity*, London : SAGE Publications, 1994, pp.74~81; 한스 로베르트 야우스, 김경식 역, 『미적 현대와 그 이후』, 문학동네, 1999, 205~230쪽; Susan Blood, *Baudelaire and the Aesthetics of Bad Faith*, Stanford : Stanford University Press, 1997, pp.123~149 참조).

26 특히 그의 시론 「시여 침을 뱉어라」, 「시인의 정신은 미지」, 「시작노트 6」, 「생활현실과 시」, 「시에 있어서의 텐슌」, 「변한 것과 변하지 않는 것」이 그의 모더니티 인식과 시에 대한 이해를 파악하는데 핵심적이다. 이 연구는 시론을 통해 담론적 형태로 자신의 모더니티인식과 예술일반과 시에 대한 인식을 뚜렷이 드러내기 전인 1950년대의 시를 연구대상으로 삼기에 이 시론들에 대한 검토는 하지 않는다.

년대에 개진한 시론의 프리즘을 들고 뒤돌아볼 필요는 없다.[27] 그러나 50년대의 시에서 김수영 자신이 모더니티의 문제를 정면으로 다룬 경우는 드물다. 따라서 '50년대 김수영 모더니티의 본질이 무엇인가'라는 질문은 그의 시세계 전반의 다양한 면모들을 분석하고 다듬어서 추출해냄으로써 답할 수밖에 없다. 앞서 수행한 분석 작업들은 김수영 시의 모더니티가 알레고리적 속성을 지니고 있음을 논증하기 위한 것이었다. 이 절에서는 「구슬픈 육체」, 「거리 1」, 「거리 2」, 「하루살이」, 「생활」, 「애정지둔」, 「폭포」 등의 작품을 분석함으로써 김수영이 세계를 파악하기 위해 선택한 '방법론'이 알레고리이며 그 방법론으로서의 알레고리가 곧 그의 모더니티의 본질임을 논증할 것이다. 그리고 그의 시 전반에 고루 분포되어 있는 알레고리적 모더니티 특유의 윤리학과 미학의 양상들을 다양한 시적 표상들을 통해 검토할 것이다.

1) 알레고리적 모더니티의 방법론

> 불을 끄고 누웠다가
> 잊어지지 않는 것이 있어
> 다시 일어났다
>
> 암만 해도 잊어버리지 못할 것이 있어 다시 불을 켜고 앉았을 때는 이미

---

27 잠정적인 결론이긴 하지만, 김수영의 60년대 시, 다시 말해 역사적으로는 4·19 이후, 작품으로 보자면 「눈」(1961.1.3) 이후 그의 사회역사적 모더니티에 대한 인식은 날카롭고 선명해지고 '비화해적 가상'(조강석)으로서 시의 위의를 규정하는 것도 타당하지만 1950년대의 시에서 추출해 낼 수 있었던 미적 모더니티의 풍성하고 다양한 면모는 많이 축소되고 경직되는 측면이 있다. 이는 상당히 논쟁적인 주제이기도 하고 이 책의 목적과도 어느 정도 거리가 있다. 자리를 달리하여 본격적으로 논의해야 할 것이다.

내가 찾던 것은 없어졌을 때

반드시 찾으려고 불을 켠 것도 아니지만
없어지는 자체를 보기 위하여서만 불을 켠 것도 아닌데
잊어버려서 아까운지 아까웁지 않은지 헤아릴 사이도 없이 불은 켜지고

나는 잠시 아름다운 통각(統覺)과 조화와 영원과 귀결을 찾지 않으려 한다

어둠 속에 본 것은 청춘이었는지 대지의 진동이었는지
나는 자꾸 땅만 만지고 싶었는데
땅과 몸이 일체가 되기를 원하며 그것만을 힘삼고 있었는데

오히려 그러한 불굴의 의지에서 나오는 것인가
어둠 속에서 일순간을 다투며
없어져버린 애처롭고 아름답고 화려하고 부박한 꿈을 찾으려 하는 것은

생활이여 생활이여
잊어버린 생활이여
너무나 멀리 잊어버려 천상의 무슨 등대같이 까마득히 사라져버린 귀중한 생활들이여
말없는 생활들이여
마지막에는 해저의 풀떨기같이 혹은 책상에 붙은 민민한 판때기처럼 무감각하게 될 생활이여

조화가 없어 아름다웠던 생활을 조화를 원하는 가슴으로 찾을 것은 아니로나
조화를 원하는 심장으로 찾을 것은 아니로나

지나간 생활을 지나간 벗같이 여기고
해 지자 헤어진 구슬픈 벗같이 여기고
잊어버린 생활을 위하여 불을 켜서는 아니 될 것이지만
천사같이 천사같이 흘려버릴 것이지만

아아 아아 아아
불은 켜지고
나는 쉴 사이 없이 가야 하는 몸이기에
구슬픈 육체여

—「구슬픈 육체」 전문

잠을 청하기 위해 자리에 누운 시적 주체는 "잊어지지 않는 것이 있어" 그리고 "암만해도 잊어버리지 못할 것이 있어" 불을 켜고 다시 일어났다. 없어져 버린 것, 지금 시적 주체와 함께 하지 않는 것은 두 가지 이다. 하나는 "애처롭고 아름답고 화려하고 부박한 꿈"이고 다른 하나는 '잊어버린 귀중한 생활들, 말없는 생활들'이다. 시적 주체에게 있어서 이 '꿈'과 '생활'이 차지하는 존재론적 위상은 독특하다. 그것들은 한때 '있었던 것(das gewesen)'이지만 지금은 '지나간 것(das vergangenheit)', 그러나 없어지지 않고 시적 주체의 기억 속에서 현전성을 지니고 있는 것이다.[28]

그런데 특이한 점은 이 시의 핵심이 과거에 대한 자신의 노스텔지어적 충동이나 감정이입에 몰입하는 것이 아니라 과거를 돌아보는 자신의 방법에 대해 집요하게 반성하고 있다는 점이다. 시적 주체는 그 '과거는 어떠하였는지(the way it really was (Ranke))'[29]에 관심이 없다. 따라서

28 이 시를 분석하기 위해 벤야민의 역사철학을 이해하는 핵심 문건인 「역사의 개념에 대하여」를 원용했다. 해석하는 과정에서 용어가 지닌 함축을 전달하는데 유익하다고 판단되는 경우 원문이나 영역 단어를 병기하기로 한다.

자연스럽게 우리의 논의는 왜 시적 주체가 과거에 대한 노스텔지어나 감정이입에 빠지지 않고 자신의 태도를 심각하게 반성하는지, 그리고 그 반성의 귀결이 왜 멜랑콜리인지에 관심을 기울이게 된다. 이 작업을 위해 약간의 이론적 우회가 필요하다.

미적 모더니티의 시간적 범주인 '지금 시간(jetzt zeit)'은 잡을 수 없는 것이다. '지금 시간'은 잡으려고 하는 찰나 지나가는 것이므로 모더니티를 인식한다는 것은 영원한 아포리아가 된다. 어떻게 하면 그 '지금 시간'을 잡을 수 있을까? 아니면 적어도 어떻게 하면 그 시간에 접근할 수 있을까? 실마리는 벤야민의 「역사의 개념에 대하여」 테제 5에 등장하는 '과거(vergangenheit)'에 있다. 테제 5는 "진정한 과거의 이미지는 휙 스쳐 지나간다(Das wahre Bild der Vergangenheit huscht vorbei)"로 시작한다. 이때 '과거'는 이미 영구적으로 지나갔지만 존재론적으로는 없어지지 않은 것, 달리 말하면 직시할 수 있는 대상은 사라졌지만 그 자취는 아직 남아있는 것이다.[30] 이처럼 방금 지나간 '최근 과거(Jünste vergangenheit)'가 바로 '모더니티'이고 그것을 잡아내는 것이 현대생활의 화가가 할 일이라고 주장한 것은 보들레르였다. 보들레르는 「현대생활의 화가」에

29 「더러운 화로」나 「꽃 2」 분석에서도 확인한 바와 같이 김수영에게 있어 과거는 랑케로 대변되는 역사주의자들의 과거가 아니라 현재와 함께 구성되는 것으로서의 활력적 과거이다. '과거는 어떠하였는지'는 발터 벤야민, 최성만 역, 「역사의 개념에 대하여」 테제 6에서 재인용(발터 벤야민, 앞의 책, 2008, 334쪽).

30 벤야민의 역사철학, 특히 모더니티에 대한 이해를 획득하기 위해 부득이하게 단순화를 시도하면 다음과 같다. ① 과거는 이미지 속에서만 인식될 수 있다. ② 이 인식은 특정한 순간에 발생한다. ③ 이 순간은 바로 과거와의 유일무이한 경험을 제공하는 '현재(the present)'이다. ④ 이 현재는 소위 역사주의가 말하는 단순한 이행(transition)으로서의 시간이 아니라 중단시키는 힘(interruptive power)이다. ⑤ 하지만 현재의 중단시키는 힘은 잠시적으로만 존재한다. ⑥ '현재'는 자신을 스쳐지나가는 과거의 이미지 속에 의도된(intended) 것으로서 인식한다. ⑦ 과거에 '의도된' 이미지라는 말에는 '인식된 과거'의 중요성은 특정한 현재의 순간에만 비로소 인식될 수 있다는 의미가 담겨있다. 이것은 과거와 현재가 이루는 예형론적 관계라고도 할 수 있을 것이다. 이 부분에 대한 효율적인 설명은 David Ferris, *The Cambridge introduction to Walter Benjamin*, Cambridge : Cambridge University Press, 2008, pp.130~135 참조.

서 G(콩스탕탱 기)의 '기억의 예술'인 삽화를 예로 들며 모더니티에 대한 그 유명한 모순대립적 명제를 제출한다.[31]

'획 스쳐 지나간 과거(the past flits by)'에 담겨있는 모더니티에 대한 벤야민 고유의 통찰력을 조금 더 부연해보자. '스쳐 지나간 과거'는 '지금 시간'을 사유할 수 있는 유일한 모델이다. 벤야민의 시대에는 프란츠 메링(Mehring, Franz)과 에드아르트 푹스(Fuchs, Eduard)가 방금 스쳐지나간 과거였고 벤야민이 그들에 대한 연구에 집중했던 것은 글이라는 형식으로 자취가 남아있는 '방금 스쳐 지나간 과거'를 파악함으로써 자신의 '지금 시간'을 인식하기 위해서였다.

다시 김수영으로 돌아오면, 지금 시적 주체를 불면으로 몰아넣는 대상은 시적 맥락에서는 '꿈'과 '생활'이다. 이것들은 연대기적 시간으로는 이미 지나간 것이지만 엄연히 시적 주체의 기억 속에 현존하는 것이다. 시간적 범주로 말하자면 그것은 연대기적 시간과는 다른 질적 시간이라고 할 수 있다. 우리는 그것을 '모더니티'를 인식하기 위해 반드시 필요한 '스쳐 지나간 과거'로 치환할 수 있다. 김수영은 그 점을 "잊어버리지 못할 것"(2연)이라는 표현으로 강조하고 있다.[32] 현전성을 유지하고 있는 '지나간 것'의 구체적인 목록은 무엇이어도 좋다. 그것은 모두

---

31 "현대성은 지나가는 것, 일시적인 것, 우연적인 것이다. 이것이 현대성의 절반이며, 또 다른 현대성의 절반은 영원하고 불변하는 것이다." (Charles Baudelaire, "The painter of modern life", *The Painter of Modern Life and Other Essay*, Phaidon, 2010(reprinted edition), p.12).

32 벤야민의 역사철학을 이해하는 데 있어서 핵심적인 개념 중 하나가 eingedenken이다. 기억을 의미하는 그 단어를 영역자들은 맥락에 따라 기억(remembrance)과 잊지 않음(mindfulness)으로 번역하고 있다. 역사적 유물론자는 과거를 기억해야할 뿐 아니라 결코 잊지 말아야 한다. 잊지 말아야 할 이유는, 그것들을 현재의 지평으로 불러올려 구제해야 하기 때문이다. 과거를 기억함으로써 구제하는 것은 그 실효성에 대한 의문을 떠나서 벤야민에게 핵심적인 개념이었다. 김수영은 여기서 기억의 문제를 "잊어지지 않는 것"과 "잊어버리지 못할 것"이라고 말하고 있는데 이는 벤야민의 기억 개념과 상응한다. 벤야민의 eingedenken의 두 가지 방식의 영역(英譯)은 Walter Benjamin, op.cit., p.471[N 8.1] 참조.

시적 주체가 열망하나 연기처럼 사라지는 모더니티를 움켜쥐기 위한 무기창고의 세목들이기 때문이다. 이 시에 드러난 시적 주체의 궁극적 관심이 역사주의적 '과거'에 놓이지 않고 '모더니티'에 놓여있기 때문에 그는 과거에 대한 강렬한 감정이입이나 노스텔지어적 충동에 빠지지 않는다. 대신, 과거를 돌아보는 자신의 방법론을 반성한다.

과거를 돌아보는 방법론에 대한 반성은 4연과 8연에 압축적으로 기술되어있다. 시적 주체는 4연에서 "나는 잠시 아름다운 통각(統覺)과 조화와 영원과 귀결을 찾지 않으려 한다"고 진술한다. 그리고 8연에서 "조화가 없어 아름다웠던 생활을 조화를 원하는 가슴으로 찾을 것은 아니로나 / 조화를 원하는 심장으로 찾을 것은 아니로나"라고 한탄하며 과거를 돌아보는 자신의 방법을 반성하고 있다.

① 먼저 '통각'의 방법론적 포기가 무엇을 의미하는지 생각해 보기로 하자. 사유형식(범주)이 직관의 다양에 대하여 종합작용을 할 때, 사유와 직관의 결합이 어떻게 가능한가라는 질문이 생기는데 이에 대한 칸트의 답변이 '통각'이었다. 통각은 사유와 직관의 결합체이다. '통각'은 경험의 질료가 아니라 모든 경험의 형식이다. 통각을 통해 의식은 경험을 통합해서 자기 의식적 주체에 맞서 있는 외부의 어떤 것을 대상으로서 성립시킬 수 있는 것이다.[33] 그런데 지금 시적 주체는 경험과 직관을 통일시킴으로써 사유의 동일성을 확보하는데 가장 중요한 역할을 하는 '통각'을 부정하고 있다. 칸트적 맥락을 고려할 때 이러한 '통각'의 부정은 자기의식과 외부대상 사이에 있는 심연에 대한 자각과 자기동일적 사유에 대한 부정을 함축하고 있다.

② '조화'에 대한 부정도 주목할 가치가 있다. 조화에 대한 부정은, 벤야민이 누누이 비판했던 허위적 총체성(false unity)의 세계에 대한 부

33 '통각'에 대한 경제적 설명을 위해 다음 사전을 참조했다(Howard Caygill, "Apperception", *A Kant Dictionary*, Oxford : Blackwell, 1995, pp.81~83).

정과 상응하는 것이라고 볼 수 있다. 8연에 제시된 '조화가 없는 생활'이라는 것도 충격 체험으로 바스러진, 조화를 이루는 축적되어 가는 경험(Erfahrung)이 불가능한 생활세계에 대한 자각을 드러낸 것이다. 시적 주체가 조화를 부정한다는 것은 세계를 단속적 충격체험의 공간, 불균형, 모순, 파편들, 훼손된 것들의 무질서한 병치로만 간신히 표상 가능한 공간으로 이해한다는 것을 뜻한다.

③ '영원'은 유한한 시간과 필멸의 육체를 입고 살아가는 인간에게 있어서 구원이나 현세 초월을 뜻하는 시간 범주이다. 따라서 영원에 대한 부정은 일체의 초월이나 구원 가능성에 대한 부정을 함축하는 것이며 적극적으로 해석하면 육체의 잠시성과 '지금 시간'에 대한 긍정, 세속성에 대한 긍정으로 이해될 수 있다. '영원'을 부정한 주체에게 남은 것은 세속화된 지상과 유한한 피조물성 뿐이다. 시적 주체가 5연에서 "자꾸 땅만 만지고 싶었는데 / 땅과 몸이 일체가 되기를 원하며 그것만을 힘삼고 있었는데"의 심층적 의미는 바로 세속적 세계에 대한 적극적 긍정, 그 속에서 어떤 가능성을 찾겠다는 소위 '세속적 초월'에 대한 강한 의지인 것이다. 영원을 거절한 자에게 '땅'은 세속적 초월의 고투가 펼쳐지는 내재성의 평면이자 유일하게 기댈 대지이므로 '힘' 삼을 수 있는 공간이 되는 것이다.[34]

④ '귀결'에 대한 부정도 마찬가지이다. 귀결은 물론 논리적 범주에 해당하는 용어이지만 우리는 이것을 존재론적 층위로 치환해서 생각할 수 있다. 귀결을 상정하는 한 모든 개별자들은 그 귀결에 도달하기

---

34 이런 의미에서 5연을 죽음충동이라는 관점에서 접근한 이기성의 해석은 의문에 붙여진다. 또한 '사라진 과거와 오지 않은 미래 사이에 놓인 결핍으로서의 현재는 죽음의 시간이 된다'라고 결론도 재고를 요한다. 김수영의 50년대 시를 이해할 때 미래라는 시간적 계기는 설 자리가 없다. 미래 개념을 폐기해야 김수영이 희구했던 '새로운 시간'의 면모가 보인다(이기성, 「1950년대 모더니즘 시의 시간의식과 시 쓰기」, 이화여대 박사논문, 2002, 136쪽).

위한 이행과정의 희생물로 전락한다. 목표를 위해 과정으로서 존재하는 개별자에게 자신의 고유한 단독성은 없다. 귀결이 있는 한 개별자들은 존재론적 독립성을 상실하게 되는 것이다. '귀결'을 부정함으로써 시적 주체는 개별자들의 단독성을 확보하고, 예측할 수 없는 복수적 움직임의 가능성을 만들고, 심지어 결과에 도달하지 않는 끊임없는 의미작용에 대한 전망, 다시 말해 알레고리적 전망을 확보할 수 있다.

이처럼 시적 주체는 지금 모더니티를 움켜쥐기 위한 자신의 책략을 제시하고 있다. 그런데 우리는 그 방법이라는 것이 철저하게 알레고리적 사유의 정수임을 파악할 수 있다. 그리고 이 알레고리적 모더니티를 추구하는 정신의 높이가 시적 주체를 멜랑콜리로 밀어 넣을 수밖에 없는 것임을 쉽사리 추측할 수 있다.

이 시를 통해 우리는 김수영의 시 세계에서 '모더니티'와 '알레고리' 그리고 '멜랑콜리'를 연결하는 교량을 확보한 셈이다. 그런데 흥미로운 점은 모더니티에 대한 이 같은 알레고리적 이해를 '잠시~찾지 않으려 한다'(4연)고 말하고 있다는 점이다. 김수영은 모더니티를 움켜쥐기 위한 자신의 방법론이 얼마나 피곤한 일인지, 얼마나 끝없는 긴장을 견뎌야 하는 일인지 늘 자각하고 있었다. 9연에 '불을 켜'는 순간은 '지나간 과거'가 활력화되는(actualized) 순간이며 주체에게는 현재를 인식하게 되는 순간이라고 할 수 있다. 시적 주체는 과거를 이미 종결된 것으로 치부하지 못한다. 감내하기 어려운 알레고리적 사유를 통해 모더니티를 추구해야 하는 주체, 끊임없이 각성의 순간을 지속해야 하는 시적 주체는 결국 10연에서 "나는 쉴 사이 없이 가야 하는 몸이기에 / 구슬픈 육체여"라고 한탄한다. 그것은 사물과 인식주체 사이의 심연을 받아들인 자, 조화로운 총체성과 영원의 세계를 부정하고 "대지의 진동"(5연)에서 궁극적인 것을 모색하는 자, 끊임없는 의미작용의 지옥 속으로 자신을 스스로 밀어 넣는 자가 느끼는 피로감이다. 더구나 그러한 자각은 잠시 존재했다 사라지는 '육체'에 필연적으로 깃들어 있는 멜랑콜리와 겹치며 더욱 심화된다.[35] 이러한 정신의 경지는 누구라도 '잠시' 머물고 싶어 할 뿐이다.

알레고리적 모더니티가 시적 주체에게 야기하는 멜랑콜리는 김수영에게 피로와 긍지라는 양가감정의 양상으로 드러난다. 멜랑콜리의 구체적 양상을 파악하기 위해 여기서 잠시 「긍지의 날」로 에둘러 가기로 한다.

그리하여
피로도 내가 만드는 것
긍지도 내가 만드는 것
그러할 때면은 나의 몸은 항상
한치를 더 자라는 꽃이 아니더냐
오늘은 필경 여러 가지를 합한 긍지의 날인가 보다
암만 불러도 싫지 않은 긍지의 날인가 보다
모든 설움이 합쳐지고 모든 것이 설움으로 돌아가는
긍지의 날인가 보다
이것이 나의 날
내가 자라는 날인가 보다

—「긍지의 날」 부분

35 모더니티를 움켜쥐기 위한 끊임없는 각성이 야기하는 피로감과 우울은 동시에 시적 주체에게 '긍지'이기도 하다. 긍지는 시대의 정수를 파지한 자가 자신에게 느끼는 자부심과 결부되어 있다. 이는 보들레르의 댄디가 느끼는 긍지이자 귀족성과 같은 맥락이라고 할 수 있다. 김수영 시에서 피로감·우울과 긍지는 모더니티에 대한 인식이 주체에게 불러일으키는 양가감정이다. 그런 의미에서 김수영은 보들레르가 언급한 '현대생활의 영웅'중 하나인 '시인'에 부합하는 형상이다.

알레고리적 모더니티가 가하는 압력과 긴장을 견디는 자는 자신에 대해 '긍지'를 가질 자격이 충분하다. 그렇기에 시적 주체는 자신에 대해 '긍지'를 가지는 것이다. 피로한 주체에게 이 '긍지'만이 도저한 '멜랑콜리'를 극복하게 해 주는 유일한 내적 힘이다. 지금까지 살펴본 알레고리-모더니티-멜랑콜리라는 구도는 왜 김수영의 50년대 시에서 설움과 긍지와 피로가 동일한 층위에서 공존하며 교차하는지 잘 설명해 준다.

2) 알레고리적 모더니티의 윤리학과 미의식

콩스탕탱 기를 현대생활의 화가로 추켜세우면서 보들레르가 우리에게 알려준 것 중 하나는 모더니티라는 것이 주제(subject)나 테마(theme)에 의존하기보다는 실체(substance)가 무엇인가라는 문제에 더 의존한다는 점이었다.[36] 앞서 분석한 알레고리적 모더니티는 하나의 실체로서 1950년대 김수영의 시 곳곳에서 다양한 시적 표상을 매개삼아 등장한다. 여기서는 ① 개별자에 대한 옹호와 내재적 초월, ② 조화 없는 삶과 죽은 지식, ③ 도시의 충격과 텍스트로서의 도시를 김수영의 '알레고리적 모더니티'의 실체로 규정하고 하나씩 살펴보기로 한다. ①은 알레고리적 모더니티의 윤리학을 ②는 알레고리적 모더니티의 미의식을 ③은 도시 알레고리(urban allegory)의 본질을 잘 드러내고 있다.[37]

① 쇠라여

너는 이 세상을 점으로 가리켰지만

36 Antoine Compagnon, op.cit., p.19 참조.

37 김수영의 도시 모더니티는 1950년대 모더니티의 외연을 넓히는데 상당히 중요한 의의를 지니므로 절을 달리하여 상세히 논의하기로 한다. 이 장의 4절, '알레고리적 공간으로서의 도시' 참조.

나는
나의 눈을 찌르는 이 따가운 가옥과
집물과 사람들의 음성과 거리의 소리들을
커다란 해양의 한 구석을 차지하는
조고마한 물방울로
그려보려 하는데
차라리 어떠할까
— 이것은 구차한 선비의 보잘것없는 일일 것인가.

—「거리 1」 부분

② 나의 일손을 멈추고 잠시 무엇을 생각하게 된다
— 살아 있는 보람이란 이것뿐이라고 —
하루살이의 광무(狂舞)여

(…중략…)

불 옆으로 모여드는 하루살이여
벽을 사랑하는 하루살이여
감정을 잊어버린 시인에게로
모여드는 모여드는 하루살이여
— 나의 시각을 쉬게 하라 —
하루살이의 황홀이여

—「하루살이」 부분

③ 시장거리의 먼지 나는 길옆의
좌판 위에 쌓인 호콩 마마콩 멍석의

호콩 마마콩이 어쩌면 저렇게 많은지
나는 저절로 웃음이 터져 나왔다

(…중략…)

무위와 생활의 극점을 돌아서
나는 또 하나의 생활의 좁은 골목 속으로
들어서면서
이 골목이라고 생각하고 무릎을 친다

―「생활」 부분

④ 나의 노래는 물방울처럼
땅속으로 향하여 들어갈 것
애정지둔

―「애정지둔(愛情遲鈍)」 부분

⑤ 번개와 같이 떨어지는 물방울은
취할 순간조차 마음에 주지 않고
나타(懶惰)와 안정을 뒤집어놓은 듯이
높이도 폭도 없이
떨어진다

―「폭포」 부분

시적 주체는 ①에서 쇠라는 점으로 세계를 가리켰지만 자신은 '조고마한 물방울'로 그려보려 한다고 선언한다.[38] '쇠라여 너는~ 가리켰지만 나는~'이라는 역접의 문장구조를 통해 추론할 수 있듯이 김수영의 방법론은 '색점'이라는 가장 기본적인 단위로 분석한 다음 그것을 역순으로 종합하여 형태를 구성하는 쇠라의 방법론과 거리가 멀다. 쇠라의 기본단위는 색점이다. 그것은 더 이상 쪼갤 수 없는 최소단위이고 일종의 변하지 않는 기초이다. 또한 색 점은 응축된 원형이라는 뚜렷한 형태를 지닌다. 이와달리 김수영의 '물방울'은 단일한 기본단위이긴 하지만 유동적이고 가변적이며 뚜렷한 형태가 없는 단위이다. 물방울은 가변적 단일성으로서 독특한 모순적 실체라고 할 수 있다. 그것은 기본 단위임에는 분명하지만 어떤 것과도 접속할 수 있고 어떤 형태로도 변할 수 있다. 달리 표현하면 물방울은 중심이 없고 비 위계적이며 끊임없이 생성하고 있는 리좀(Rhizome)이다. 쇠라의 색점은 정확한 계산을 통해 형태와 색감을 만들 수 있는 절대적 기본단위이지만 김수영의 '물방울'은 계산 불가능하고 최종 형태를 예측할 수 없는 상대적 기본단위이다. '물방울'로 세계를 그린다는 것은 애초부터 정확한 계산을 통해 확고한 윤곽선을 지닌 조형을 추구하는 것은 포기한다는 의미이다. 김수영의 '물방울'로 그려진 세계는 데카르트처럼 확고한 이성(계산하는 이성)을 바탕으로 명석판명하게 파악한 세계가 아니다. 그것은 끊임없이 변하는 세계, 설령 대상을 파악했다 하더라도 언제나 그 대상의 잔여가 있는 세계

---

38 김상환은 『풍자와 해탈 혹은 사랑과 죽음』에서 "쇠라는 색과 형태를 가장 작은 단위로 분해해서 기본적인 색 원소를 얻은 다음, 이 원소들을 한 점씩 박아서 원래의 보이는 색과 형태를 재현하였다. 이는 지극히 데카르트적인 방식의 그림 그리기라 할 수 있다. (…중략…) 분석이란 복잡한 것을 가장 알기 쉬운 단위로 나누어가는 것이고, 종합은 그 역순으로 이루어진다"라고 말한다. 이런 쇠라와 견주어 "김수영은 바다 물방울로 이 세계를 그리고자 한다. 이 세상을 점묘화로 표현하겠다는 것이다"라고 설명한다. 이 설명은 재고되어야 한다. 김수영의 강조점은 '가리켰지만'이라는 역접에 놓인다. 쇠라의 반대편에 서겠다는 것이지 쇠라와 나란히 서겠다는 말이 아니다. 쇠라의 분석과 종합의 방식을 뒤집은 것이 김수영의 방법이다. 쇠라를 데카르트와 연결하고 데카르트의 방법을 구체적으로 기술하는 김상환의 기술과정은 흥미롭지만 쇠라와 김수영을 연접으로 이해한 것은 명백한 오류다. 1950년대 김수영 시 전체가 쇠라의 방법론과는 거리가 멀다(김상환, 『풍자와 해탈 혹은 사랑과 죽음』, 민음사, 2000, 139쪽).

이다. 이같이 물방울로 그린 세계의 비종결성, 불확정성, 가변성, 비동일성은 상징으로 포착할 수 없다. 알레고리만이 그것을 기술할 수 있다.

①에서 세계를 그리는 기본 단위로서 '물방울'을 제시함으로써 김수영은 개별자를 강조하는 효과를 얻는다. '커다란 해양의 한 구석을 차지하는' 하지만 '조고마한 물방울'로 세계를 그린다고 말한다. 이는 단독성에 강조점을 두고 하는 진술이다. '커다란 해양'이라는 전체에 흡수되는, 자신의 고유성을 잃어버린 기본단위가 아니라, 다른 것과 대체불가능하고 동일화되지 않는 잔여(비동일성)를 당당히 지닌 하나의 특수자로서의 '물방울'이다. 정리하면 '물방울'이라는 기본단위는 가변적이고 유동하는 세계, 비종결적이고 불확정적인 세계에 대한 김수영의 관점을 함축하고 있으며 동시에 단독성을 지닌 개별자에 대한 인식이 함축되어 있는 기본단위라고 할 수 있다.

②를 통해 우리는 ①에서 추론할 수 있었던 개별자의 위상을 다시 한번 확인할 수 있다. '하루살이'는 잠시 동안 존재했다 덧없이 사라지는 피조물의 알레고리라고 할 수 있다. 지금 시적 주체의 시선을 어지럽히는 덧없는 존재의 대표적 표상인 '하루살이'는 그러나 '황홀'하다. 우리는 이 '황홀'의 감정에 주목할 필요가 있다. 그 감정은 곧 사라질 것이라는 사실(죽음)에서 기인하는 것이라고 볼 수 있다. 덧없이 사라질 존재에서 느끼는 황홀함과 아름다움을 미적 모더니티의 맥락에서 이해하기 위해서 보들레르의 「지나가는 여인에게(À une passante)」에 대한 벤야민의 분석을 참조할 필요가 있다. 벤야민은 보들레르의 「지나가는 여인에게」를 도시 체험과 연관 지어 분석해 나가면서 모더니티의 미의식을 "마지막으로 보고 느끼는 사랑(Love at last sight)"이라고 정식화한 바 있다. 도시 군중 속으로 사라지는 상복을 걸친 매력적인 여인을 마지막으로 보고 느끼는 충격과 사랑의 감정은 그 자체가 미적 모더니티에 대한 알레고리이다. 벤야민은 지나가는 여인에게서 느끼는 충격과 사랑

의 감정을 기술하면서 "매혹의 순간과 영원한 작별이 겹쳐진다"라고 기술한다.[39] 벤야민의 이러한 분석에서 대도시 모더니티의 측면(군중과 도시성)을 걷어내고 시간성의 측면만을 강조하면, 그것은 곧 사라지는 것을 보고 느끼는 충격과 황홀의 감정이자 덧없는 존재에게서 느끼는 아름다움이다. '마지막으로 보고 느끼는 사랑'은 미적 모더니티의 핵심적 시간 계기인 '순간'과도 밀접하게 연관되어있다. 시적 주체가 '하루살이'에게서 느끼는 '황홀'의 감정은 바로 모더니티의 특징적 미의식, 다시 말해 '마지막으로 보고 느끼는 사랑'으로 정식화할 수 있는 모더니티의 미의식이라고 할 수 있다. 이 시는 김수영의 시세계에 있어서 잠시만 지상에 머물다 덧없이 사라지는 존재가 지니는 위상과 아름다움을 잘 보여준다.[40]

개별자의 단독성에 대한 강조는 시적 주체의 '복수성(plurality)'에 대한 예민한 지각을 통해서도 드러난다. 복수성에 대한 자각은 대표단수로 환원되지 않는 고유 명사들의 집합에 대한 인식이라 할 수 있다.[41]

---

39 발터 벤야민, 김영옥・황현산 역, 「보들레르의 몇 가지 모티프에 관하여」, 『발터 벤야민 선집』 4, 길, 2010, 204쪽.

40 보들레르의 미적 모더니티와 '마지막으로 보고 느끼는 사랑(Love at Last Sight)'에 관해서는 Grame Gilloch, *Walter Benjamin : Critical Constellations*, Oxford : Polity, 2002, pp.212~216 참조. 질로크는 해당 절의 마지막에 "'마지막으로 보고 느끼는 사랑'은 보들레르의 모더니티 미학의 결정적 순간이 된다"라고 기술하고 있다. 그는 '마지막'과 '순간'을 연관지어 분석하고 있지는 않다. 하지만 도시공간을 미로로 만드는 군중들의 혼란한 움직임 속에서 순간적으로 출현하여 관찰자에게 충격을 남기고 곧 사라지는 존재들의 시간적 계기는 '순간'이며 그들의 운동은 '사라짐'으로 종결된다는 점을 강조할 필요가 있다. 이러한 측면을 고려할 때 벤야민이 '충격'이라는 측면을 강조하며 정식화한 '마지막으로 보고 느끼는 사랑'이라는 보들레르의 모더니티 미학은 ① 잠시적 존재 혹은 덧없는 존재가 지니는 아름다움, ② '순간'이라는 시간적 계기 속에서 느끼는 아름다움으로 확대해석할 수 있을 것이다. 벤야민에게 있어서 잠시성 혹은 덧없음(transience)이 지니는 미학적 의미는 Beatrice Hanssen, *Walter Benjamin's Other History : Of Stones, Animals, Human Beings, and Angels*, Los Angeles : University of California Press, 1998, pp.66~81 참조.

41 복수성에 대해서는 Michel de Certeau, Trans. Tom Conley, *Culture in the plural*, Mineapolis : University of Minnesota Press, 1997. 세르토의 복수성 개념은 들뢰즈의 리좀 및 다양체(multiplicity)개념과 연관된다. 이언 부케넌(Ian Buchanan)같은 들뢰즈주의자들은 세라

'커다란 대양'이 아니라 '조고마한 물방울'의 집합을 강조하는 것이다. ③에서 시적주체는 일종의 각성을 경험하고 있다('이 골목이라고 생각하고 무릎을 친다'). 시적 주체에게 큰 희열을 안긴 각성의 대상은 바로 '좌판 위에 쌓인 호콩 마마콩'이었다. 각성의 구체적인 내용은 그 호콩 마마콩 하나하나가 얼마나 '많은지' 자각한 것이다. 복수성은 개별자 하나하나를 어떤 상위의 개념으로 환원하지 않는 자만이 지각할 수 있는 것이다. 복수성에 대한 자각은 시적 주체로 하여금 웃음을 터뜨리고 무릎을 치게 만드는 중요한 깨달음이다. 이 사소한 장면을 통해서 시적 주체의 개별자에 대한 옹호와 지지를 간취할 수 있다.

또한 '물방울'은 중력과 무관하게 캔버스 위에서 존재할 수 있는 색점과 달리 아래로 흘러가게 되어있다. 김수영의 시에 등장하는 물 이미지들은 기화하지 않는다. 그것들은 언제나 아래로 떨어진다. ④에서 볼 수 있듯이 물방울은 땅으로 스며들어가는 노래, 내재성에 대한 노래를 뜻한다. ⑤에서도 마찬가지로 폭포는 하나의 '물방울'로 응축되고 그것은 아래로 떨어진다. 통념적으로 '정신의 각성'을 뜻하는 것으로 해석되어온 이 장면에 내재적 초월에 대한 지향성이라는 의미를 부여해도 큰 무리는 없다. 이처럼 쇠라의 방법론과 대립하는 것으로서의 '물방울'을 내세우는 김수영은 전체 혹은 총체성으로 수렴되지 않는 부분 혹은 개별자들에 대한 옹호를 명확히 드러내고 있다. 이것이 알레고리적 모더니티의 윤리학이다.

바로 앞에서 우리는 알레고리적 모더니티의 미의식이 '마지막으로 보고 느끼는 사랑'으로 정식화될 수 있음을 살펴보았다. 「하루살이」에서 시적 주체가 잠시적인 존재에게서 느꼈던 '황홀'의 감정은 알레고리적 모더니티의 미의식의 특질 중 하나를 뚜렷이 보여준다. 그런데 지

토의 논의를 들뢰즈적 사유의 일환으로 수용하여 분석한다(Ian Buchanan, *Michel de Certeau : cultural theorist*, London : SAGE, 2000 참조).

금까지 살펴본 김수영의 50년대 시 전반을 고려하면 그에게 '미의식'은 잠시 존재하다 사라지는 것에서 그치지 않고 조화롭지 못한 것, 파괴된 것, 충격을 안겨주는 도시 체험 등으로 확장된다.[42] 여기서는 김수영 모더니티의 미의식과 그것이 환기하는 정서, 즉 모더니티의 정서를 구체적으로 살펴보기로 한다.[43]

① 조화가 없어 아름다웠던 생활을 조화를 원하는 가슴으로 찾을 것은 아니로나
조화를 원하는 심장으로 찾을 것은 아니로나

—「구슬픈 육체」 부분

② 나의 천성은 깨어졌다
더러운 붓끝에서 흔들리는 오욕
바다보다 아름다운 세월을 건너와서
나는 태양을 주웠다고 생각하지는 않았지만
설마 이런 것이 올 줄이야
괴물이여

(…중략…)

나의 명예는 부서졌다

42 충격으로서의 도시 체험은 따로 떼어 4절 '알레고리로서의 도시'에서 다루기로 한다. 도시의 '충격 체험'은 물론 알레고리적 모더니티의 중요한 미적 대상이다. 우리는 충격체험을 「시골 선물」에서 확인할 수 있을 것이다.

43 결론부터 말하면 1950년대 김수영의 시세계에서 파악할 수 있는 모더니티의 정서는 ① 우울, ② 충격, ③ 쾌활 혹은 명랑이다. 이는 김수영이 전범적인 현대성의 시인임을 입증해준다. 여기서는 우울에 대해 다루고 4절 '도시 모더니티'에서 충격과 쾌활 혹은 명랑이라는 모더니티의 정서를 다루기로 한다.

비 대신 황사가 퍼붓는 하늘 아래
누가 지어논 무덤이냐
그러나 그 속에서 부패하고 있는 것
—그것은 나의 앙상한 생명
PLASTER가 연상(燃上)하는 냄새가 이러할 것이다.

오욕 · 뼈 · PLASTER · 뼈 · 뼈
뼈 · 뼈 ·

—「PLASTER」 부분

③ 오 죽어 있는 방대한 서책들

너를 보는 설움은 피폐한 고향의 설움일지도 모른다
예언자가 나지 않는 거리로 창이 난 이 도서관은
창설의 의도부터가 풍자적이었는지도 모른다

모두들 공부하는 속에 와보면 나도 옛날에 공부하던 생각이 난다

—「국립도서관」 부분

시적 주체는 ①에서 생활이 아름다운 이유는 조화가 없기 때문이라고 뒤늦은 깨달음을 고백하고 있다. 조화롭지 않은 것에서 아름다움을 보는 것. 부조화와 불일치와 균열에서 아름다움을 느끼는 것이 바로 알레고리적 모더니티의 미의식이다. ②로 가면 시적 주체는 자신의 분열을 고백한다. "나의 천성은 깨어졌다." 시작(詩作) 행위를 상징하는 '붓끝'에서 생산되는 것은 괴물, 앙상한 생명, 썩어 냄새나는 육체, 뼈 무더기이다. 앙상한 뼈의 더미는 결국 분열된 주체의 예술행위가 초래하

는 비유기적 예술, 총체성을 상실한 채 의미론적 죽음을 맞이한 파편적인 모더니티 예술에 대한 알레고리이다. 바로크 시대의 엠블럼을 떠올리게 되는 이 시는 거짓 총체성에 대한 부정, 유기적 예술에 대한 거부를 알레고리적으로 표현하고 있다고 해석할 수 있다. 이 시는 「하루살이」와 상응하며 '비유기적인 것', 조만간 죽고 부패하여 뼈만 남길 '잠시적인 존재'가 김수영 모더니티가 지향하는 미의식의 중요한 대상임을 다시 한 번 확증해 준다.

모더니티의 아름다움에 대한 이 같은 인식은 '책'으로 표상되는 '지식'의 불가능성과 깊이 연관되어 있다. 김수영의 '알레고리적 모더니티'는, 앞에서 「우울한 육체」를 자세히 분석한 바와 같이, 사물과 인식주체 사이에 놓여있는 심연을 직시하고 조화로운 총체성과 영원한 세계를 부정하면서 끊임없는 의미작용 속으로 들어가는 세계이다. 이런 세계에서 사물을 인지하고 의미를 부여할 수 있는 절대적 주체나 초월적 기표(transcendental signifier)는 없다. ②에서 우리는 이미 '천성'이 깨진 분열된 주체를 확인한 바 있다. ③에서 "예언자가 나지 않는 거리로 창이 난 이 도서관"이라는 비아냥에서 확인할 수 있는 바와 같이 '예언자'로 표상되는 사물에 의미를 부여할 초월적 외부는 이미 부정되었다. 주체의 분열과 신지학(神智學)의 소멸은 사물에 의미를 부여할 모든 준거점의 소멸을 뜻하고, 이제 사물들은 도통 그 의미를 알 수 없는 수수께끼가 된다. 지식이 무력해진 세계, ③의 표현을 빌자면 '책이 죽은 세계'는 끊임없이 의미작용하는 기호로서의 사물로 가득한 알레고리의 세계이다. 그 기호의 세계를 바라보는 주체는 걷잡을 수 없이 멜랑콜리에 빠져들 수밖에 없다. 무기력한 지식에 의존할수록 사물은 더욱 수수께끼로 변모해 가고, 의미를 알 수 없는 세계의 한가운데 서 있는 주체는 끊임없는 의미작용의 어지러운 심연 속으로 떨어진다. 이것이 바로 지식(knowledge)과의 연관성에서 살펴본 멜랑콜리의 본질이다.[44] 이것이 ③에서 시적 주체가 '방대한 서책들'을 보며 느끼는 '설움'의 구체적 의미라고 할 수 있다. 알레고리적 모더니티는 이처럼 김수영으로 하여금 특정한 미의식과 멜랑콜리라는 현대적인 감정을 가지도록 추동한다.

4. 알레고리적 공간으로서의 도시

김수영의 알레고리적 모더니티의 구체적 내용으로 살펴볼 마지막 대상은 '도시'이다. 모더니티의 공간적 총화는 '도시'이다. 김수영의 도시에 관한 시편들은 모더니티가 자아내는 미의식과 감정이 무엇인지 잘 보여준다.

---

44 멜랑콜리와 지식의 문제에 관한 김수영의 인식은 그가 지닌 세계문학적 보편성을 드러내는 계기가 될 수 있다. 햄릿과 돈키호테에서 코울리지(Coleridge)와 드 퀸시(Thomas De Quincey), 파우스트와 셜록 홈즈에 이르기까지 서구문학의 역사를 일람할 때 우리는 "왜 서구문학의 역사에서 가장 두드러진 캐릭터들은 우울한 천재 혹은 광인인가?"라는 질문을 던지지 않을 수 없다. 이 같은 문제의식은 "만일 무지가 축복이라면 지식은 슬픔인가?" "멜랑콜리의 이면에는 어떤 '즐거운 과학'이 있는가?", "왜 멜랑콜릭한 주인공들은 한편으로 유머러스한가. 우울과 유머는 어떻게 연관되는가?", "멜랑콜리는 극복할 수 없는 질병인가 아니면 영감과 통찰의 조건 혹은 그것을 위한 대가인가?"라는 질문을 끊임없이 던지게 만든다. 이 모든 질문들은 김수영에게도 고스란히 해당된다. 김수영의 경우 비록 서구문학에서 두드러지게 나타나는 '우울한 여성 캐릭터(melancholic female character)'는 등장하지 않지만 멜랑콜리와 지식의 문제를 본격적으로 다룬 희귀한 한국문학의 사례로서, 세계 문학적 층위에서 중요한 가치를 지닌다고 생각할 수 있다.
김수영 멜랑콜리의 시사적 맥락과 의의를 검토하기 위해서는 이장희부터 시작하여 김수영의 당대까지 세밀하게 검토할 필요가 있을 것이다. 상당한 시간과 노력을 요하는 이러한 연구는 지금으로선 차후의 과제로 미룰 수밖에 없다. 이 연구는 1950년대 전후 모더니즘 시에서 김수영의 멜랑콜리가 지닌 의의에만 집중하기로 한다.

종로 네거리도 행길에 가까운 일부러 떠들썩한 찻집을 택하여 나는 앉아 있다

(…중략…)

신이라든지 하느님이라든지가 어디 있느냐고 나를 고루하다고 비웃은 어제저녁의 술친구의 천박한 머리를 생각한다

그 다음에는 나는 중앙선 어느 협곡에 있는 역에서 백여 리나 떨어진 광산촌에 두고 온 잃어버린 겨울 모자를 생각한다

그것은 갈색 낙타 모자

그리고 유행에서도 훨씬 뒤떨어진 서울의 화려한 거리에서는 도저히 쓰고 다니기 부끄러운 모자이다

(…중략…)

서울에 돌아온 지 일주일도 못 되는 나에게는 도회의 소음과 광증(狂症)과 속도와 허위가 새삼스러웁게 미웁고

서글프게 느껴지고

그러할 때마다 잃어버려서 아까웁지 않은 잃어버리고 온 모자 생각이 불현 듯이 난다

—「시골 선물」 부분

김수영의 알레고리적 모더니티에서 도시는 중요한 미적 대상이다. 도시는 자본주의 모더니티의 꽃이다. 모더니티의 총체라고 해도 손색이 없는 도시공간에서 김수영이 보여주는 반응을 요약하면 ① 충격, ② 멜랑콜리, ③ 쾌활 혹은 명랑이다. 이 시는 도시가 시적 주체에게 가하는 충격과 그것에 대한 시적 주체의 방어 작용을 잘 보여준다. 시적 주체는 '잃어버린 겨울 모자'를 아쉬워한다. 그것은 '서울의 화려한 거리'와 대조를 이루는 '유행에서도 훨씬 뒤떨어진' 물건이다. 우리는 도시와 유행이 모더니티가 육화된 것이라는 사실을 이미 확인한 바 있

다. 시적 주체가 도시의 모더니티에 대해 보들레르가 파리에 대해 그랬던 것만큼이나 예민한 반응을 보이고 있지는 않지만 그는 분명 도시가 가하는 충격에 노출되어 있다. "서울에 돌아온지 일주일도 못 되는 나에게는 도회의 소음과 광증(狂症)과 속도와 허위가 새삼스러웁게 미웁고 서글프게 느껴지고"를 통해 그러한 추론이 가능하다. 이처럼 충격에 노출되어 있을 때 시적 주체는 "잃어버리고 온 모자 생각이 불현듯이 난다". 이때 시골 선물인 '잃어버리고 온 모자'는 도시 모더니티의 대립적 상징이라고 할 수 있다. 하지만 더욱 중요한 것은 그것이 도시 모더니티의 충격에 노출된 시적 주체가 그 충격으로부터 자신을 지키기 위해 사용하는 방어기제의 시적 상관물이라는 점이다. 이런 측면에서 이 시는 도시 모더니티가 주체에게 가하는 충격과 그 충격체험으로부터 자신을 지키기 위해 그 충격을 걸러내는 김수영 시의 현대적 감성을 잘 보여준다. 김수영의 이 작품은 대도시의 '충격체험'이라는 현대적 조건에 대한 뛰어난 표현으로서 중요한 의의를 지닌다.[45]

여기는 서울 안에서도 가장 번잡한 거리의 한 모퉁이
나는 오늘 세상에 처음 나온 사람모양으로 쾌활하다

45 벤야민은 「보들레르의 몇 가지 모티프에 관하여」에서 전근대적 경험인 Erfahrung의 몰락과 모던 도시군중의 체험(Erlebnis)으로의 전환을 분석하고 있다. 벤야민은 이 체험으로의 전환을 설명하기 위해 중요한 지적 원천으로 세 명을 제시한다. 마르크스와 엥겔스, 프로이트, 그리고 베르그송이다. 충격체험은 프로이트의 논의에서 끌어온 것이다. 프로이트의 논의를 수용한 벤야민은 의식을 외부자극이 가하는 충격에 대한 방어 형식으로 이해한다. 벤야민에게 있어서 모더니티의 공간인 도시는 끊임없이 의식에 충격을 가하는 공간이며, 현대인들은 그 충격에 대한 방어시스템을 계속해서 가동하는 존재로 그려진다. 그는 '보들레르는 충격체험을 자신의 예술적 작업의 중심부에 두었다'고 설명한다. 벤야민의 전체 논의에서 이 충격체험은 아우라의 상실과도 밀접하게 연관되어 있다. 보들레르의 충격체험과 미메시스, 아우라 상실 등을 깊이 있게 논의한 글로는 Rampley, Matthew, "Mimesis and allegory · Aby Warburg and Walter Benjamin", ed. Richard Woodfield, *Art history as cultural history*, Amsterdam : G+B Art international, 2001, pp. 133～149 참조.

피곤을 잊어버리게 하는 밝은 태양 밑에는
모든 사람에게 불가능한 일이 없는 듯하다
나폴레옹만한 호기(豪氣)는 없어도
나는 거리의 운명을 보고
달큼한 마음에 싸여서
어디로 가야 할지 모르는 마음—

(…중략…)

지금은 이 번잡한 현실 위에 하나하나 환상을 붙여서 보지 않아도 좋다
꺼먼 얼굴이며 노란 얼굴이며 찌그러진 얼굴이며가 모두 환상과 현실의 중간에 서서 있기에
나는 식인종같이 잔인한 탐욕과 강렬한 의욕으로 그중의 하나하나를 일일이 뚫어져라 하고 들여다보는 것이지만
나의 마음은 달과 바람모양으로
서늘하다

(…중략…)

도회의 흑점 —
오늘은 그것을 운운할 날이 아니다
나는 오늘 세상에 처음 나온 사람모양으로 쾌활하다
— 코에서 나오는 쇠 냄새가 그리웁다
내가 잠겨있는 정신의 초점은 감상과 향수가 아닐 것이다
정적(靜寂)이 나의 가슴에 있고
부드러움이 바로 내가 따라가는 것인 이상

나의 긍지는 애드벌룬보다는 좀 더 무거울 것이며
예지는 어느 연통(煙筒)보다도 훨씬 뾰죽하고 날카로울 것이다
(…중략…)
여기는 좁은 서울에서도 가장 번거로운 거리의 한 모퉁이
우울 대신에 수많은 기폭을
흔드는 쾌활
잊어버린 수많은 시편(詩篇)을 밟고 가는 길가에
영광의 집들이여 점포여 역사여
바람은 면도날처럼 날카로웁건만
어디까지 명랑한 나의 마음이냐
구두여 양복이여 노점상이여
인쇄소여 입장권이여 부채(負債)여 여인이여
그리고 여인 중에서도 가장 아름다운 그네여
돈을 버는 거리의 부인들의
어색한 모습이여

—「거리 2」 부분

이 작품은 도시의 충격체험과 시적 주체의 방어기제를 집중적으로 표상한 「시골 선물」에 비해 훨씬 더 포괄적으로 도시 모더니티의 양상을 드러내고 있다. 도시 모더니티에 관한 한 「거리 2」는 김수영의 시세계 중에서 단연 돋보이는 작품이다. 상세히 살펴보면 이 시의 배경은 거리 자체가 아니라 거리를 메우고 있는 군중임을 알 수 있다. 시적 주체를 쾌활하게 혹은 명랑하게 만드는 것은 역동적인 군중들의 움직임과, 공간을 미로로 만드는 그들의 무질서한 동선 속에서 우연히 조우하는 대상들이다. 시적 주체는 "서울 안에서도 가장 번잡한 거리의 한 모퉁이 / 나는 오늘 세상에 처음 나온 사람모양으로 쾌활하다"라고 말

한다. 시적 주체가 도시에서 느끼는 쾌활함은 보들레르가 에드가 엘런 포우(Adgar Allen Poe)의 『군중 속의 남자(*The Man of The Crowd*)』의 모티프를 빌려 모더니티를 설명할 때 사용한 현대성이 체화된 영웅적 인물형상 중 하나인 '회복기 환자(the convalescent)'를 상기시킨다. 회복기 환자는 최근에 죽음에서 복귀하였기 때문에 삶의 모든 향기와 본질을 열광적으로 호흡하는 인물형상이다. 도시 군중은 그에게 너무나 매혹적이고 그의 호기심은 그를 매혹시킨 미지의 한 인물을 좇아 군중들 속으로 뛰어들게 만든다.[46] 시적 주체는 지금 마치 '오늘 세상에 처음 나온 사람 모양' 호기심으로 가득 차 군중들로 물결치는 '가장 번잡한 거리'를 관찰하고 있다. 이 장면은 환등상으로서 주어진 도시의 매혹에 지극한 호기심을 가지고 접근하는 현대인의 면모를 '쾌활함'이라는 정서와 함께 효과적으로 전달하고 있다.

지금 시적 주체에게 도시라는 모더니티의 공간은 현실과 환상이 뒤섞여 있는 공간이다. "꺼먼 얼굴이며 노란 얼굴이며 찌그러진 얼굴이며가 모두 환상과 현실의 중간에 서서 있기에"라고 진술하고 있다. 김수영은 군중으로 물결치는 모더니티의 공간, 도시가 실재만의 공간이 아니라 환상이 뒤섞인 공간이라는 것을 통찰하고 있다.[47] 예술이 가상이고 현실이 실재라는 생각은 예술의 자율성을 보장해주는 한 편 사회로부터 예술을 격리시키는 관념론적 미학의 전형적 사유다.[48] 이 시에서 김수영은 현실과 예술 혹은 현실과 가상을 이분법적으로 나누지 않고 현실에 가상이 뒤섞여 있는 것으로 파악한다. 실제로 마르크스주의

---

46 Charles Baudelaire, op.cit., p.7.

47 1950년대 까지만 해도 김수영의 현실과 가상에 대한 인식에는 이 같은 긴장감이 있었으나 1960년대 들어서면서 모더니티의 공간을 현실과 가상의 뒤섞임으로 보는 관점이 급격히 경직되는 경향이 있다. 이 문제도 자리를 달리해서 논해야 할 것이다.

48 아도르노의 미학을 이러한 관점에서 비판하고 있는 페터 뷔르거의 포괄적 논의에 기댄 평가이다(페터 뷔르거, 이기석 역, 『관념론 미학 비판』, 아카넷, 2005).

의 이데올로기나 포스트모더니즘 논의의 시뮬라시옹 등은 모두 현실과 가상이 한데 뒤섞여 있다는 통찰을, 정확히 말해 현실의 가상성을 강조하고 있다. 이런 면에서 볼 때 김수영의 현실과 예술에 대한 인식은 예술의 자율성 테제나 관념론 미학에 대해 상당히 비판적인 것으로 이해된다. 현실 자체가 가상과 뒤섞여 있다고 보는 김수영은 예술의 특권으로서의 가상을 부정하고 있다고 볼 수 있다. 그렇다면, 그에게 있어 예술의 과제는 현실과 화해하지 않는 가상을 창조하는 것이 아니라 현실과 뒤섞여 있는 가상을 깨는 것이 될 가능성이 높다. 이 시에서는 단지 "일일이 뚫어져라 하고 들여다보는 것"이나 "예지는 어느 연통(煙筒)보다도 훨씬 뾰죽하고 날카로울 것이다"가 각성(awakening)의 가능성으로서 암시될 뿐 가상의 파괴와 각성에 관한 본격적인 면모를 보여주지는 않는다. 그러나 김수영의 50년대 시 전반이 보여주고 있는 알레고리적 경향 자체가 바로 허위적 총체성과 아름다운 가상을 찢는 강력한 예술 형식임을 우리는 이 연구를 통해 줄곧 확인해 왔다.

김수영이 모더니티의 공간으로서 도시를 이해할 때 가장 빼어난 부분은, 도시를 하나의 텍스트로 읽어내는 대목이다. 거리를 걷는 것은 "잊어버린 수많은 시편(詩篇)을 밟고 가는" 것이다. 도시 공간은 잊혀진 수많은 텍스트가 공존하는 공간이 되었다. 그것은 서울이라는 모더니티의 공간이 해석을 기다리는 일종의 텍스트가 되었음을 말해준다. 이제 더 이상 '거리'는 단순한 거리가 아니다. 그것은 뭔가 다른 것을 가리키는 텍스트로 치환되었다. 대도시의 거리라는 공간이 뭔가를 가리키는 하나의 거대한 기호계, 알레고리의 공간이 된 것이다.

텍스트들로 구성된 거리는 그 텍스트들이 생산된 다양한 시기(epoch)가 "서울에서도 가장 번거로운 거리"라는 하나의 공간에 공존하고 있음을 의미한다. 모더니티의 공간인 도시 거리를 다양한 시기에 생산된 '잊혀진' 텍스트로 이해하는 것을 통해 우리는, 벤야민의 표현을 빌리면,

'진정한 역사적 유물론자'의 풍모를 지니는 김수영의 면모와 역사인식의 특이성을 확인할 수 있다.[49] 우리가 역사라고 부르는 것은 역사 쓰기를 통해 생겨나는 것이다. 역사쓰기(writing history)는 과거를 재발견하는 것이 아니다. 역사는 우리 자신의 현재로부터 과거를 창조하는 것이다. 아니, 그보다는 과거가 남긴 흔적을 해석하고 그 흔적들을 기호로 변형시키는 것이다. 궁극적으로, 역사는 '실재를 텍스트로 읽는 것'이다. 시적 화자가 모더니티의 공간인 서울을 걸으면서 그 공간을 '잊혀진 텍스트를 밟는 것'으로 인식한다는 것은 그가 겹쳐있는 텍스트들, 즉 기호화된 역사적 실재들을 가로지르는 자임을 말해준다. 알레고리적 기호의 공간으로 변형된 모더니티의 도시에서 그는 다양한 역사적 시기를 가로지르며 진정한 역사적 이미지를 움켜쥐려 시도하는 자인 것이다. 그렇기 때문에 일상적인 도시공간의 전형적인 풍경에 대한 기술인 '영광의 집들'과 '점포' 뒤에 '역사여'라는 외침이 따라붙는 것이다. 또한 '잊어버린'이라는 표현은 시적주체에게서 억압되고 핍박받은 자들에 대한 기억을 강조하는 자, 기억함으로써 망각되어온 과거의 그들을 현재의 지평으로 되살리는 자의 이미지를 떠올리게 한다. 시적주체는 이렇게 대도시 서울의 거리에서 역사적 스펙트럼을 가로지르는 자로 존재한다. 그럼으로써 도시의 모더니티는 기묘한 현실과 환상이 겹쳐진 공간으로 화하고, 그 속에서 시적 주체는 역사의 이미지를 움켜쥔다. 도저한 알레고리적 사유만이 김수영이 지금 이 시편에서 보여 주고 있는 상상력을 가능케 하는 것이다. 이 시는 전후 모더니즘 시가 도달한 모더니티 공간, 도시에 대한 인식의 한 절정을 보여준다.

이 시의 마지막 부분에 등장하는 "돈을 버는 거리의 부인들"은 도시

49 이는 앞서 분석한 「더러운 화로」나 「꽃 2」에서 추출한 모더니티의 시간인식과 상응하는 대목이기도 하다. 이는 물론 시에서 추출한 50년대 김수영의 특징이다. 4·19 이후 김수영의 역사인식은 변한다. 이 또한 자리를 달리하여 논의해야 하는 주제이다.

공간에 물건을 팔러 나온 소상업 여성 노동자를 뜻한다. 그러나 주지하는 바와 같이 '노동자'는 젠더와 무관하게 '매춘부'와 교환 가능한 범주이다. 벤야민이 창녀를 상품 자본주의와 노동자의 알레고리로 규정한 이후 그것은 가장 유명한 도시 모더니티의 알레고리가 되었다. 그러나 김수영의 성취는 관습적인 해석을 남발하는 '매춘부'와 동일범주인 여성 노동자를 시적 대상으로 선정한 것에 있지 않다. 그의 성취는 "어색한"이라는 관형사에 있다. 이 '어색한'이라는 시어에는 아직 서울이라는 전후의 모더니티의 공간에 상품자본주의가 완전히 자리 잡지 못한 저간의 사정이 담겨 있다. 모더니스트 김수영은 다양한 시대가 공존하는 서울의 거리를 텍스트로 변환시켜 읽어낼 뿐 아니라 상품자본주의가 어느 수준에까지 도달했는지에 대해서도 예리하게 인식하고 있었던 것이다. 다시 말해, '어색한' 이라는 관형사 안에는 서울이라는 대도시를 상품자본주의의 공간이자 다른 것을 가리키는 알레고리적 공간으로 읽으면서 동시에 상품 자본주의의 발달단계를 직시하고 있는 김수영의 이중적 시선이 담겨있는 것이다.

제6장

결론

이 연구의 목적은 1950년대 모더니즘 시의 독자적인 미학적 특질과 모더니티의 특성을 밝히는 것이었다. 1950년대의 모더니즘 시가 지닌 미학적 특질을 드러냄으로써 50년대 모더니즘 시에 대한 그간의 저평가를 극복할 수 있는 적정한 근거를 확보하고 4·19 이후 날카롭게 변모한 60년대의 모더니즘 시와는 어떻게 다른지, 그리고 식민지 모더니즘 시와는 어떻게 다른지 변별할 수 있는 기준을 확보할 수 있을 것이라는 기대에서 이 연구는 시작되었다.

이 연구의 기본적인 방법론은 수사학이다. 하지만 수사학을 전의(trope)에 대한 학문으로 이해하는 협소한 관점을 배격하고 세계를 이해하는 근원적인 방식의 표현으로 상정했다. 그리고 1950년대 모더니즘 시의 이면에 전제되어 있는 전쟁이라는 역사적 체험은 문학 장을 지배하던 규범적 형식과 인식주체에 충격을 가했고, 이 충격이 야기한 균열에 대한 시인들의 대응 양상은 상징과 알레고리를 매개로 선명하게 그 모습을 드러낸다고 판단했기 때문에, 상징과 알레고리를 특별히 부각시켰다. 상징과 알레고리는 현상-이념-개념에 대한 관계 규정을 바탕으로 펼쳐지는 사유이자 세계를 바라보는 특정한 관점이다. 그것은 진리, 아름다움, 윤리, 역사, 인간, 지식과 같은 인문학의 변치 않는 대상들에 대한 특정한 이해를 지니고 있는 하나의 거대한 사유체계이다. 상징과 알레고리의 함축적 의미를 심화 확대하여 살펴본 1950년대 시단은 상징의 우위에 도전하는 알레고리의 싸움이라고 요약할 수 있다. 상징은 서정주나 '청록파'로 대변되는 전통 서정시의 흐름 속에, 알레고리는 모더니즘 시의 다양한 지류 속에 자리 잡고 있었다. 상징을 통한 시적 표상이 파멸과 폐허의 체험으로부터 허구적 총체성으로 도피하는 것이라면 알레고리적 경향은 폐허를 적극적으로 수용하고 그것에서 '현재'를 모색한 움직임이라고 할 수 있다.

1950년대 모더니즘 시가 지니고 있는 알레고리적 미의식은 서구 문학론의 영향과 전쟁이라는 절멸의 체험이 견인한 미적 경향이었다고 할 수 있다. 서구 문학론의 수입은 엄연한 역사적 사실이며 그것이 1950년대 시단에 지대한 영향을 미쳤다는 사실을 부인할 수는 없다. 하지만 전쟁을 기점으로 많은 모더니즘 시인들이 보여준 전향적인 변모를 단지 서구 모더니즘의 수입이 야기한 결과라고 치부하기는 힘들다. 전쟁이 야기한 총체적 파괴와 죽음의 체험이 모더니즘 시인들의 미적 변모를 추동했다고 추론하는 것이 더 타당해 보인다. 특히 1950년대 모더니즘 시 전반에서 발견되는 멜랑콜리는 전쟁의 영향력을 실감케 한다.

그러나 비단 시(詩)뿐 아니라 한국 현대문학의 역사를 돌이켜볼 때 알레고리적 세계인식과 주체의 멜랑콜리는 여기저기서 발견된다. 알레고리적 미의식이 1950년대 모더니즘 시만의 전유물은 아닌 것이다.[1]

---

1 현대문학의 역사에서 발견할 수 있는 멜랑콜리에 대한 대표적인 논의로 신형기의 『분열의 기록』을 들 수 있다. 신형기는 식민지 시기의 이상, 박태원, 최명익, 허준, 유항림, 현덕의 작품들을 섬세하게 분석하면서 식민지기 소설에서 포착할 수 있는 '주변부 모

그러나 한국 현대시의 역사에서 1950년대 모더니즘 시가 보여주었던 것만큼 알레고리적 사유를 포괄적이고 일관되게 드러낸 시기는 없었다. 이 연구가 줄곧 검토해 온 바와 같이 1950년대 모더니즘 시는 알레고리와 멜랑콜리의 중층적이고 포괄적인 면모들을 전방위적으로 보여주고 있다. 우리는 알레고리적 사유가 1950년대 모더니즘 시의 수사학적 측면은 물론, 역사철학, 윤리학, 심지어 신학적 층위에까지 스며들어 일관된 미의식을 형성하고 있으며, 시적 주체들의 주관성의 형식으로서의 멜랑콜리가 당대의 모더니즘 시를 장악하고 있던 강력한 심리적 기제였음을 확인할 수 있었다. 이런 점들을 고려할 때, 알레고리적 사유와 멜랑콜리는 1950년대 모더니즘 시인들에게 깊이 각인되어 있는 가장 유력한 미적 충동이었다고 규정할 수 있다. 비록 작가별로 양상이 다르고 성취의 정도도 달랐지만, 알레고리적 미의식은 1950년대 모더니즘 시에 이르러 본격화된, 그리고 50년대의 모더니즘 시를 관류하는, 일관성을 지닌 하나의 경향이었다고 평가할 수 있는 것이다.

1950년대 모더니즘 시의 독자적 미의식이 '알레고리'이며 그들의 모더니티가 '알레고리적 모더니티'라고 설정했을 때 그동안 다른 시기에 비해 비교적 폄하되어 왔던 1950년대의 모더니즘 시를 미적 모더니티라는 관점에서 재고할 수 있는 가능성이 생긴다. 알레고리는 보들레르로 대변되는 미적 모더니티의 본질적 사유이다. 이 연구는 1950년대 모더니즘 시를 분석하기 위해 발터 벤야민이라는 프리즘을 통해 분석된 보들레르를 참조하였다. 그것은 비교문학적 관점에서 한국의 모더니즘 시에 접근하기 위함도 아니고 서구 추수적 관점으로 한국의 모더니

더니즘'을 검토하고 있다. 우리는 이 연구가 다루는 식민지의 주변부 모더니즘 소설들 속에서 알레고리-멜랑콜리적 면모를 포착할 수 있다. 1930년대 김기림의 시론을 분석하면서 그의 시론이 담지한 멜랑콜리와 알레고리적 면모에 천착한 김예리의 논의도 중요한 전거이다(신형기, 『분열의 기록—주변부 모더니즘 소설을 다시 읽다』, 문학과지성사, 2010; 김예리, 「김기림의 예술론과 명랑성의 시학연구」, 서울대 박사논문, 2011).

즘 문학을 재단하기 위함도 아니다. 오히려 한국의 1950년대 모더니즘 시가 보들레르를 통해 드러났던 미적 모더니티와 보기 좋게 상응하고 있기 때문이다. 역사가 '제2의 자연'임을 노골적으로 드러낸 전쟁은 미적 모더니티의 관점으로 볼 때 역설적이게도 잔해와 폐허로 이루어진 비옥한 토양이 되어 주었다. 파편과 잔해를 시적 대상으로 삼아 자신에게 주어진 '현재'를 포착하기 위해 고투한 1950년대 모더니즘 시는 폐허 속에서 높은 수준의 미적 모더니티를 성취했다고 평가할 수 있다.

이 연구는 1950년대 모더니즘 시의 알레고리적 특질을 드러내기 위해 세 명의 시인을 선정했다. 조향, 박인환, 김수영이다. 수많은 전후 모더니즘 시인들 중에서 이들을 선정한 이유는 크게 두 가지이다. 첫째는, 50년대 모더니즘 시가 상당 부분 '후반기' 동인들의 문학적 운동에 그 기원을 두고 있으며 그 중에서도 조향, 박인환, 김수영이 서로 다른 특질을 지닌 시인이라고 판단했기 때문이다. 모더니즘 운동의 기원에 함께 자리 하고 있지만 서로 대극적인 시인들을 선정함으로써 보다 넓은 가두리 안에서 모더니즘 시의 미의식을 추출할 수 있을 것이라고 가정했다. 이 세 명의 시인을 선정한 또 다른 이유는 이들이 알레고리적 미의식의 양상을 각기 다른 모습으로 보유하고 있다고 판단했기 때문이다. 조향은 알레고리 형식의 위의를, 박인환은 멜랑콜리의 유형과 센티멘탈리티의 의의를, 김수영은 알레고리적 모더니티의 특질을 빼어나게 드러낸다고 판단했다. 알레고리적 미의식의 주요한 양상들이 이 세 시인을 통해 포괄적으로 다루어질 수 있다고 판단했다.

이 연구 전체의 작업을 간략히 요약하면 다음과 같다. 조향을 통해서는 알레고리적 형식의 위의와 형식 자체의 내용성을 다루었다. 이 작업을 통해 그간 형식실험, 서구추수라는 평가에서 벗어나기 쉽지 않았던 조향의 초현실주의 시를 알레고리와 멜랑콜리를 매개로 미적 모더니티의 영역 안으로 수렴하였다. 조향은 대립되는 두 명제의 충돌이

자아내는 긴장이나 파괴된 유기체를 통해 알레고리적 아름다움을 포착한다. 또한 시간을 여성화하고 '해골을 낳는 시간'으로 표상함으로써 역사를 수난사로 파악하고 덧없는 존재의 잠시성이 야기하는 멜랑콜리를 효과적으로 드러낸다. 그는 또한 모더니티를 역설적이고 알레고리적인 방식으로 이해하고 있었다. 기존의 연구사에서 형식실험의 면모가 많이 부각되어 온 조향은 두 가지 측면에서 다시 이해될 필요가 있다. 하나는 그의 형식 자체의 내용성이다. 미적 모더니티의 특질 중 하나는 주제나 테마보다도 형식 자체의 의미론적 함축을 고려하는 것이다. 이 연구에서 알레고리로 수렴된 조향의 다양한 형식 실험은 미적 모더니티의 일환으로 재평가 받을만한 가치가 있다. 다른 하나는, 그의 형식실험이 알레고리적 사유의 반영이며 멜랑콜리를 드러내는 데에 효과적이었다는 점이다. 이 두 가지를 고려할 때 조향의 형식실험이 지닌 미의식과 그의 모더니티의 특질이 구체화될 수 있다.

박인환은 센티멘탈리티와 멜랑콜리를 두 축으로 삼아 모더니티의 다양한 성층을 횡단한 시인이라고 할 수 있다. 이 연구는 우선 박인환의 센티멘탈리티를 비판적 판단의 부재로 인한 감정의 과잉, 감정이입, 느슨하고 관습적인 클리쉐의 사용으로 규정하고 이를 모더니티 비판적 특성을 지닌 멜랑콜리와 변별하였다. 그리고 모더니티와 미적 모더니티와의 시적 대결에서 그 두 축이 어떻게 작용하였는지 검토하였다. 박인환의 40년대 시에는 사회역사적 모더니티에 대한 열망이 가득 차 있었다. 그러나 전쟁 체험은 그의 사회역사적 모더니티에 대한 기대와 열망을 소거시켰고, 미래를 상실한 자의 멜랑콜리를 시적으로 형상화하는 것으로 50년대를 시작한다. 그는 곧 멜랑콜리를 통해 '모더니티'에 대한 비판적 인식을 드러내기 시작한다. 하지만 멜랑콜리가 센티멘탈리티와 착종되면서 그의 비판적 면모는 축소된다. 박인환 시의 가장 특징적인 면모는 미국 기행의 산물인 「아메리카 시초」에 담겨있다. 박인환에게 아메리카 기행은 텔레비전을 처음 보고 칼로리없는 맥주를 처음 마셔본, 중심부 모더니티에 대한 첫 경험이었다. 그러나 그의 예민한 정신은 모더니티의 핵심적 현상들을 통해 중심부 모더니티의 본질에 접근하면서 충격과 비애에 잠긴다. 모더니티에 대한 이러한 반응의 이면에는 자신이 떠나온 곳, 다시 말해 주변부 모더니티에 대한 자의식이 깔려있다고 볼 수 있다. 주변부 모더니티에 대한 자각은 민족적인 것을 통해 중심부 모더니티에 대응할 만한 새로운 중심축을 세우려는 시도로 발전하고 그것은 '노스텔지어'라 명명될 수 있다. 중심부-주변부의 역학이 만들어낸 노스텔지어의 정서는, 중심부 모더니티의 내부 식민지인 '흑인'에 대한 감정 이입을 통해서 간접적으로 드러나기도 한다. 중심부 모더니티의 충격에 대한 대응방안으로 도출된 노스텔지어와 내부 식민지에 대한 감정이입은 비판적 판단력의 부재, 감정이입, 느슨한 클리쉐의 사용을 특징으로 하는 박인환 특유의 센티멘탈리티로의 퇴조를 의미한다. 이처럼 박인환의 (아메리카) 시초는 모더니티에 대한 복합적이고 중층적인 인식이 새겨져 있는 텍스트로서 1950년대 모더니즘 시의 중요한 성과 중 하나로 평가할 수 있다.

김수영은 1950년대 모더니즘 시의 알레고리적 모더니티가 어느 수준에 이르렀는지 잘 보여준다. 50년대의 김수영은 이념과 현상의 분리에 대한 자각에서 시작되는 근원적인 멜랑콜리를 지니고 있었다. 그의 멜랑콜리는 자연스럽게 알레고리적 세계인식으로 나아간다. 김수영의 알레고리적 모더니티에 대한 인식의 한 절정은 시간인식을 통해 드러난다. 정지와 반복, 과거와 현재, 지속과 순간이 이루는 '정지의 변증법'은 그의 알레고리적 모더니티 인식이 어느 정도의 경지에 도달해 있었는지 극명하게 보여준다. 또한 김수영은 알레고리적 모더니티의 윤리학과 미의식을 명징하게 보여준다. 개별자의 단독성에 대한 절대적 지지, 복수성(plurality)의 긍정, 내재적 초월의 추구가 알레고리적 모더니티 윤리학의 세목이다. 또한 전후의 파편으로서의 체험, 불확정성과 미완결성, 파편성, 무의미와 의미상실 등이 김수영에게 포착되어 미적 표상의 대상이 된다. 김수영에게 있어 알레고리적 모더니티의 또 다른 정점은 도시미학이다. 그는 도시 군중의 충격체험과 알레고리적 공간으로서의 도시를 높은 수준에서 드러내주었다. 김수영을 통해 1950년대 모더니즘 시의 알레고리적 세계인식과 멜랑콜리적 주체의 위상은 드높아진다.

이 연구는 알레고리와 멜랑콜리라는 관점으로 1950년대 모더니즘 시에 접근함으로써 형식실험과 주체의 분열상, 사회역사적 모더니티와 미적 모더니티의 길항, 중심부 모더니티의 충격과 주변부 모더니티에 대한 자각, 도시 미학, 센티멘탈리티와 멜랑콜리의 착종, 민족적인 것에 대한 노스텔지어 등 1950년대 모더니즘 시가 보여주었던 다양한 면모를 일관되게 포착해서 설명하기 위해 노력했다. 알레고리가 미적 모더니티의 핵심임을 고려할 때, 50년대 모더니즘 시가 보여주었던 알레고리적 사유와 주체의 멜랑콜리는 그간 60년대의 완숙한 모더니즘 시와 비견할 때 저평가 받았던 50년대 모더니즘 시가 실은 높은 수준의 미적 모더니티를 구현하고 있었음을 입증해 준다.

그러나 1950년대라는 특정 시기의 독자적 미의식을 포착하기 위해 집중한 이 연구는 한국 현대문학사에 드리워져 있는 알레고리적 사유와 멜랑콜리적 주체의 계보학에 대한 통시적 고찰을 통해 역사적으로 그 의의를 재정위할 필요가 있다. 또한 50년대 시단의 거대한 흐름을 이루는 상징적 사유에 대한 심층적 분석을 통해, 그것과 보다 더 정교한 변증법적 관계를 구성할 필요가 있다. 그리고 작품 해석의 층위에서 추출해낸 알레고리적 충동과 멜랑콜리의 특이성을 50년대 전반의 문학적 담론장 안에서 재검토할 필요가 있다. 그렇게 될 때 비로소 한국 현대문학의 역사 속에서 알레고리적 모더니티와 멜랑콜리는 계보학적 흐름을 지니면서도 50년대 모더니즘 시의 독자적 미의식으로서 정위

될 수 있을 것이며 역사와 미학이 교호한 훌륭한 역사적 전거로서 재평가될 수 있을 것이다. 이러한 연구들은 차후의 과제로 미루기로 한다.

참고문헌

1. 기본자료

『김수영 전집』 1・2・별권, 민음사, 1981.
『김수영 전집』 1・2(개정판), 민음사, 2003.
『박인환 전집』, 실천문학사, 2007.
『조향 전집 』1・2, 열음사, 1994.

2. 논문

고명수, 「한 아방가르디스트의 모험과 실패」, 『한국문학연구』 14집, 1992.
______, 「박인환론」, 『한국 모더니즘 시인론』, 문학아카데미, 1995.
곽명수, 「1950년대 모더니즘의 묵시록적 우울－박인환의 시를 중심으로」, 『정신문화연구』 제32권, 2009.
김나현, 「1950년대 '후반기' 동인의 서정 변혁 운동」, 연세대 석사논문, 2009.
김병태, 「박인환 시에 있어서의 모더니즘 수용과 시대인식」, 『한국 현대시인론』, 국학자료원, 1991.
김예리, 「김기림의 예술론과 명랑성의 시학연구」, 서울대 박사논문, 2011
김용희, 「전후 센티멘털리즘의 전위와 미적 모더니티－박인환의 경우」, 『우리어문연구』 제35집, 2009.
김준오, 「순수・참여와 다극화시대」, 『한국 현대문학사』, 현대문학사, 1989.
김　현, 「자유와 꿈」, 황동규 편, 『김수영과 문학』, 민음사, 1983.
김홍중, 「리좀(rhizome)으로서의 전통과 다리(橋梁)의 시간 풍경」, 『2007 전기 사회학대회, 한국사회학 50년 정리와 전망 발표논문집』, 2007.6.
남기혁, 「1950년대 시의 전통지향성 연구」, 서울대 박사논문, 1998.
류순태, 「1950년대 한국 모더니즘시의 표상연구」, 서울대 박사논문, 1999.
문광영, 「한국 초현실주의시의 Eroticism 고찰」, 『논문집』 26권 2호, 인천교육대학교, 1992.
문혜원, 「한국 전후시의 실존의식 연구」, 서울대 박사논문, 1996.
______, 「조향 시의 상호텍스트성 연구」, 『국어국문학』 제132권, 2002.
박근영, 「한국 초현실주의 시의 비교문학적 연구」, 단국대 박사논문, 1988.
박윤우, 「1950년대 한국 모더니즘 시 연구」, 서울대 박사논문, 1998.
박현수, 「전후 비극적 전망의 시적 성취－박인환론」, 『국제어문』 37집, 2006.
방민호, 「박인환 산문에 나타난 미국」, 『한국 현대문학연구』 제19집, 2006.6.
백 철 외편, 『한국 전후문제시집』, 신구문화사, 1961.
손홍기, 「박인환시의 리얼리즘적 경향」, 『시와세계』 제4호, 2003.12.
송하춘 · 이남호 편, 『1950년대 시인들』, 나남출판, 1994.
엄성원, 「조향 시 연구－초현실주의 시에 대한 은유론적 접근」, 『서강어문』 제15호, 1999.12.
______, 「한국 모더니즘 시의 근대성과 비유연구」, 서강대 박사논문, 2002.
오문석, 「김수영의 시론 연구」, 연세대 박사논문, 2002.
______, 「전후 시론에서 현대성 담론 연구」, 『현대문학의 연구』 제26집, 2005.
______, 「박인환의 산문 연구」, 맹문재 편, 『박인환 깊이 읽기』, 서정시학, 2006.
윤정룡, 「1950년대 한국 모더니즘 시 연구」, 서울대 박사논문, 1992.
이경훈, 「모더놀로지의 시인 조향－조향시 소고」, 『비평문학』 제9호, 1995.
이광수, 「1950년대 모더니즘시 연구」, 고려대 박사논문, 1995.
이기성, 「1950년대 모더니즘 시의 시간의식과 시쓰기」, 이화여대 박사논문, 2002.
______, 「모더니즘의 심연을 넘어서는 시적 여정」, 『이화어문논집』 제20집, 2002.
______, 「제국의 시선을 횡단하는 시 쓰기－박인환 시의 탈식민주의」, 『현대문학의 연구』 제34집, 2007.
이남호, 「1950년대와 전후세대 시인들의 성격」, 『1950년대 시인들』, 나남출판, 1994.
이미순, 「조향 시의 수사학적 읽기」, 『국어국문학』 제125권, 1999.10.
장세진, 「상상된 아메리카와 1950년대 한국문학의 자기 표상」, 연세대 박사논문, 2007.
장인수, 「한국 초현실주의 시 연구」, 성균관대 박사논문 2007.
정명교, 「한국적 서정의 정신적 작업」, 『시와정신』, 2003 봄.
______, 「김수영과 프랑스 문학의 관련 양상」, 『한국시학연구』 제22호, 2008.8.
정영진, 「박인환 시의 탈식민주의 연구」, 『상허학보』 제15집, 2005.8.

조강석, 「비화해적 가상으로서의 김수영과 김춘수 시학 연구」, 연세대 박사논문, 2008.
조윤경, 「한국의 초현실주의와 문화번역—조향의 시를 중심으로」, 『비교문학』 48집, 2009.6.
조지훈, 「자연과 문학」, 『조지훈 전집』 3, 나남출판, 1997.
진순애, 「1950년대 두 개의 모더니즘 비교 연구」, 『한국문예비평연구』 21집, 2006.
한명희, 「1950년대 모더니즘시의 서정성」, 『한국시학연구』 제16호, 2006.
황현산, 「조향의 초현실주의」, 『현대시학』, 2000.9.

Colebrook, Claire, "Certeau and Foucault : Tactics and Strategic Essentialism", *The South Atlantic Quarterly*, Vol.100, spring 2001.
Cowan, Bainard, "Walter Benjamin's Theory of Allegory", *New German Critique* No.22, Winter 1981.
Fineman, Joel, "The Structure of Allegorical Desire", ed. Stephen J., *Greenblatt, Allegory and Representation*, Baltimore : The Johns Hopkins University Press, 1981.
Hunter, Lynette, "Allegory happens : allegory and the arts post-1960 in Rita Copeland & Peter T", ed. Struck, *The Cambridge Companion to Allegory*, Cambridge : Cambridge University Press, 2010.
Owens, Craig, "The Allegorical Impulse : Toward a Theory of Recognition", *Beyond Recognition : Representation, Power and Culture*, Los Angeles : University of California Press, 1992.
Rampley, Matthew, "Mimesis and allegory · Aby Warburg and Walter Benjamin", ed. Richard Woodfield, *Art history as cultural history*, Amsterdam : G+B Art international, 2001.

3. 단행본

강영안, 『타인의 얼굴』, 문학과지성사, 2005.
권영민, 『한국 현대문학사』, 민음사, 1993.
금동철, 『한국 현대시의 수사학』, 국학자료원, 2001.
김규동, 『새로운 시론』, 산호장, 1962.
김상환, 『풍자와 해탈 혹은 사랑과 죽음』, 민음사, 2000.
김윤식, 『한국 현대시연구』, 민음사, 1989.
남진우, 『미적근대성과 순간의 시학』, 소명출판, 2001.

맹문재 편, 『박인환 깊이 읽기』, 서정시학, 2006.
문학사와 비평연구회, 『1950년대 문학 연구』, 예하, 1991.
문혜원, 『한국 근현대시론사』, 역락, 2007.
신형기, 『분열의 기록－주변부 모더니즘 소설을 다시 읽다』, 문학과지성사, 2010.
오문석, 『백년의 연금술』, 박이정, 2005.
오세영, 『20세기 한국시 연구』, 새문사, 1989.
이광수, 『1950년대의 시인들』, 나남출판, 1994
이동하 편, 『박인환 평전－목마와 숙녀와 별과 사랑』, 문학세계사, 1986.
이승훈, 『1950년대 한국문학연구』, 보고사, 1997.
정명교, 『문학, 존재의 변증법』, 문학과지성사, 1985.
최문규, 『(탈)현대성과 문학의 이해』, 민음사, 1996.
최현식, 『서정주 시의 근대와 반근대』, 소명출판, 2003.
한수영, 『한국 현대비평의 이념과 성격』, 국학자료원, 2000.

Adorno, T.W., 홍승용 역, 『미학이론』, 문학과지성사, 2004(재판 6쇄본).
Bachelard, Gaston, 정영란 역, 『대지 그리고 휴식의 몽상』, 문학동네, 2002.
Bataille, Georges, 조한경 역, 『저주의 몫』, 문학동네, 2000.
Behler, Ernst, 이강훈 · 신주철 역, 『아이러니와 모더니티 담론』, 동문선, 2005.
Benjamin, Walter, 조만영 역, 『독일비애극의 원천』, 새물결, 2008a.
____________, 최성만 역, 『역사의 개념에 대하여 폭력비판을 위하여 초현실주의 외』(『발터벤야민 선집』 5), 길, 2008b.
____________, 김영옥 · 황현산 역, 『보들레르의 작품에 나타난 제2제정기의 파리 보들레르의 몇가지 모티브에 관하여 외』(『발터벤야민 선집』 4), 길, 2010.
Buck-Morss, Susan, 김정아 역, 『발터 벤야민과 아케이드 프로젝트』, 문학동네, 2004.
Bürger, Peter, 이기석 역, 『관념론 미학 비판』, 아카넷, 2005.
Eco, Umberto, 손효주 역, 『중세의 미와 예술』, 열린책들, 1998.
Freud, Sigmund, 윤희기 · 박찬부 역, 「슬픔과 우울」, 『정신분석학의 근본개념』, 열린책들, 2004.
Frye, Northrop, 김영철 역, 『성서와 문학』, 숭실대 출판부, 1993.
Gadamer, Hans-Georg, 이길우 외역, 『진리와 방법』, 문학동네, 2000.
Gilloch, Graeme, 노명우 역, 『발터 벤야민과 메트로폴리스』, 효형출판, 2005.
Hegel, Georg Wilhelm Friedrich, 두행숙 역, 『헤겔미학』 1, 나남출판, 1996.

Hoffmann, Thomas R., 이주영 역, 『바로크』, 미술문화, 2007.
Jauβ, Hans Robert, 김경식 역, 『미적 현대와 그 이후』, 문학동네, 1999.
Levinas, Emmanuel, 강영안 역, 『시간과 타자』, 문예출판사, 1996.
Lukács, György, 반성완 역, 『루카치 미학』 제4권, 미술문화, 2004.
Mitchell, W.J.T., 김전유경 역, 『그림은 무엇을 원하는가』, 그린비, 2010.
Simmel, Georg, 김덕영・윤미애 역, 『짐멜의 모더니티 읽기』, 새물결, 2005.
Waltmann, G., 채연숙 역, 『독일 서정시 입문』, 담론사, 1997.

Agamben, Giorgio, Trans. Patricia Dailey, *The time that remained : A Commentary on the Letter to the Romans*, Stanford : Stanford University Press, 2005.
Auerbach, Erich, *Scenes from the drama of European literature : Six essays*, New York : Meridian Books, 1959.
Baudelaire, Charles, Trans. Jonathan Mayne, *The painter of modern life and other essays*, London : Phaidon, 2010(reprint version).
Benjamin, Andrew. E., *Style and Time : Essays on the politics of appearance*, Evanston : Northwestern University Press, 2006.
Benjamin, Walter, Trans. Howard Eiland & Kevin McLaughlin, *The Arcade Project*, Cambridge : Belknap Harvard University Press, 2004(5th edition).
Blood, Susan, *Baudelaire and the Aesthetics of Bad Faith*, Stanford : Stanford University Press, 1997.
Boym, Svetlana, *The Future of nostalgia*, New York : Basic Books, 2001.
Brittan, Simon, *Poetry, Symbol, and Allegory*, Charlottesville : University of Virginia Press, 2003.
Buchanan, Ian, *Michel de Certeau : cultural theorist*, London : SAGE, 2000.
Buci-Glucksmann, Christine, Trans. Patrick Camiller, *Baroque reason : The Aesthetics of Modernity*, London : SAGE Publications, 1994.
Buck-Morss, Susan, *The Origin of Negative Dialectics,* Hassocks : The Harvester Press, 1977.
Bürger, Peter, Trans. Michael Shaw, *Theory of the Avant-Garde*, Minneapolis : University of Minnesota Press, 1984.
Caygill, Howard, *A Kant Dictionary*, Oxford : Blackwell, 1995.
Certeau, Michel de, Trans. Steven Rendall, *The Practice of Everyday Life*, Berkeley : University of California Press, 1984.

______________, Trans. Tom Conley, *Culture in the plural*, Mineapolis : University of Minnesota Press, 1997.

Compagnon, Antoine, Trans. Franklin Philip, *The 5 paradoxes of Modernity*, New York : Columbia University Press, 1990.

Copeland, Rita & Struck, ed. Peter. T, *The Cambridge Companion to Allegory*, Cambridge : Cambridge University Press, 2010.

Deleuze, Gilles & Guattari, Felix, Trans. Brian Massumi, *A Thousnad Plateaus : Capitalism and Schizophrenia*, Minneapolis : The University of Minnesota Press, 1987.

Duffy, Enda, *The Speed Handbook : Velocity, Pleasure, Modernism, Durham*, NC : Duck University Press, 2009.

Ferris, David, *The Cambridge introduction to Walter Benjamin*, Cambridge : Cambridge University Press, 2008.

Gilloch, Graeme, *Walter Benjamin : Critical Constellations*, Cambridge : Polity Press, 2002.

Gombrich, E.H., *Aby Warburg*, The University of Chicago Press, 1986(2nd edition).

Hanssen, Beatrice, *Walter Benjamin's Other History : Of Stones, Animals, Human Beings, and Angels*, Los Angeles : University of California Press, 1998.

Jay, Martin, *Experience without a subject : Walter Benjamin and the novel, Cultural Semantics*, Amherst : University of Massachusetts Press, 1998.

Jürgen, Habermas, Trans. Frederick Lawrence, *The philosophical discourse of modernity : twelve lectures*, Cambridge : MIT Press, 1987.

Kelly, Theresa M., *Reinventing allegory*, Cambridge : Cambridge University Press, 1997.

Klibansky, Raymond & Panofsky, Erwin & Saxl, Fritz, *Saturn and Melancholy : Studies in the History of Natural Philosophy, Religion, and Art*, New York : Basic Books, 1964.

Kogin, Karatani, *Origins of Japanese Literature*, Durham and London : Duke University Press, 1993.

Kristeva, Julia, Trans. Leon S. Roudiez, *Black Sun*, New York : Columbia University Press, 1989.

Lambert, Gregg, *The return of the Baroque in modern culture*, New York : Continuum, 2004.

Lausberg, Heinrich, *Handbook of Literary Rhetorics : A Foundation of Literary Study*, Brill, 1998.

Lehmann, Ulrich, *Tigersprung : Fashion in Modernity*, Cambridge : MIT Press, 2000.

Mosès, Stéphane, Trans. Barbara Harshav, *The Angel of History : Rosenzweig, Benjamin, Scholem*, Stanford : Stanford University Press, 2009.

Myers, Jack & Simms, Michael, *The Longman Dictionary of Poetic Terms*, New York & London : Longman, 1989.

Osborne, Peter, *The Politics of Time : Modernity and Avant-Garde*, London : Verso, 1995.

Pease, Donald E., *Remapping the transnational turn, The Future of American studies*, Durham : Duke University Press, 2002.

Pfeiffer, Ingrid, *Surreal objects*, Frankfurt : Schirn Kunsthalle, 2011.

Quintilian, Trans. Donald Russell, *The Orator's education* Vols.1~12, Harvard University Press, 2002.

Sheringham, Michael, *Everyday life : Theories and practices*, Oxford University Press, 2009.

Tambling, Jeremy, *Allegory*, London : Routledge, 2010.

Weigel, Sigrid, Trans. Georgina Paul & Rachel McNicholl & Jeremy Gaines, *Body-and image-Space : Re-reading Walter Benjamin*, London & New York : Routledge, 1996.

Whitman, Jon, *Allegory : The Dynamics of an Ancient and Medieval Technique*, Replica Books, 2000.

Wolin, Richard, *Walter Benjamin : An Aesthetic of Redemption*, New York : Columbia University Press, 1982.

Wollen, Peter, "The concept of fashion in the Arcade Project", *Boundary 2*, vol.30, Durham : Duke University Press, 2003.

Wood, Ghislaine, *The Surreal Body : Fetish and Fashion*, London : V & A Publication, 2007.